FFOI RHAG Y FFASGWYR

Ffoi rhag y Ffasgwyr

*Nofel am Aberystwyth
ac Urdd Gobaith Cymru
yn ystod ac ar ôl yr Ail Ryfel Byd*

Myrddin ap Dafydd

Gwasg Carreg Gwalch

Argraffiad cyntaf: 2022

ⓗ testun: Myrddin ap Dafydd 2022
ⓗ cyhoeddiad: Gwasg Carreg Gwalch

Cedwir pob hawl.
Ni chaniateir atgynhyrchu unrhyw ran o'r cyhoeddiad hwn,
na'i gadw mewn cyfundrefn adferadwy, na'i drosglwyddo
mewn unrhyw ddull na thrwy unrhyw gyfrwng, electronig, electrostatig,
tâp magnetig, mecanyddol, ffotogopïo, recordio, nac fel arall,
heb ganiatâd ymlaen llaw gan y cyhoeddwyr, Gwasg Carreg Gwalch,
12 Iard yr Orsaf, Llanrwst, Dyffryn Conwy, Cymru LL26 0EH.

Rhif Llyfr Safonol Rhyngwladol:
978-1-84527-874-8

ISBN elyfr: 978-1-84524-489-7

Cyhoeddwyd gyda chymorth Cyngor Llyfrau Cymru

Cynllun clawr: Siôn Ilar
Mapiau: Alison Davies

Cyhoeddwyd gan Wasg Carreg Gwalch,
12 Iard yr Orsaf, Llanrwst, Dyffryn Conwy, Cymru LL26 0EH.
Ffôn: 01492 642031
e-bost: llyfrau@carreg-gwalch.cymru
lle ar y we: www.carreg-gwalch.cymru

Argraffwyd a chyhoeddwyd yng Nghymru

Dymunaf gyflwyno'r nofel hon

er cof am

Olwen Edwards

Tai Duon, Padog, Dyffryn Conwy:

merch siriol ac annwyl

yn fy mlwyddyn yn Ysgol Dyffryn Conwy.

Roedd Olwen yn dioddef o effeithiau polio a gafodd yn blentyn.

Bu farw, ynghyd â'i brawd Elgan, yn dilyn damwain drist

yn afon Conwy, haf 1968.

Rhai o'r prif gymeriadau

Teulu Hendre Wen

Eluned Jenkins – gwraig tŷ, cyn-athrawes
Berwyn Jenkins – ei gŵr, gweithiwr yn labordy cemeg y Brifysgol,
    peilot yn yr RAF
Arfon – mab, 7 oed yn 1939

Teulu Fflat Hendre Wen

Gerhard Steinmann – ceisiwr lloches o'r Almaen, darlithydd
    Almaeneg
Berta Steinmann – ei wraig yn ninas Bielefeld, yr Almaen
Steffan ('Ffrechdachs') – mab, 17 oed yn 1939
Anton – mab, 10 oed yn 1939
Lotti – merch, 6 oed yn 1939
Hamlin – ci bach du

Cymeriadau eraill yn yr Almaen

Gisela Steffles – bu ar daith i Gymru yn 1932 a daeth i adnabod
    Eluned Jenkins yng ngwersyll Llangrannog
(Otto, ei gŵr)
Jan – ei brawd

Teulu Caffi Lewis

Alice Lewis, Dorothy Lewis – dwy chwaer ganol oed, y perchnogion
Siwsan Lewis – merch Dai (brawd Alice a Dorothy) ac Elen Lewis
    sydd â busnes llaeth a siop groser yn Llundain;
    ifaciwî yn Aberystwyth, 10 oed yn 1939, gyda choes
    chwith gloff oherwydd effaith polio

Stori ddychmygol â'i chefndir yn seiliedig ar ddigwyddiadau a dyddiadau hanesyddol yw'r nofel hon. Dychmygol yw'r cymeriadau i gyd ond cyfeirir at rai pobl hanesyddol fel Ifan ab Owen Edwards a Norah Isaac ynddi, gan gynnwys:

Rudolf Hermann – athro yn Bielefeld a dolen gyswllt a gynorthwyodd i greu cysylltiadau cryf rhwng yr Almaen ac Urdd Gobaith Cymru

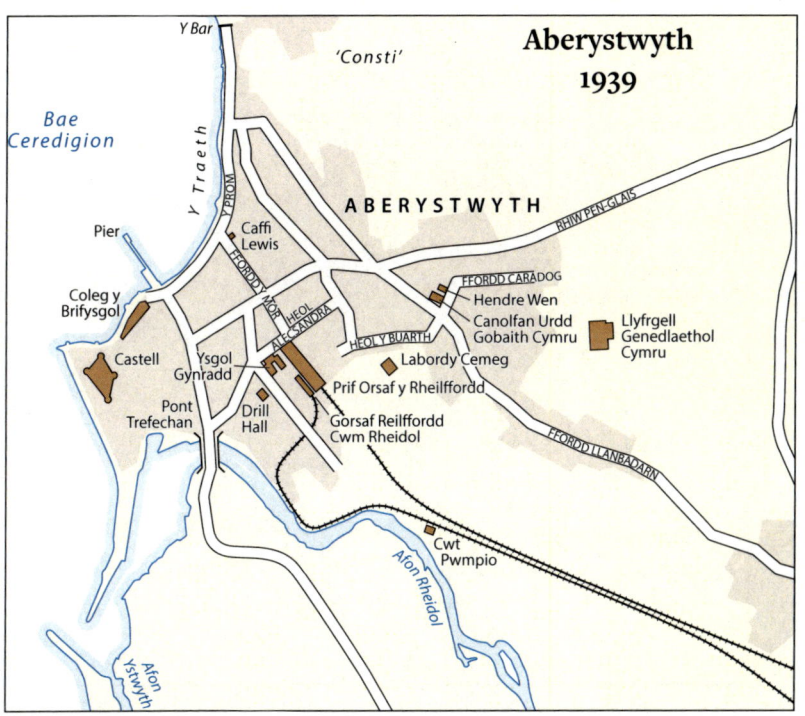

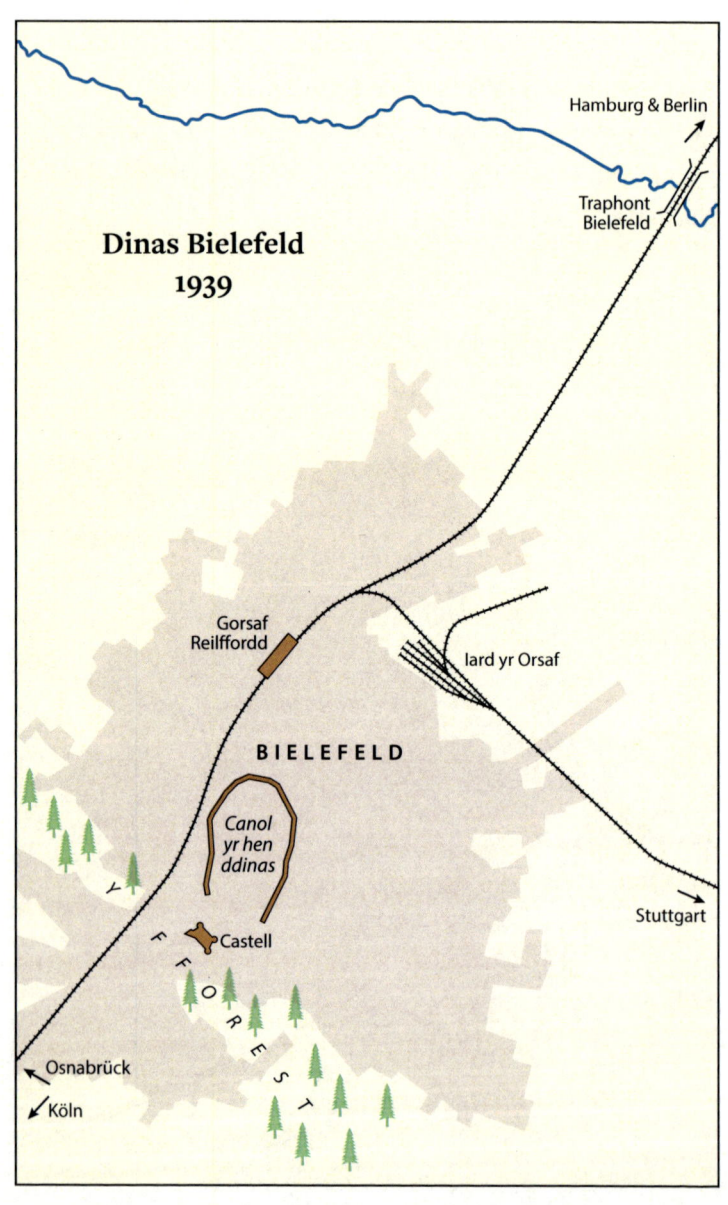

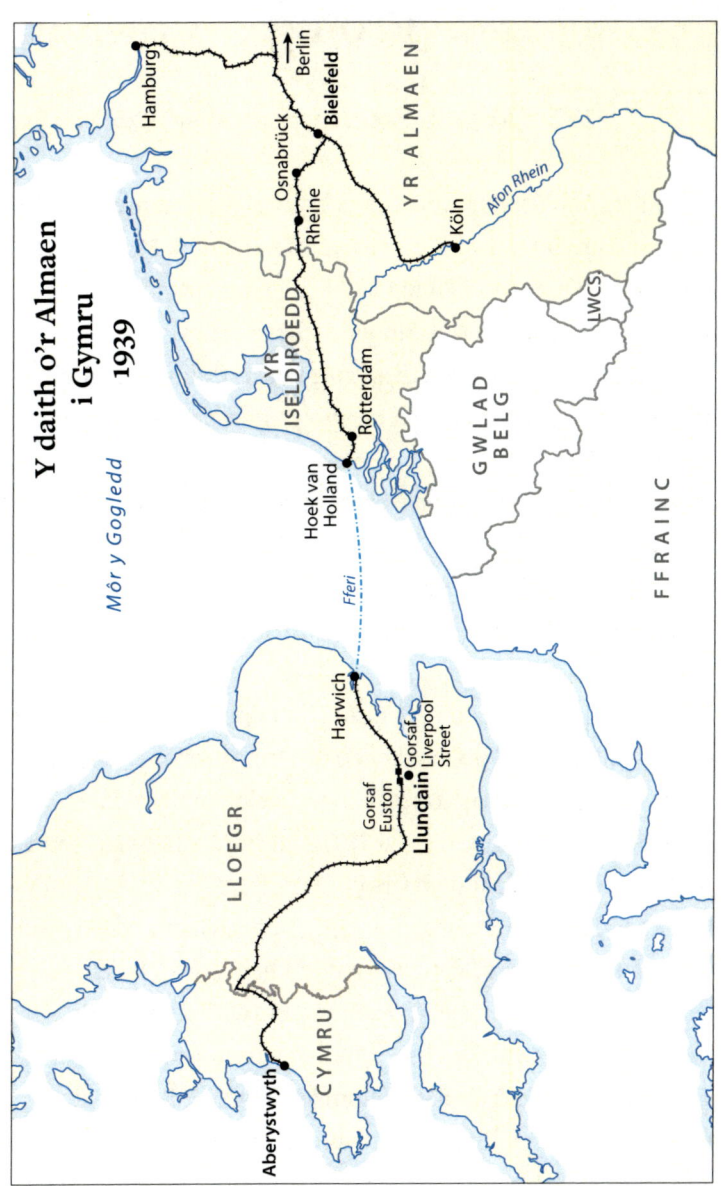

Prolog

Bielefeld, Yr Almaen, Cyfnod y Pasg 1936

Trodd Steffan Steinmann ar ei ochr yn ei wely er mwyn syllu ar y sêr. Darnau o wydr yn yr awyr, meddyliodd. Mor glir, eto mor bell o'r hyn oedd yn digwydd yn ei ddinas ef. Bob nos, byddai'r tywyllwch y tu allan yn cael ei chwalu gan sŵn gangiau'n gweiddi a bygwth; sŵn traed yn ffoi; sŵn ambell ffenest yn torri a'r gwydr yn disgyn yn ddarnau o sêr ar y palmentydd.

Gan fod ei stafell mor fychan, roedd ei wely wedi'i osod yn dynn o dan y ffenest. Cofiodd Steffan iddo feddwl fod hynny'n beth braf pan oedd yn fachgen ifanc. Ond ers blynyddoedd bellach, roedd y nos y tu allan yn aflonyddu ar ei gwsg yn y gwely.

Edrychodd i lawr o'r sêr at linellau tywyll adeiladau'r ddinas. Gallai weld goleuadau coch a melyn aflonydd i ddau gyfeiriad. Roedd dau gartref neu ddwy siop arall ar dân. Gwyddai pwy oedd wrthi – yr Hitlerjugend,* y llanciau oedd yn cael eu paratoi i fod yn filwyr i Hitler.

Roedd Steffan yn bedair ar ddeg oed. Dyna'r oedran roedd aelodaeth mudiad y bechgyn yn dod i ben a phan fyddai disgwyl i bob llanc yn yr Almaen ymuno â'r Hitlerjugend. Ond doedd Steffan ddim yn rhan o fudiad y bechgyn, ac yn sicr nid oedd eisiau ymuno â'r llanciau milwrol hŷn oedd mor atgas ganddo. Roedd eu lifrai brown yn rhoi trwydded iddyn nhw

---

*Dynoda * fod nodyn ychwanegol ar yr enw yng nghefn y nofel, tud 214–219.*

fod yn fwlis cyhoeddus – ond gwyddai fod dynion lifrai duon yr SS* y tu ôl iddyn nhw, yn eu hannog i greu terfysg a dychryn yn y nos yn ninas Bielefeld.

Doedd Steffan ddim eisiau gweld ei wallt melyn yn cael ei dorri'n gwta a'i wneud i edrych fel milwr bygythiol. Nid oedd eisiau bod yn un o'r gang, yn gwisgo'r un dillad a'r un esgidiau lledr du ac yn cario pastynau pren. Nid oedd eisiau gwneud y gwaith budr o godi arswyd ar bobl nes eu bod yn ofni anufuddhau i'r rheolau. Roedd wedi gweld yr esgidiau hynny'n cicio hen ddynion ar lawr yng ngolau dydd.

Yn sydyn, clywodd bâr arall o draed yn diasbedain ar ffordd galed. Roedd rhywun yn rhedeg am ei fywyd. Clywodd fin sbwriel yn troi a'r twrw'n atseinio yn y tywyllwch. Swniai'n agos. Sylweddolodd fod hyn yn digwydd o dan ffenest ei lofft yn y lôn gefn oedd rhwng stryd ei gartref ef a'r stryd nesaf. Gan ei bod yn dechrau gwawrio, gallai weld amlinell y wal frics y tu cefn i'r tŷ. Gwelodd ben ac ysgwyddau'n rhedeg. Gallai ei weld yn troi'i ben i daflu cip yn ôl. Yn amlwg, roedd yn ofni bod rhywun yn ei ddilyn. Clywodd ei hanner anadl, hanner ochenaid wrth iddo basio o dan ei ffenest. Am eiliad hunllefus, teimlodd Steffan mai ef ei hun oedd y ffoadur a redai am ei fywyd ar y lôn gefn.

Daliodd ei wynt am ychydig er mwyn clustfeinio. Ond na, ni allai glywed terfysg haid o lanciau nad oedd yn ddim gwell na phac o gŵn hela yn ei ymlid. Y tro hwn, roedd y rhedwr – pwy bynnag ydoedd – wedi llwyddo i ddianc. Eto, dianc i ble? Doedd dim rhyddid yn y ddinas bellach, meddyliodd Steffan.

Ar hynny, clywodd ruo injan lorri a theiars yn sgrechian. Roedd y sŵn yn cario ato o'r stryd o flaen y tŷ. Brecio caled, llais yn gorchymyn, "*Schnell! Schnell!* – Hel dy draed! Brysiwch!" Sŵn esgidiau trymion yn neidio o gefn lorri ar gerrig y stryd. Nid chwarae plant oedd hyn, meddyliodd Steffan. Mwy o weiddi. Yna sŵn curiadau ar ddrws. Nid sŵn llaw yn curo ar bren chwaith. Roedd yn debycach i ergydion gordd. Bwyell efallai. Clywodd sŵn pren yn hollti a drws yn disgyn yn glec oddi ar ei fachau.

Cododd Steffan o'i wely ac agor drws ei stafell yn dawel. Fflat ar drydydd llawr yr adeilad oedd eu cartref. Cerddodd i lawr y cyntedd am y gegin. Pan wthiodd y drws yn agored, gwelodd ddau'n sefyll wrth y ffenest.

"Sh! Paid â chynnau'r golau!"

Ei dad a'i fam oedd yno.

Daeth y ddau ato o'r ffenest. Rhoddodd ei dad ei fraich am ei ysgwyddau.

"Mi wnaethon nhw dy ddeffro di, Steffan," meddai'i fam.

"Doeddwn i ddim yn medru cysgu beth bynnag," atebodd yntau.

"Rhaid i ni gadw o'r golwg," rhybuddiodd ei fam. "Dydyn nhw ddim yn hoffi cymdogion sy'n busnesa yng ngwaith y rhai sy'n rheoli'r wlad, yn nac ydyn, Gerhard?"

Nodiodd ei dad ei ben i'w chefnogi.

"Y drws yna?" meddai Steffan. "Dwyn llyfrau o'r tai er mwyn eu llosgi nhw maen nhw eto ...?"

"Ti'n cofio'n dda – gwaetha'r modd," meddai'i dad.

Dim ond un ar ddeg oed oedd Steffan pan wnaed coelcerthi o lyfrau a'u rhoi ar dân ar strydoedd ac yn y sgwariau yn yr Almaen. Y myfyrwyr yn y colegau oedd yn gyfrifol am y rhai cyntaf, ac yna'r milwyr a llanciau'r

Hitlerjugend yn cael modd i fyw wrth greu llanast a dychryn. Doedd neb i ddarllen gwaith gan dramorwyr, nac unrhyw nofel, neu ddrama, neu gerdd oedd yn mynegi teimladau nad oedd llywodraeth yr Almaen yn cytuno â nhw:

"Celwyddau estroniaid!"

"Crefydd yr Iddewon!"

"Llosgwch eu llanast!"

"Sbwriel y comiwnyddion!"

Dyna'r gweiddi a glywodd Steffan bryd hynny wrth i'r fflamau losgi'r llyfrau. Roedd rhai milwyr wedi torri i mewn i stafell ddosbarth ei dad yn yr ysgol. Gan mai athro ieithoedd tramor oedd Gerhard Steinmann, roedd sawl silff o lyfrau mewn ieithoedd eraill wedi'u cario oddi yno i'w llosgi ar y buarth.

"Roeddwn i'n meddwl fod llyfrau'n dysgu pethau newydd i ni, Papa?" oedd sylw Steffan i'w dad pan ddaeth hwnnw adref gyda'r hanes.

"Mae rhai pobl yn credu eu bod wedi dysgu'r cwbl yn barod," oedd ateb ei dad. "Mae Hitler wedi gaddo Almaen Fawr inni eto. Almaen Fawr fydd yn destun edmygedd y byd. Almaen Fawr fydd yn bwydo ei phobl ac yn gwarchod ei ffiniau. Mae rhai pobl yn credu hyn i gyd."

"Mae o'n rhy ifanc i ddechrau meddwl am y pethau hyn, Gerhard." Dyna roedd ei fam wedi'i ddweud ar y pryd.

"Ddim yn rhy ifanc bellach, gwaetha'r modd, Berta. Mi glywaist ti am y gwyddonydd enwog, Einstein, yn yr ysgol, yn do, Steffan? Enillydd gwobr Nobel? Mae wedi gorfod ffoi i America – rhag i Hitler ei orfodi i gynhyrchu bomiau dychrynllyd o beryglus. Mae'r prifysgolion yn gwagio.

Gwyddonwyr, beirdd, dramodwyr – maen nhw'n ffoi i wledydd eraill am eu bod nhw'n credu mewn byd gwahanol i Hitler. Am eu bod nhw'n wahanol, maen nhw'n cael eu hystyried yn bobl beryglus."

Oedd, roedd Steffan yn cofio'r llyfrau'n cael eu llosgi. Roedd wrth ei fodd gyda'r casgliad oedd ganddo ar y silffoedd yn ei lofft fechan ac ni allai ddychmygu'r hunllef o weld y rheiny'n cael eu cario i'r stryd a'u llosgi.

Ar hynny, clywodd y tri yn y gegin glec fawr dros y stryd. Cythrodd y tri at y llenni ond gan ofalu eu bod yn sefyll yn y cysgodion. Ddau dŷ i fyny'r stryd, gallai Steffan weld gweddillion y drws oedd wedi'i chwalu gan y milwyr. Erbyn hyn, roedd dodrefnyn arall yn rhacs o flaen y drws. Dyna oedd y tu ôl i'r glec. Roedd silff lyfrau gyfan wedi'i thaflu drwy ffenest fawr y llofft ac roedd honno wedi chwalu ar y stryd. Eisoes roedd rhai o'r milwyr yn rhoi'r llyfrau ar dân.

"Llosgi llyfrau Dr Isaac Hirsch maen nhw?" sibrydodd ei fam.

"Ond pam ymosod ar dŷ'r doctor?" holodd Steffan. "Llyfrau'n dangos sut mae gwella pobl sydd ganddo fo, ia ddim?"

"Iddew ydy o," esboniodd ei dad. "Mae ganddo lyfrau am y grefydd Iddewig, siŵr o fod."

Gwyddai Steffan fod yr Iddewon ymysg y bobl niferus oedd yn 'annerbyniol' yng ngolwg y Natsïaid. Gwyddai eu bod yn dioddef. Roedd wedi gweld sloganau wedi'u peintio ar eu siopau a'u tai. Roedd wedi gweld pobl yn poeri arnyn nhw. Doedden nhw ddim yn cael teithio ar y bysys na'r tramiau. Cafodd mab Dr Hirsch ei rwystro rhag mynd i brifysgol – er ei fod yntau eisiau bod yn feddyg fel ei dad. Byddai'r llywodraeth yn meddiannu siopau a chyfoeth yr Iddewon yn ogystal.

"Maen nhw'n cario'r cwpwrdd pren ywen o'r parlwr!" meddai Berta, gan ddal ei llaw dros ei cheg mewn sioc.

Llwythwyd y cwpwrdd gwerthfawr i gefn y lorri a dilynwyd hwnnw gan nifer o luniau a thrysorau eraill o gartref y meddyg a'i deulu.

Yna, yn olaf, gwelodd y tri y tu ôl i'r llenni yr hen ddoctor a'i wraig a'r mab ifanc yn cael eu gwthio i'r stryd, milwr ym mhob braich, yn eu gorfodi i gefn y lorri.

"Ble maen nhw'n mynd â nhw?" gofynnodd Steffan.

"Swyddfeydd y Gestapo i'w holi, fwy na thebyg. Mae celloedd carchar yno hefyd," atebodd Gerhard.

"Ond i be? Be maen nhw wedi'i wneud?"

"Bod yn bobl wahanol, dyna i gyd."

"Wyt ti'n meddwl y cân nhw ddod 'nôl?" gofynnodd Berta'n bryderus. "Does dim byd fel hyn wedi digwydd ar ein stryd ni o'r blaen."

"Mae cannoedd o bobl wedi cael eu cipio yn y nos fel hyn," meddai Gerhard.

"Ond does bosib eu bod nhw i gyd yng nghanolfan y Gestapo – dydy'r lle ddim yn ddigon mawr," meddai Steffan.

"Mae sôn eu bod nhw'n cael eu symud. Trenau'n gadael yn y tywyllwch."

"O taw wir, Gerhard!"

"I ble?" Roedd Steffan eisiau gwybod y cyfan.

"Does neb yn gwybod," atebodd Gerhard. "Gwersylloedd gwaith, medd rhai. Ond mae sibrydion eraill. Wyddost ti am y bardd Heine rwyt ti wedi dysgu un neu ddwy o'i ganeuon yn yr ysgol?"

"Ie ..."

"Maen nhw wedi ceisio llosgi pob copi o un o'i lyfrau yntau."

"Ond mae'i ganeuon yn rhai tlws iawn! A bardd Almaeneg ydy Heine."

"Ie, ond dydy pob Almaenwr ddim yn dderbyniol yn yr Almaen Fawr mae Hitler yn ei chynllunio. Ac fe ddwedodd Heine rywbeth ysgytwol: 'Lle llosgir llyfrau ar hyn o bryd, yno yn y diwedd bydd pobl yn cael eu llosgi.' Dyna ddwedodd y bardd. Mae'r peth yn rhy erchyll i feddwl amdano."

Yn y cwmwl o dristwch a ddisgynnodd dros y tri y tu ôl i'r llenni lled agored, daeth alaw o rywle. Alaw dyner, dyner fel rhywun yn rhoi bysedd ysgafn drwy wallt eich pen i'ch cysuro. Nodau uchel, mwyn oedd i'r alaw yn cael ei chwarae ar ffidl. Yna, sylweddolodd Steffan o ble roedd hi'n dod. Rhoddodd bwniad i fraich ei dad a phwyntio at y tŷ ar draws y ffordd. Roedd golau mewn stafell ar y trydydd llawr a'r ffenest fawr yn agored. Gallent weld silwèt person yn chwarae'r ffidl uwch helynt milwyr y stryd.

"Yr hen Ddaniel Aaron sydd wedi trwsio'i ffidl unwaith eto," meddai Gerhard.

Gwyddai Steffan am ei hanes. Cerddor yng ngherddorfa glasurol Bielefeld oedd Daniel, yn feistr ar chwarae'r ffidl. Ond roedd wedi'i wahardd o'i waith am ei fod yn Iddew. Roedd yn byw yn y fflat gyferbyn ar ei ben ei hun, ac wedi gorfod gwerthu'r rhan fwyaf o'i eiddo er mwyn cynnal ei hun. Ceisiodd gardota am arian drwy chwarae'r ffidl yng nghanol y dref ond byddai'r Hitlerjugend yn ei erlid, yn ei fwrw i'r llawr ac yn ei gicio ef a'i ffidl.

Edrychodd y tri arno'n cyflwyno'r perfformiad hwn. Er mor wan oedd ei iechyd ac mor fregus yr oedd yn ei henaint, safai'n gefnsyth yn y ffenest gan roi ei enaid yn yr alaw.

"Miwisg angladd ydy hwn'na ..." meddai Berta yn bryderus.

Cododd y sain wrth iddo chwarae'r ffidl yn gyflymach ac yn fwy stormus. Roedd her a sialens yn y gerddoriaeth bellach. Teimlai Steffan ddewrder yn cerdded ar hyd ei asgwrn cefn. Doedd yr hen gerddor ddim am blygu nac ildio. Cadwai ei ben yn uchel.

"O! Mae'r milwyr wedi'i glywed!" meddai Berta wedyn.

Gwelodd Steffan stwcyn bach tew a sgwarog – a phwysig iawn yr olwg – yn cerdded at dŷ Daniel Aaron a phwyntio at y ffidlwr yn y ffenest ac yna yn galw'r milwyr draw.

"Pwy ydy'r dyn bach yna?" gofynnodd Steffan.

"Y fo ydy warden y bloc," esboniodd ei dad. "Paid â gwneud dim i'w bechu. Mae'n cario straeon i'r SS a'r Gestapo yn ein bloc bach ni o'r ddinas."

Gwelodd Steffan fod cryn hanner dwsin o filwyr wrth ddrws cartre'r cerddor erbyn hyn. Clywodd orchymyn garw a gwelodd filwyr yr ordd a'r fwyell yn rhedeg i'r tu blaen.

Un ergyd ar y drws ... Dwy ... Digwyddodd pethau'n gyflym wedi hynny. Rhoddodd Daniel Aaron ei ffidl o'r neilltu. Ymestynnodd i agor y ffenest led y pen. Camodd drwyddi a sefyll ar silff y ffenest ...

"O na! Mae Daniel yn mynd i ..." meddai Berta mewn braw.

Trodd at Steffan a'i dynnu ati gan wasgu'i wyneb i'w mynwes fel nad oedd yn rhaid iddo wylio. Clywodd sŵn fel sŵn sach lawn yn taro wyneb y stryd. Safodd y tri fel delwau am funudau.

"Dewch at y bwrdd," meddai Gerhard yn y diwedd. "Dim golau. Rhown ni'r dŵr i ferwi."

Wrth i'r tri anwesu cwpanau o ddiod poeth, meddai Berta, "Roedd marw fel yna yn well gan Daniel na disgyn i bawennau'r bleiddiaid yn eu lifrai duon a'u swasticas gwaedlyd."

"Y fath ddewis oedd ganddo, druan bach," meddai Gerhard.

"A beth wyt ti am ei wneud?" oedd cwestiwn nesaf ei wraig.

Doedd pethau ddim yn dda yn yr ysgol lle gweithiai Gerhard. Roedd y prifathro wedi'i alw droeon ac wedi'i rybuddio nad oedd i ganmol unrhyw wlad dramor na gwaith unrhyw lenor tramor. Dim ond yr Almaen oedd yn fawr oedd y neges.

Wythnos yn ôl roedd wedi cael ei fygwth eto am ddal ati i gyfarch "Bore da" wrth ei ddisgyblion. Y gorchymyn gan y llywodraeth oedd bod y waedd "Heil Hitler!" a'r salíwt yn cael eu defnyddio ar ddechrau pob diwrnod. Nid oedd Gerhard wedi gwrando nac ufuddhau i hyn.

Aeth Steffan yn ôl at y llenni. Cawsai'r corff ei symud oddi yno bellach. Roedd y ffenest gyferbyn wedi'i chau a phapurau a llyfrau'n cael eu cario o'r cartref.

"Mae'r warden bach pwysig yna yn sefyll ar ganol y stryd ..." meddai gyda chyffro yn ei lais. "Mae capten y milwyr wrth ei ymyl. Mae'r warden yn pwyntio at ein fflat ni ..."

"Tyrd 'nôl o'r ffenest y munud yma!" sibrydodd Gerhard yn siarp.

Gorffennodd y tad yfed ei ddiod. Estynnodd ei ddwylo ar draws y bwrdd. Gafaelodd yn llaw dde ei wraig a llaw chwith Steffan.

"Dalfa a'r diwedd – neu geisio dianc. Dyna'r dewis sydd gynnon ni, Steffan. Mae'n loes calon. Dydw i ddim eisiau i mi na chi weld cefn lorri. Mae dy fam a minnau wedi bod yn siarad. Mae'n wyliau'r Pasg. Mae cynhadledd i athrawon ieithoedd Ewrop ar ddiwedd yr wythnos hon ym Mharis. Mae gen i bapurau swyddogol yn rhoi caniatâd i mi fynd yno. Bydd yn rhoi cyfle i mi groesi'r ffin a gadael yr Almaen ..."

"A beth amdanom ni? Pryd fyddwn ni'n cael dy weld di eto, Papa?" gofynnodd Steffan.

"Dyna sydd mor anodd," meddai Gerhard gan wasgu'i ddau lygad ynghau am ychydig. "Bydd athrawon o Brydain ym Mharis. Mae gen i gyfeillion. Ar ôl i mi gael lle diogel ... llety ... a gwaith, gobeithio – fe fydd modd i chithau fy nilyn. Dwyt ti'n ddim ond pedair ar ddeg, Steffan. Ond mae'n rhaid i ti gael calon llew rŵan. Edrych ar ôl dy fam a'r ddau fach yn eu gwlâu. Yna, tyrd â nhw ata i pan fyddi di'n gwybod y bydd hi'n ddiogel iti wneud hynny."

Ychydig funudau gymerodd hi i Gerhard a Berta gael y cês bach yn barod.

"Fiw tynnu sylw," meddai Gerhard. "Dim ond dwy noson ydy'r cwrs ym Mharis. Fedra i ddim mentro mynd â chês mawr efo fi."

Aeth i lofft y plant bach.

"Ffarwél, Anton. Ffarwél, Lotti," sibrydodd, gan gusanu'u hwynebau heb eu deffro. "Am y tro y bydd hyn, dwi'n gaddo. Mi wna i anfon gair drwy Walter, yr athro chwaraeon yn yr ysgol."

Disgwyliodd i'r milwyr adael y stryd.

Cofleidiodd ei wraig a'i fab. Cerddodd i lawr y stryd fel petai'n mynd i'w waith bob dydd yn yr ysgol.

Rhan 1

Diwedd Awst 1939

Pennod 1

Aberystwyth, 29 Awst 1939

Gwyddai Eluned fod yn rhaid iddi ateb y llythyr. Gwyddai hefyd na allai ei bostio. Nid heddiw, nid wythnos nesaf nac am flynyddoedd, efallai. Os o gwbl, hyd yn oed. Ond estynnodd lyfryn o bapur gwag a dechreuodd sgrifennu. Saesneg oedd yr iaith roedden nhw'n ei rhannu gyda'i gilydd, ond tywalltodd holl ystyr a theimlad y geiriau Cymraeg oedd yn ei chalon i mewn i'r llythyr.

"Hendre Wen,
Ffordd Caradog,
Aberystwyth.

29ain Awst 1939

Annwyl Gisela,
Yn gyntaf, diolch yn fawr i ti am dy lythyr. Tristwch mawr oedd darllen mai hwn, meddet ti, fydd dy lythyr olaf am amser maith. Roedd fy nagrau'n disgyn ar dy inc wrth i mi ei ddarllen.

Ond rwy'n deall, wrth gwrs, nad dy ddymuniad di ydy hynny, Gisela annwyl. Mae amgylchiadau eraill yn drech na ni. Eto, rwy'n benderfynol o gredu na fyddant yn drech na'n cyfeillgarwch ni. Rwyt ti'n ffrind i mi ers saith mlynedd. Nid yw hynny'n newid.

Diolch am adrodd hanes Jan, dy frawd. Da clywed ei fod yn dal i fyw gyda chi ac wedi dechrau ar ei brentisiaeth yng ngorsaf reilffordd y ddinas. Does dim yn well na dysgu crefft. Mae'n swnio'n lle hwyliog hefyd ac yntau wedi cael ffugenw gan ei gydweithwyr yn barod a neb yn ei alw'n 'Jan' erbyn hyn. Rhaid i ti esbonio beth yw ei ffugenw i mi ryw dro. Pob dymuniad da iddo.

Ydy, mae'n anodd arnat gydag Otto, y gŵr, yn y gwersyll milwrol. Mae Berwyn wedi cael ei alw ganddon ni hefyd. Mae'n cysgu mewn pabell yn y maes awyr yn RAF Pembre ar hyn o bryd ..."

Rhoddodd Eluned Jenkins y caead yn ôl ar ei phin sgrifennu. Roedd hynny'n gymaint ag y gallai ei wneud am y tro. Roedd hi'n wraig ifanc, fywiog yn nesáu at ei deg ar hugain oed – yn athrawes ar un adeg ond wedi gorfod rhoi'r gorau i'r swydd pan briododd Berwyn, yn ôl y drefn ar y pryd. Tŷ tri llawr braf, gyda gardd, yng ngwaelodion Rhiw Penglais yn Aberystwyth oedd eu cartref. Roedd hi wrth ei bodd yn gweld plant yn datblygu, yn meistroli iaith ac yn mynegi eu hunain ac roedd hi'n gwneud dipyn o waith gwirfoddol yng Nghanolfan Urdd Gobaith Cymru, y drws nesaf i'w chartref.

Cododd a symudodd o'r ddesg at y ffenest fawr. Edrychodd i fyny'r stryd gyferbyn â'i thŷ. Edrychodd heibio'r tai a'r gerddi at y llechwedd serth y tu draw iddyn nhw. Safai'r Llyfrgell Genedlaethol ar gopa'r codiad tir hwnnw. Ie, y llyfrgell – neu'r 'tŷ gwyn ar y bryn', fel roedd Gisela wedi'i alw yn un o'i llythyrau.

Dros y blynyddoedd, roedd y ddwy wedi datblygu iaith gudd wrth sgwennu at ei gilydd. Naill ai hynny, neu byddai eu llythyrau ddim yn cyrraedd pen eu taith gan fod perthynas Prydain a'r Almaen yn dirywio a rhyfel yn anorfod. Byddai unrhyw wybodaeth 'beryglus' a allai fod yn cael ei rhannu yn ddigon i'r llythyr lanio ym masged y sensor. Felly, pan sgwennodd Gisela Steffles i ddweud fod ei gŵr yn 'Llangrannog y gwn', byddai'n swnio fel nonsens diniwed i sensor Almaenig. Ond gwyddai Eluned fod ei ffrind yn dweud wrthi fod Otto wedi'i symud i wersyll milwrol yr Almaen wrth ddefnyddio'r enw 'Llangrannog'.

Crwydrodd ei meddwl. Saith mlynedd yn ôl roedd hi a Gisela wedi rhannu wythnos yng ngwersyll Llangrannog* a chafodd ddangos rhai o atyniadau Cymru iddi, yn cynnwys y Llyfrgell Genedlaethol a thrên bach Cwm Rheidol ...

* * *

"Hoi, pwyll, y dihirod bach dwl!" Drannoeth, roedd Poli Penmorfa yn gwthio'i throl bren gyda dwy gasgen o bysgod arni am ganol y dref pan ruthrodd tri bachgen rownd y gornel yn chwifio rhawiau. Roedden nhw'n gwisgo dillad cadéts y fyddin a gallai ddychmygu eu bod wedi dod o'r Drill Hall ym mhen y stryd honno.

Llwyddodd y tal, main a'r cefnsyth, sgwâr i osgoi gwraig y pysgod a'i throl ond aeth y bychan, gwan – gyda'i raw o'i flaen fel beionet – ar ei ben yn erbyn basged o fecryll roedd Poli wedi'i bachu ar ochr y drol. Chwalodd llwyth y fasged dros y palmant.

"*Bullseye*, Austin!" chwarddodd y cefnsyth, sgwâr. "Mae perfedd Jerry-boy wedi arllwys ar lawr!"

Dadfachodd y milwr bychan ei raw o blethiad y fasged ac roedd ar fin rhedeg ar ôl y ddau arall pan gydiodd Poli Penmorfa yn ei glust. Roedd hi wedi arfer tynnu pysgod braf oddi ar fachau pysgota a doedd mymryn o gadét ddim yn mynd i gael llithro o'i gafael.

"Pob un 'nôl yn y fasged, boi bach. Glou!"

Dechreuodd Austin anelu am y pysgod agosaf ato gyda'i raw ond cydiodd Poli yn honno a'i thaflu i'r gwter.

"Gyda dy ddwylo glân, y cranc! A sycha'r pysgod sydd wedi bod ar lawr yn dy ddillad cyn eu rhoi nhw yn y fasged 'fyd!"

Trodd y ddau arall a cherdded yn ôl at y wraig a'i throl wrth weld un o'i rhengoedd yn cael ei drin fel hyn.

"Ond mae dy bysgod di'n drewi!" meddai'r cefnsyth, sgwâr wrth Poli Penmorfa.

"Alli di ddim disgwyl iddo fe sychu'r pethe sleimi yna ar hyd siwt byddin y brenin!"

"Beth wyt ti'n wbod am bysgod, y penbwl pen cei?" atebodd hithau. "Dŵr hallt a gwymon yw'r môr. Mae'n lân – sy'n fwy na gallwn i ei ddeud am glustie hwn!"

Rhoddodd Poli dro arall i glust Austin wrth amddiffyn ei physgod.

"Ond yr orders ry'n ni wedi'u cael yw mynd i lawr i'r traeth i lenwi bagie tywod," meddai'r tal, main.

"Cynta byd y byddwch chi wedi llanw'r fasged gyda'r pysgod, cynta i gyd gewch chi fynd i'r traeth. Cod hwnna wrth dy dra'd!"

Roedd gorchymyn Poli mor ffyrnig nes i'r tal, main blygu ac ufuddhau ar unwaith.

"Mae'r rhyfel bron â bod yma," meddai'r cefnsyth, sgwâr. "Mae popeth ar stop nawr i baratoi ato ..."

"Bydd rhyfel yma'n glouach nag wyt ti'n feddwl os na blygi di at y pysgod yna, y siarc!"

"Dere, Jimmy," meddai'r tal, main. "Do's dim llawer ar ôl nawr. Gad inni gael pen ar hyn."

"Ond mae ganddon ni ein orders, Kevin ..."

"Ac ar hyn o bryd, y fi sy'n rhoi'r orders i chi, y shilod di-werth!" meddai Poli fel neidr. "Pysgod – basged! Wedyn gewch chi fynd i whare ar lan y môr!"

* * *

Ddeuddydd yn ddiweddarach, roedd y ddwy chwaer Alice Lewis a Dorothy Lewis yng nghanol prysurdeb y prynhawn yn eu caffi yn Ffordd y Môr. Dwy wraig ganol oed, ddibriod oedd Alice a Dorothy – merched fferm o Gapel Bangor. Yn enethod ifanc roedden nhw wedi bod yn gweithio i'w brawd, Dai Lewis, oedd wedi sefydlu busnes gwerthu llaeth a siop groser yn yr East End yn Llundain. Dwy a wyddai beth oedd gwaith oedden nhw, heb ofni torchi llewys a bwrw iddi – ac roedden nhw'n disgwyl hynny gan bawb arall hefyd. Un fain, gydag wyneb ychydig yn debyg i wiwer oedd Dorothy, ac roedd hi'n cadw'i harian fel mae gwiwer yn cadw'i chnau. Clustog o ddynes oedd Alice – llydan a meddal, parod ei gwên a'i chymwynas.

Roedden nhw'n ei chanol hi yn y caffi bach pan gerddodd swyddog o'r cyngor i mewn a sefyll wrth y cownter.

"Hwn i chi," meddai'n awdurdodol, gan dynnu taflen o bapur o'i gâs lledr a'i estyn at Alice oedd wrthi'n taenu menyn ar sgon.

"Chwiliwch am fwrdd gwag a 'steddwch, os gwelwch yn dda," meddai Alice, heb dynnu'i llygaid oddi ar y sgon. "Bydd Dorothy gyda chi nawr i weld beth y'ch chi ise."

"Nid yma i gael fy syrfio ydw i," meddai'r swyddog. "Chi sydd fod cymryd hwn gen i."

"A beth yw e? Dorothy, mae'r sgon yn barod i ford pump."

"Rheolau newydd am ..." dechreuodd y swyddog.

"Ody'r cwsmer ise jam hefyd, Dorothy?"

"Ody, Alice."

"Mwyar duon ife? Mae digon i ga'l gyda ni, o'r cnwd sy ar hewl Clarach eleni."

"Rheolau am y blacowt." Cafodd y swyddog ei big i mewn o'r diwedd.

"Blacowt?" gofynnodd Dorothy.

"Mae'r llywodraeth wedi gwneud cyhoeddiad heddi," meddai Dan Cambrian News oedd yn gwrando'n astud ar y sgwrs wrth yfed ei baned. "Pob ffenest yn dywyll o heno mla'n. Cyrtens du trwm i bawb – bydd Lewis Morgan, Stryd Fawr yn gwneud bom. O sori! O'n i ddim yn ei feddwl e fel 'na!"

"Dyma'r ..." dechreuodd y swyddog eto.

"Blacowt neu lwc-owt," torrodd Dan ar ei draws. "Jiawl, dyna bennawd da i'r papur 'fyd ..."

"Ond allwn ni ddim rhoi cyrtens duon ar ffenestri'r caffi," mynnodd Alice. "Fydde fe ddim yn gwneud dim lles i dynnu cwsmeriaid."

"Fydd dim golau yn y caffi," meddai'r swyddog. "Byddwch chi ar gau yn y nos."

"Ond ry'n ni ar agor tan naw ym mis Medi. Dechrau heno. Cau awr yn gynt na mis Awst ..."

"Fyddwch chi'n cau am saith nawr a chyn hynny yn nes ymlaen," meddai'r swyddog. "Fydd dim un busnes ar agor ar ôl iddi dywyllu."

"Roedd y plant yn dechre gadael Llundain ddoe," meddai Dan wedyn. "Maen nhw'n disgwyl bomers yr Hitler bach 'na yma unrhyw bryd. Bydd ifaciwîs gyda ni yn Aber cyn bo hir, gewch chi weld. Ifaciwî ger y lli fydd hi – alla i weld y llun ar y dudalen flaen ..."

"Dydd Sul, gyda lwc," meddai llais o'r bwrdd wrth y ffenest.

Trodd pawb i edrych ar Herr Gerhard Steinmann. Roedd yr Almaenwr pedwar deg pump oed wedi bod yn byw yn y dref ers tair blynedd bellach. Doedd neb yn swil o ladd ar y Natsïaid yn ei glyw gan eu bod yn gwybod ei fod yntau wedi dioddef digon o dan y math o lywodraeth roedd Hitler a'i Gestapo wedi'i chreu yn ei wlad enedigol.

Dair blynedd yn ôl, ffarweliodd Gerhard â'i wraig a'i dri phlentyn a dal y trên i Baris. Ef oedd un o'r rhai ffodus. Cyrhaeddodd y dref lan môr hon yng ngorllewin Cymru yn y diwedd ar ôl cael addewid gwaith fel darlithydd Almaeneg yn y Brifysgol.

Cafodd lety ar lawr uchaf tŷ Eluned Jenkins yn Ffordd

Caradog. Dysgodd Gymraeg er mwyn llenwi'r gwacter yn ei fywyd a cheisio gwneud i'w hiraeth gilio. Ond roedd wedi derbyn neges gudd gan ei wraig mewn llythyr ffurfiol ei naws gan Walter, yr athro chwaraeon, y bore hwnnw. Y llythyr olaf am gyfnod hir, efallai. Rhannodd y newyddion gyda gweddill y caffi.

"A dyma mae hi'n ei ddweud – bod 'Anton a Lotti yn gadael yr Almaen ar y Kindertransport* fory. Rhaid i ti fynd i'w cyfarfod nhw yn Llundain. Mae Steffan wedi'i alw i'r hyfforddiant milwrol cyntaf i'r rhai sy'n ddwy ar bymtheg oed ...' Chi'n gweld, gyfeillion, byddaf i fel Almaenwr gymaint yn fy nyled i chi'r Cymry o hyn ymlaen. Nid yn unig rwy'n gofyn i chi fy nerbyn i, ond derbyn fy mhlant yn ogystal ..."

Pennod 2

Bielefeld, Yr Almaen, 1 Medi 1939

Roedd yn chwech o'r gloch y bore ac roedd baner goch gyda swastica mawr du ar ei chanol ar bob platfform yng ngorsaf drenau dinas Bielefeld. Safai'r orsaf ar y brif reilffordd oedd yn cysylltu Köln â phorthladd Hamburg, Berlin a Gwlad Pwyl. Ers wythnosau, y trenau a fyddai'n tynnu cerbydau heb ffenestri ynddyn nhw fyddai'n cael y flaenoriaeth. Doedd hi ddim yn anarferol i drenau oedd yn cludo pobl gael eu dal yn ôl am oriau er mwyn i ddegau ar ddegau o gerbydau tywyll, gyda phob drws wedi'i gloi, gael eu tynnu tua'r gogledd ac yna i'r dwyrain. Y bore hwnnw roedd tanciau Hitler wedi croesi'r ffin i Wlad Pwyl.*

Ar Blatfform 6, roedd deunaw o blant rhwng pump a deuddeg oed yn sefyll mewn grŵp tyn ymhell draw o'r fan lle'r oedd baner y swastica. Roedden nhw'n sefyll â'u cefnau at y byd ac yn wynebu'i gilydd. Gwisgai pob un gôt dywyll, drwchus a chap gwlân. Roedd bagiau o wahanol faint ar gefn pob un – ambell sgrepan denau a di-siâp ac ambell sach gefn oedolyn. Roedd pob bag wedi'i lenwi i'r eithaf a'i bwysau'n tynnu ar yr ysgwyddau ifainc. Bob hyn a hyn, taflai ambell un o'r rhai lleiaf gip dros eu hysgwyddau ar brysurdeb yr orsaf ac yna troi'n ôl yn gyflym i wynebu'r grŵp. Yn sownd wrth linyn am wddw pob un, roedd cerdyn gyda rhifau gwahanol ar bob cerdyn.

Chwech oed oedd Lotti Steinmann, a gwnâi Anton, ei brawd, yn hollol siŵr nad oedd yn gollwng llaw ei chwaer. Gan ei fod ef yn ddeg oed, roedd wedi gaddo i'w fam y byddai'n edrych ar ei hôl ar hyd y daith. "Cofia dy fod yn gyfrifol am Lotti, Anton." Dyna oedd geiriau olaf ei fam wrtho y tu allan i'r orsaf.

"Siŵr iawn, Mutti," addawodd yntau.

Doedd ei fam – na'r un o'r rhieni eraill – wedi cael caniatâd i gael mynediad i'r orsaf i ffarwelio â'r plant ar y platfform. Safai dau filwr arfog mewn lifrai duon SS yn y porth, yn cadarnhau rhif pob plentyn ar eu rhestr a rhwystro'r oedolion rhag mynd cam ymhellach.

Derbyniodd y plant gusanau cyflym, codi llaw, dagrau yn y llygaid – ac yna roedd rhywun yn eu gwthio i'r orsaf a gweiddi yn eu clustiau beth oedd rhif eu platfform.

"Cyflym! Cyflym! *Schnell! Schnell!* Rydan ni eisiau chi o'r ffordd yn gyflym," gwaeddodd milwr SS arall arnyn nhw y tu mewn i'r orsaf.

Gafaelodd Anton yn dynn ym mraich Lotti gan ei dal rhag iddi ddisgyn wrth i'r plant gael eu gyrru fel haid o gŵn drwg ar hyd yr adeilad enfawr i Blatfform 6.

"Dyma nhw, y llwyth olaf o'r Kindertransport!" gwaeddodd un SS ar y llall wrth roi hyrddiad i gefn un o'r bechgyn talaf.

"*Ja!* Dim digon da i'r Hitlerjugend!" meddai milwr arall wrth roi gwthiad i lanc arall.

Y bechgyn hynaf oedd yn ei chael hi waethaf, sylwodd Anton.

"Gwell cael gwared â'r rhai â gwaed budur!" gwaeddodd

yr SS cyntaf, gan roi plwc i gynffon o wallt tywyll wedi'i blethu gan ferch rhyw wyth oed o flaen Anton.

Gwallt a llygaid tywyll oedd gan lawer o'r plant, sylwodd Anton wedyn. Gwyddai am deuluoedd plant gwallt tywyll oedd wedi diflannu o'u stryd. Gallai gofio clywed y lorïau a'r milwyr yn galw yn y nos ...

"Gwynt teg ar eu hôl nhw," gwaeddodd yr SS.

"Mae ein gwlad yn lanach heddiw. O'r ffordd! *Schnell!* Cyflym!" meddai'r llall.

Pan oedd y grŵp yn sefyll yn gylch ar Blatfform 6, gollyngodd Anton fraich Lotti a gafael yn dynerach yn ei llaw. Gwelodd ei chwaer yn troi ei phen i edrych tua'r fynedfa, ond gwyddai na fyddai eu mam yno. Doedd dim diben edrych yn ôl. Sleifiodd ei law arall rhwng dau fotwm ei gôt fawr a theimlodd ei waled fechan yn y boced fewnol wrth ei galon. Oedd, roedd yr arian yno'n ddiogel. Cadwodd ei lygaid ar lawr. Roedd wedi dysgu peidio edrych ar wynebau. Doedd athrawon, na'r heddlu, na'r milwyr ddim yn hoffi plant fyddai'n edrych i fyw eu llygaid. Roedd yr awdurdodau'n codi'u lleisiau ac yn eich trin yn gas os oedden nhw'n meddwl eich bod chi'n eu herio. Edrychodd ar ei esgidiau. Roedd ei fam wedi'u cwyro'n dda ac wedi codi sglein arnyn nhw'r noson cynt. Ei esgidiau gorau. Dim ond caniatâd i fynd ag un pâr oedd gan bob plentyn ar gyfer y daith. Edrychodd ar y llawr o'i gwmpas. Roedd esgidiau pob plentyn yn sgleinio.

Cododd Anton ei lygaid ac edrych ar gôt y ferch gyda'r gwallt tywyll wedi'i blethu. Roedd rhywun wedi codi'n gynnar i'w blethu'n ofalus, a gwisgai gôt frethyn oedd yn edrych fel petai wedi costio'n ddrud. Eto, côt rhywun arall, rhywun hŷn oedd hi. Doedd hi ddim yn ffitio. Côt aeaf rhyw chwaer hŷn, efallai. Côt yn gariad amdani. Cariai ddol fechan a phwysai ei gên ar ben y ddol. Gwallt melyn a llygaid glas oedd gan y ddol. Almaenes oedd honno. Edrychodd ar wyneb yr eneth. Roedd hi wedi troi'i phen ac roedd ei llygaid yn edrych draw ymhell. Roedd ei meddwl yn gweld rhywle arall a phobl eraill. Gwyn y llygad a welai Anton, ond gwelai ddigon hefyd i wybod mai llygaid tywyll fel eirin duon oedd ganddi. Llygaid heb wên yn agos iddyn nhw. Roedd rhywun wedi bod yn gweu dillad newydd i'r ddol, dillad yn gylchoedd o wlân amryliw, yn wyrdd a melyn a choch a phinc. Edrychodd ar ei gwallt eto. Pwy fyddai'n plethu hwnnw iddi hi yfory?

Trodd i edrych ar ei chwaer. Gwallt melyn oedd ganddi hi fel yntau. Doedden nhw ddim wedi cael neb yn eu cicio nac yn poeri arnyn nhw yn yr ysgol. Y llygaid tywyll fyddai'n cael hynny fel arfer. Ac nid plant ysgol yn unig oedd wrthi. Cofiodd am yr hen wraig Frau Mosen yn disgyn ar y rhew ar stryd eu cartref nhw y gaeaf diwethaf. Roedd ei gwaed yn llifo wedi iddi gael anaf drwg ar ei thalcen. Ond roedd y doctor wedi gwrthod rhoi pwythau i gau'r briw – am ei bod yn Iddewes. Y doctor newydd a ddaeth yn lle'r hen ddoctor Isaac Hirsch oedd hwn.

"Mae hi'n wlad ni a nhw." Dyna oedd ei fam wedi'i ddweud wrtho y noson cynt. "Ac mewn gwlad felly, mae'n beryglus bod yn un ohonyn nhw."

"Ond nid Iddewon ydan ni, Mam," roedd Anton wedi'i ddweud.

"Mae sawl math o 'nhw'," oedd ateb ei fam. "Mae rhai ohonyn nhw'n *Ostarbeiter** – gweithwyr o'r dwyrain, y rhai sy'n slafio yn y ffatrïoedd ac ar y ffermydd. Y sipsiwn wedyn, teithwyr o dras wahanol i ni'r Almaenwyr ... y glöwr sy'n aelod o undeb ac yn ymladd dros hawliau'r gweithwyr ... neu'r athrawon sy'n gwrthod plygu i'r drefn, fel eich tad ..."

"Deud eto, beth wnaeth Dad, Mutti?"

"Gwrthod dweud 'Heil Hitler' wrth y plant oedd ei dechrau hi. Roedd eich tad yn dweud 'Bore da' a 'Pnawn da' mewn llais caredig o flaen pob dosbarth. Roedd yn dysgu ieithoedd a hanes gwledydd eraill – a doedd dynion y 'Ni' ddim yn hoffi hynny. Un iaith, un darn o hanes, un math o ganeuon ac un faner – dyna sy'n bwysig i ddynion y 'Ni'. Mae eich tad yn ddyn tawel, ond allwch chi ddim newid ei feddwl ar chwarae bach."

Ar hynny roedd Steffan wedi cyrraedd adref. Steffan oedd eu brawd hŷn. Gan fod Steffan bron iawn yn ddeunaw, cyrhaeddodd papurau'n galw arno i fynd i wersyll i ymarfer bod yn filwr 'i wneud eu gwlad yn fawr ac yn wych yng ngolwg y byd'. Ond doedd Steffan ddim wedi mynd i gofrestru ei enw yn y swyddfa nac wedi dal trên i'r gwersyll. Oherwydd hynny, doedd Steffan byth adref – byddai'n aros ar lawr yn nhŷ rhyw ffrind neu'i gilydd ac yn darllen a siarad am lyfrau drwy'r dydd. Roedd Steffan eisiau mynd i'r coleg fel ei dad.

"Doedd yr ysgol ddim yn lle diogel i Dad fod ynddi," eglurodd Steffan. "Dyna ichi wlad dda – gwlad lle nad ydy'r ysgolion yn ddiogel i rai plant na rhai athrawon!"

"Dyna pam y bu'n rhaid iddo fynd i ffwrdd – rydych chi'n deall hynny," meddai eu mam. "Mynd at athrawon ym Mharis wnaeth eich tad ac yna cael llong i Loegr. A dyna pam fod yn rhaid i chithau fynd nawr. A meddyliwch mor braf fydd hi –

cewch weld eich tad ar ddiwedd eich taith trên fory."

"Ond pryd wyt ti a Steffan yn dod aton ni, Mutti?" gofynnodd Lotti.

"Pan fedrwn ni, pan fedrwn ni. Dydy hi ddim yn hawdd ... Edrych." Ac roedd eu mam wedi tynnu ei horiawr arian oddi ar ei braich. "Dyma ti. Gei di gadw hon nes byddwn ni gyda'n gilydd eto. Dysga di ddweud faint o'r gloch ydy hi gyda'r oriawr yna, wedyn gawn ni amser gyda'n gilydd eto."

Gwyddai Anton, wrth sefyll ar y platfform y bore hwnnw, fod yr oriawr yn ddiogel ym mhoced fach ei chwaer. Gwyddai hefyd y byddai'n well gan Lotti ei gweld ar fraich eu mam a chael y fraich honno amdani. Gwasgodd yntau ei llaw a gwenu arni wrth iddi godi ei phen.

Ar hynny, clywodd y grŵp o blant ryw gynnwrf ar y platfform y tu ôl iddyn nhw. Trodd Anton i edrych a gwelodd ryw hanner dwsin o lanciau gyda gwalltiau cwta, melyn yn lifrai brown yr Hitlerjugend yn gweiddi sloganau ac yn rhedeg tuag atyn nhw. Wnaeth milwyr SS ddim ond dal eu dwylo y tu ôl eu cefnau a rhyw wên gam ar eu hwynebau.

"Moch! Soch-soch! Ffwrdd â chi!"

"Does dim lle i chi yn ein dinas ni!"

"Baich ar y wlad!"

"Budreddi!"

Erbyn hyn roedd y rhai ar y blaen wedi cyrraedd y grŵp ac roedd yr ymosodiad yn fwy corfforol. Poeri ... ambell gic ...

Yna, gafaelodd un o lanciau Hitler mewn sgrepan oedd ar gefn bachgen llygaid tywyll tua'r un oed ag Anton. Tynnodd y sgrepan dros ysgwyddau a breichiau'r bachgen yn frwnt, agor ei cheg a thywallt ei chynnwys ar y platfform. Disgynnodd cas ffidl yn glep ar lawr. Chwarddodd y llanc a rhoi cic i'r offeryn i gyfeiriad ymyl y platfform a'r rheilffordd.

Wrth weld hyn, cafodd un arall o'r llanciau'r syniad i ddwyn y ddol o ddwylo'r eneth gyda'r blethen. Fflachiodd tân yn llygaid y ferch wrth iddi ddal ei gafael yn ei dol. Tynnodd y llanc yn ffyrnicach a gwelodd Anton ben y ddol yn dod i ffwrdd yn ei law. Dawnsiodd yn lloerig a thaflodd y pen dros ymyl y platfform nes ei fod ar gledrau'r rheilffordd. Gwasgodd Anton ei chwaer o'i flaen nes ei bod yn ddiogelach yng nghanol y grŵp.

Ar hynny, daeth llef wahanol. Er ei fod yn cadw'i ben i lawr, taflodd Anton gip i gyfeiriad y sŵn newydd. Gwelodd fachgen tal iawn, rhyw bymtheg oed, mewn ofyrôls glas a bathodyn y cwmni rheilffyrdd ar ei frest. Un o weithwyr yr orsaf oedd hwn, meddyliodd Anton. Prentis, yn fwy na thebyg, ac yn wahanol i'r Hitlerjugend, roedd ei wallt golau'n llaes ac yn gyrliog. Brasgamai tua'r grŵp ond roedd ei lygaid ar lanciau Hitler. Ac nid oedd ofn yn y llygaid, meddyliodd Anton.

"Ti! Rwyt ti newydd lygru rheilffordd y Führer!" gwaeddodd ar y llanc. "Mae Hitler wedi gorchymyn bod yn rhaid cadw'r lein yn glir ar gyfer ei fyddin!"

Tawelodd y llanciau yn eu lifrai milwrol, gan edrych yn ansicr o'r naill i'r llall.

"Paid â sefyll yn fan'na fel iâr wlyb! Cer i nôl y llygredd yna."

Doedd dim golwg o drên ar y lein honno. Neidiodd y llanc ar y cledrau a chodi pen y ddol. Wrth iddo ddringo'n ôl ar y platfform, bachodd y prentis y pen o'i ddwylo. Chwifiodd un fraich at yr allanfa ac ymadawodd yr Hitlerjugend yn ddistaw.

Camodd y prentis at y grŵp a gosod y pen yn ôl ar gorff y ddol yn ofalus.

Roedd porter mewn dipyn o oed yn gwthio trol a chistiau arni heibio ar y pryd. Clywodd Anton eiriau distaw'r hen weithiwr wrth iddo basio.

"Da iawn ti, Plank ..."

'Plank,' meddyliodd Anton. 'Yr un tal ...' Ffugenw addas, meddyliodd.

Pennod 3

Llundain, 2 Medi 1939

Ar ôl disgwyl dros ddwy awr ar y platfform amdano, gwelodd Anton y peiriant stêm anferth yn cyrraedd. Hwn oedd y trên cludo plant. Tynnai res hir o gerbydau. Wrth iddo arafu, gallai Anton weld wynebau'r plant yn eu seddau wrth y ffenestri. Plant y llygaid gwag, meddyliodd Anton.

Stopiodd y trên. Chwythodd y giard ei chwiban ac agorodd y drysau. Daeth rhai o filwyr yr SS yn nes ond symudodd y grŵp o blant yn reddfol at ddrysau'r trên cyn iddyn nhw ddechrau cael eu gwthio. Anelodd Anton am y cerbyd agosaf at y wagen lo y tu ôl i beiriant y trên. Daliai i afael yn llaw Lotti.

Gwelodd Anton fod y prentis a gâi ei alw'n Plank wedi dod i'r golwg eto ac yn rhedeg ar frys at beiriant y trên. Yno, yn y caban roedd y gyrrwr a'r taniwr.

"Prentis ffitar ydw i," meddai Plank wrthyn nhw. "Ar ran y prif ffitar, dwi'n holi ydy popeth yn iawn – lefel y dŵr yn iawn? Digon o lo? Pwysau'r stêm?"

"Popeth yn iawn os ydy'r lein yn glir i ni," atebodd y taniwr. "Rydan ni wedi cael ein dal yn ôl mewn seidin i wneud lle i'r trenau rhyfel."

"Wiw i neb gwyno," siarsiodd y gyrrwr, gan daflu cip dros bennau'r plant i gyfeiriad yr SS.

"Braf gweld y plant yn gadael!" meddai'r taniwr yn uchel

dros y platfform. "Fyddan nhw ddim yma i gymryd ein harian ni pan fyddwn ni'n gryf eto! Mae Hitler wedi gaddo y bydd yr Almaen Fawr yn wych a chyfoethog ac y bydd digon o waith i bawb! Ni fydd piau ein gwlad unwaith eto."

Sylwodd Anton fod Plank yn cadw'i ben i lawr ac yn brathu'i wefus wrth adael y caban. Cododd ei chwaer a'i rhoi ar ris y drws ac yna roedden nhw i mewn yn y cerbyd. Seddau pren oedd ynddo a gwelodd fod rhai o'r plant oedd ar y trên eisoes yn closio at ei gilydd i wneud lle iddo ef a'i chwaer. Tynnodd eu sgrepanau oddi ar eu cefnau ac eistedd ar y fainc agosaf.

Edrychodd o'i gwmpas. Trên cyfan o blant. Roedd y teimlad yn un anghyffordus. Dim athro, dim rhiant – doedd neb yno i ofalu amdanyn nhw. Clywodd y drysau'n cau'n glep. Clywodd chwiban y giard ar y platfform am y tro olaf. Gollyngodd y peiriant mawr ochenaid o stêm a dechreuodd y trên ar ei daith o'r orsaf.

Roedd y daith yn un hir. Ym mhob gorsaf lle'r oedd y trên yn aros, deuai rhagor o blant i mewn i'r cerbydau – pob un gyda'i gerdyn rhif wrth linyn am ei wddw a'i lygaid yn wag.

"O ble?" gofynnodd Anton i'r bachgen tua deuddeg oed wrth ei ochr.

"Stuttgart," atebodd hwnnw'n dawel.

"Faint o'r gloch gychwynnaist ti?"

"Hanner nos."

"Wyt ti wedi cysgu?"

Siglodd ei ben.

"Maen nhw'n rhedeg trenau'r plant yn y nos rhag i bobl y trefi weld y rhieni'n wylo ac yn ffarwelio wrth y gorsafoedd," esboniodd wedyn.

Ar y ffin â'r Iseldiroedd, daeth heddlu'r SS i mewn i'r cerbyd a gofyn am weld tocynnau pob un unwaith eto.

"Tocynnau! Peidiwch â thin-droi! Dewch â nhw, neu allan o'r trên yng nghanol nunlle fyddwch chi!"

Ymhen hir a hwyr, ailddechreuodd y daith.

"O'r diwedd!" meddai'r bachgen wrth Anton. "Rydan ni allan o'r wlad felltigedig yna. Rydan ni'n rhydd!"

Wnaeth y trên ddim aros mewn un orsaf arall ond sylwodd Anton fod pobl yn gwenu arnyn nhw ac yn codi llaw wrth iddyn nhw basio eu platfform.

"Edrych!" meddai wrth ei chwaer. "Melinau gwynt! Ti'n eu gweld nhw?"

Nodiodd Lotti ei phen ond ni roddodd wên i'w brawd.

Aethant drwy ddinas Rotterdam a heibio llawer o gamlesi. Roedd cychod mwy i'w gweld ar y camlesi wrth nesu at y porthladd. Yna, roedden nhw yn yr orsaf ar y cei yn Hoek van Holland. Allan â nhw a chael eu tywys i olwg y llong fwyaf a welsent erioed.

Roedd stondin diod coco cynnes a bara ar y cei, a stafell aros gartrefol gyda seddau lledr ynddi ar eu cyfer. Gwnaeth pobl sgwrsio gyda nhw a gwenu. Doedd neb yn gweiddi arnyn nhw yn Hoek van Holland. Sylwodd Anton ar fachgen dall yn cael ei arwain at y stondin gan ei chwaer. Doedd dim lle i blant gyda nam arnyn nhw yn yr Almaen.

Am wyth o'r gloch y nos, cawsant fynd ar y llong. Caban 304, i'w rannu gyda brawd a chwaer arall, oedd ar gyfer Anton a Lotti. Daeth un o weision y llong â phlatiad o fisgedi melys iddyn nhw i'w rhannu.

Dau wely bync oedd yn y caban.

"Ga i fynd i'r gwaelod, Anton? Mae gen i ofn disgyn o'r un uchaf yna."

"Cei. Cei siŵr. Tyn dy esgidiau a dy gôt. Ond paid â newid. Dydy hi ddim gwerth agor y sgrepynau yma a Mutti wedi pacio popeth mor ofalus inni."

Pan oedden nhw'n barod aeth Lotti i'w gwely yn gyntaf. Cydiodd yn dynn yn ei chôt a gwthio ei llaw i boced yr oriawr. Daliodd y gôt yn agos at ei thrwyn gan gau ei llygaid a cheisio'i gorau i ogleuo ei hen gartref yn y brethyn.

"Faint o'r gloch ydy hi ar wyneb oriawr Mutti?" gofynnodd Lotti i'w brawd.

"Edrych ar y bys bach – wyt ti'n gweld y rhif? Mae'n chwarter i naw. Amser cysgu, medd oriawr Mutti. Gelli di fod yn sicr ei bod hithau'n meddwl amdanom ninnau ar yr union eiliad yma."

Dringodd Anton yntau i ben y bync, gan ymestyn ei ben dros erchwyn y gwely i weld a oedd ei chwaer yn iawn. Doedd hi ddim yn symud ac roedd ei hanadl yn drwm. Cyn hir roedd yntau'n cysgu. Chlywodd yr un ohonyn nhw'r llong fawr yn gadael yr harbwr.

Cyn chwech y bore, canodd cloch a chlywsant lais un o'r morwyr yn galw ar hyd cyntedd y cabanau,

"Codwch, bawb! Brecwast yn barod!"

"Pryd fydd Mutti a Steffan yn dod ar ein holau ni?" oedd cwestiwn cyntaf Lotti.

"O cyn hir, dwi'n siŵr." Caeodd Anton y strap ar ei hesgidiau. Helpiodd hi i wisgo'i chôt a rhoddodd ei sgrepan ar ei chefn. Pan oedd yntau'n barod, gafaelodd yn ei llaw ac edrych arni.

"Dyna ni. Rwyt ti'n gwneud yn dda, Lotti." Wrth gadw'i addewid i'w fam y byddai'n edrych ar ôl ei chwaer, roedd yn teimlo ei bod hi yno wrth ei ochr, rywsut.

Wrth gyrraedd y cantîn, gwelodd Lotti fod cloc ar y wal.

"Y bys bach sydd ar chwech ar wyneb y cloc yna, yntê, Anton?"

"Ie, da iawn ti. Rwyt ti'n cael hwyl ar ddechrau dysgu dweud faint o'r gloch ydy hi, Lotti."

"Mi fydd Mutti yn falch, yn bydd hi?"

Wy ar fara wedi'i ffrio oedd y brecwast, ac afal a 'chydig o laeth ffres. Gallent glywed y morwyr yn gweiddi a sŵn cadwynau, ac roedd goleuadau'r harbwr i'w gweld drwy ffenest y caban bwyd. Roedden nhw wedi cyrraedd Harwich yn nwyrain Lloegr.

Wrth iddyn nhw adael y llong a cherdded at y trên, taflodd dynion y rheilffordd felysion iddyn nhw. Doedd neb yn dod i gyfarfod rhai plant a gadawodd y rheiny yn Harwich i fynd i aros mewn hostel dros dro. Cyn diwedd y bore, roedd trên y gweddill wedi cyrraedd Llundain ac yn arafu a dod i stop wrth blatfform yng ngorsaf Liverpool Street.

"Dyna ni wedi cyrraedd," meddai Anton wrth Lotti, ac am y tro cyntaf mewn deuddydd, roedd rhywfaint o gyffro yn ei lais.

Roedd yn rhaid dangos tocynnau eto, ond doedd y ciw ddim yn hir. Roedd y swyddogion yn garedig. Allan â nhw drwy giât y platfform ac i gyntedd mawr yr orsaf. Gallai weld tyrfa o oedolion rhyngddyn nhw a'r porth i'r stryd. Roedd breichiau yn yr awyr. Pobl yn gweiddi enwau. Teimlodd Anton gyffro yn cerdded ar hyd ei asgwrn cefn.

"Yn fan'ma mae Papa?" gofynnodd Lotti.

Doedd y geiriau ddim gan Anton i'w hateb. Gwasgodd ei llaw a dechrau cerdded yn gyflym. Ceisiodd ail-greu wyneb ei dad yn ei ddychymyg. Nid oedd wedi'i weld ers tair blynedd ond roedd llun ohono ar y cwpwrdd bach yn eu stafell fyw yn Bielefeld. Dyn gweddol dal, llygaid cadarn, siwt, gwallt cwta, taclus ...

"Anton! Lotti! O ...!"

Trodd y ddau i gyfeiriad yr alwad.

Gwelsant ddyn mewn siaced frethyn a het yn chwifio'i law ac yn cerdded – na, yn rhedeg – tuag atyn nhw.

Y gwallt dynnodd sylw Anton yn gyntaf. O dan yr het roedd gan y dyn hwn wallt llaes oedd yn cyrlio dros ei glustiau. Ac nid gwallt melyn fel roedd e'n ei gofio oedd ganddo, chwaith. Roedd y gwallt yn frith, gyda mwy o wyn na melyn ynddo erbyn hyn.

Yna, roedd wedi cyrraedd atyn nhw ... wedi sgubo Lotti oddi ar y llawr a'i dal at ei ysgwydd ... yna arhosodd yn ei gwrcwd ac edrych i fyw ei wyneb yntau.

Oedd, roedd y llygaid yn dal yn gadarn ac yn glên, meddyliodd Anton.

Gafael, gwasgu, ochneidio. Am funudau hir a gwerthfawr, doedd dim geiriau rhyngddyn nhw. Yna, yn y diwedd, cododd eu tad ar ei draed, gan ddal Lotti wrth gesail ei ysgwydd o hyd.

Dim ond y llun yn y stafell fyw oedd gan Lotti. Doedd hi ddim yn cofio'i thad yn rhannu'r aelwyd yn Bielefeld gyda nhw. Daliai i edrych ar ei wyneb gyda'i llygaid yn syn a llonydd. Ond roedd yn gafael yn dynn yng ngholer ei siaced frethyn gydag un llaw hefyd.

"O, Lotti – rwyt ti ddwywaith yr eneth oeddet ti dair blynedd yn ôl! A dy wallt melyn hyfryd di – fel dy fam yn eneth ifanc. Ac Anton! Bachgen oeddet ti. Ti'n llanc erbyn hyn. Llanc a geneth! O, dydw i mor lwcus. Mor lwcus. Dewch, rydw i wedi cael lle inni aros, dim ond rownd y gornel. Bath heno. Gwely braf. Ond cyn hynny: bwyd, bwyd, bwyd. A fory – trên i'r cartref ac i'r dref newydd ar lan y môr ..."

Siaradai am bopeth, siaradai'n ddi-stop am unrhyw beth. Siaradai rhag gorfod siarad am eu mam a Steffan yn yr Almaen. Aeth Lotti i'w phoced heb ddweud gair. Tynnodd yr oriawr arian ohoni a'i dangos i'r dyn dieithr oedd yn ei dal.

"O!" meddai Gerhard, gan ddal ei law dros ei geg. Tasgodd deigryn i'w lygad. "Mae oriawr Berta gen ti, Lotti! Oriawr Mutti ...?"

Nodiodd hithau a dywedodd un gair yn unig, "Papa ..."

* * *

"Ody'r mecryll yma'n ffres?" holodd Alice Lewis. Parciodd Poli Penmorfa ei chert bysgod o flaen ffenest Caffi Lewis a rhoi ei phen heibio'r drws a gweiddi a oedd rhywun yn chwilio am bysgod braf am fargen.

Roedd Alice wedi dod allan o'r caffi i edrych ar safon y pysgod yn y fasged a'r casgenni ar y gert.

"Ffres, fenyw? Pa mor ffres y'ch chi moyn nhw? Mae 'ngwallt i'n dal yn wlyb ers i fi fod yn y môr yn Nhan-y-bwlch yn eu tynnu nhw'n rhydd o'r rhwydi!"

"Wy'n amau dim, Poli, *not for one minute!* Amau dim!"

"Ro'dd y rhain yn cysgu mewn gwely gwymon ar waelod y

môr neithiwr – dyna iti pa mor ffres y'n nhw!"

"Y drwg yw, ti'n gweld, Poli – smo ni'n cael agor yn hwyr i'r nos y dyddiau hyn. *Shorter hours, fewer plates.* Fydd dim cymaint o gwsmeriaid yn mo'yn pysgod ar nos Sadwrn i swper oherwydd y rheolau newydd."

"Pa! Pwy reolau nawr 'to? Wy'n gweud wrthot ti, gystel iti ga'l haid o filidowcars i redeg y wlad 'ma na'r pengwins 'na yn Llunden!"

"Fe gymera i ddeg o fecryll gen ti, Poli. *Ten of them.* Allwn ni gael gwared â rheiny, wy'n siŵr. Ond ry'n ni'n gorfod cau'r caffi am saith y nos er mwyn cael blacowt!"

"O, wel, fe fydd rhaid i fi fynd â'r gweddill 'nôl i'r môr a gweud wrthyn nhw am nofio 'nôl ata i yn y bore 'te."

"Fyddan nhw ddim yn dechre drewi erbyn fory 'te? *Bit smelly or what?*" holodd Alice.

"Alice Lewis fach, pysgod wy'n eu gwerthu ac mae pysgod i fod ogleuo fel pysgod. Os wyt ti moyn perffiwm, cer i Wylwyrths!"

Pennod 4

Aberystwyth, 3 Medi 1939

Am chwarter wedi un ar ddeg y bore, roedd y radio wedi'i chario o fflat Alice a Dorothy Lewis i lawr y grisiau i'r caffi. Roedd y caffi'n rhwydd lawn ar ôl i'r torfeydd adael capeli'r dref ac roedd pawb wedi clywed fod gan y Prif Weinidog, Neville Chamberlain yn Llundain, neges bwysig.

Aeth y caffi'n hollol dawel wrth i ddarlledwr y BBC gyhoeddi fod gan y Prif Weinidog ddatganiad. Atseiniodd y llais tawel a phwyllog rhwng y byrddau wrth iddo adrodd hanes y bore. Roedd llysgennad Prydain yn Berlin wedi rhoi neges i Hitler yn gofyn am addewid y byddai'n tynnu'i fyddin yn ôl o Wlad Pwyl cyn un ar ddeg y bore hwnnw, neu byddai Prydain yn cyhoeddi rhyfel yn erbyn yr Almaen. Ni chafwyd yr addewid hwnnw gan Hitler, meddai Chamberlain, ac o ganlyniad roedd Prydain yn awr yn cyhoeddi rhyfel yn erbyn yr Almaen.

Ar ddiwedd y datganiad, diffoddodd Alice Lewis y radio cyn i'r gerddoriaeth wladgarol fyddaru pawb yn y caffi. Bu tawelwch llwyr yno am ychydig, cyn i bawb ddechrau siarad ar draws ei gilydd.

"Rhaid inni ffono Dai heddiw," meddai Alice. "Rhaid inni drefnu bod Siwsan yn gadael Llundain. Maen nhw wedi dechrau symud ifaciwîs mas o'r ddinas yn barod. O'dd e ar y *BBC from London* neithiwr."

"Eitha reit, Alice!" atebodd ei chwaer. "Fe wnawn ni hynny yn union ar ôl serfo'r cinio. *We must eat and drink.* Bydd hi'n dawelach ar Dai hefyd ar ôl cwpla'r rownd laeth a bennu busnes y bore yn y siop."

"O, mae Dai, ein brawd ni, a'i wraig Elen yn fisi, pidwch â sôn," eglurodd Dorothy wrth y rhai ar y bwrdd agosaf. "Hanner dwsin o wartheg rownd y bac, dau was, rownd laeth a siop groser – maen nhw wrthi ddydd a nos. *Round the clock.* Sul, gŵyl a gwaith."

"Ac mae gyda nhw un ferch, Siwsan," ychwanegodd Alice. "Mae hi, druan fach, yn dal i ddiodde o effaith y polio* gafodd hi'n eneth ifanc iawn. *Very sad case.* Mae'i choes chwith hi mewn brês metal o'i phen-glin i lawr ac o dan wadn ei hesgid. Fydde hi ddim yn gallu cerdded oni bai am hynny."

"Alle hi byth redeg am y lloches pe bai Hitler yn anfon 'i fomers dros y ddinas," meddai Dorothy. "O, rhaid 'i cha'l hi mas o Lunden nawr! *Must get her out of the city!*"

"Gliriwn ni'r llofft sbâr lan stâr a'i chael hi'n barod iddi pnawn 'ma," meddai Alice.

"All hi roi help llaw i chithe'ch dwy yn y caffi 'ma?" holodd y cwsmer.

"O, mae Siwsan ni'n gwbod shwt mae torchi'i llewys," atebodd Dorothy. "Allwch chi ddim rhedeg busnes yn yr East End heb fod â'ch trwyn ar y maen, fel mae Alice a finne'n gwbod o brofiad. *Chip off the old block, yntê!*"

"Mas o'r dinasoedd mae'r plant i gyd yn dod," meddai Dan Cambrian News o'i sêt. "Mae rhyw sôn bod cannoedd o ifaciwîs i ddod i Aber 'ma o Lerpwl. Byddan nhw'n ca'l aros yn y gwestai gwag ar y prom. Fydd neb yn cael mynd ar 'i wylie a hithe'n rhyfel, 'chwel. Ond o leia fe fydd yr hotels yn llawn."

"Ond shwt fydd hynny'n gweithio o ran rhoi addysg i'r plant?" Rhoddodd Bethan Morris ei phig i mewn i'r sgwrs. "Fydd cannoedd o Sgowsars yn troi'r ysgolion 'ma'n hollol Saesneg. Fydd gan Ifan ab rywbeth i'w ddeud am hynny – mae Owen ei fab wedi dechre yn nosbarth y Babanod yn Ysgol Ffordd Alecsandra."

Clerc yn swyddfa Urdd Gobaith Cymru oedd Bethan Morris ac roedd Ifan ab Owen Edwards, sylfaenydd y mudiad, yn awyddus iawn fod ei fab yn derbyn addysg Gymraeg ac yn cael dysgu am hanes a daearyddiaeth Cymru. Ni chafodd ef na'i dad hynny, er eu bod wedi mynychu ysgolion yn Llanuwchllyn a'r Bala.

"O, fydd dim llawer o amynedd gyda nhw 'sha Llundain 'na am y Gymraeg o hyn mlâ'n, gewch chi weld," meddai Dan. "Un wlad, un iaith fydd hi drwy'r rhyfel. Fyddan nhw'n moyn bechgyn a merched Cymru mewn iwnifforms, ond fyddan nhw ddim yn cael sgrifennu llythyrau Cymraeg at 'u rhieni a'u cariadon."

"O wel, mae pawb yn deall Saesneg erbyn hyn, on'd y'n nhw? *Language of the world and all that*," oedd sylw Dorothy.

"Dyna sy'n dda am Siwsan ni," meddai Alice. "Mae ganddi hi Gymraeg Capel a Saesneg Siop Groser. *And such a good voice.*"

* * *

Yn Hendre Wen, roedd Berwyn Jenkins wedi'i ryddhau o wersyll RAF Pembre* ers bore Sadwrn. Gwrandawodd ef ac

Eluned, ei wraig, ac Arfon eu mab ar ddatganiad y Prif Weinidog.

"Rhyfel arall felly," meddai Eluned. "Saith oed oeddwn i pan ddaeth yr un diwetha i ben. Fe ddwedon nhw na fydde rhyfela ar ôl hynny."

"Mae angen stopio'r Hitler 'ma," meddai Berwyn.

"Ond beth fydd y pris, Berwyn?"

"Ddim o flaen y bachgen, Eluned," siarsiodd Berwyn rhwng ei ddannedd cyn troi at ei fab. "Cadw'r plant yn ddiogel – dyna fydd y cam cynta – a'r cam pwysica, yntê, Arfon?"

"Ie, a chadw enw Taid yn fyw, fel dwedodd Mam," meddai Arfon.

Tynnodd Eluned ei hanadl i sadio'i hun. Roedd geiriau ei mab wedi cyffwrdd â'i chalon.

"Da iawn ti am gofio mai enw Taid Llanberis yw dy enw di," meddai'i Dad, mor ysgafn ag y medrai.

"Ac fe gafodd Taid 'i ladd yn y Rhyfel Mawr, yn dofe, Mam?"

"Dyn da iawn oedd Taid, Arfon – ac rwyt tithau'n fachgen da iawn 'fyd," meddai Berwyn. "Nawr 'te, mae gwylie hir yr haf wedi cael eu hymestyn am wythnos arall oherwydd fod y rhyfel wedi dechrau. Ond, beth am i ni whare ysgol yn ein tŷ ein hun'en? Beth am iti sgrifennu tudalen o ddyddiadur gwyliau a thynnu llun? Dyna fyddai dy dasg di pe bai yna ysgol fory, siŵr o fod."

"O, fe dynna i lun trên bach y Rheidol – gawson ni hwyl diwrnod y trip, yn dofe, Mam?"

"Do, bach. Ie dyna syniad da iti."

Gadawodd Arfon ar dân i ddechrau ar ei brosiect newydd, gan adael dau riant mud ar ei ôl.

"Mae wedi colli un taid yn barod, Berwyn," meddai Eluned gan droi at y ffenest. "Gwna di'n siŵr dy fod ti'n dod 'nôl, ti'n clywed?"

Daeth Berwyn ati, sefyll y tu ôl iddi a gafael amdani. Ond ni allodd ddweud gair.

"Dwed ... a dwed y gwir, Ber. Pa mor beryglus ydy'r hyn rwyt ti'n 'i wneud yn yr RAF?"

"Mae 'da fi dros flwyddyn o brofiad hedfan erbyn hyn, Eluned. Wy'n gwbod beth wy'n 'i wneud ..."

"Ond mae'n rhyfel nawr. Mae hynny'n newid popeth."

"Mae pawb mewn perygl. Nid llond ffosydd o filwyr yn saethu a shelio'i gilydd fydd y tro hyn. Mi fydd hi yr un mor beryglus yn y dinasoedd a'r porthladdoedd mawr. Synnwn i ddim na fydd mwy o bobl gyffredin a phlant na milwyr yn cael 'u lladd yn hwn ..."

"O, Ber, paid â deud hynny!"

"Dyna pam fod rhaid cael peilotiaid fel fi. I fwrw'r bomars jiawl yma i ebargofiant."

"Ond pam ti, Ber? Pam wnest ti ddechre mynd am wersi hedfan i lawr i Bembre? Roedd 'da ti dy swydd ddiogel yn y labordy yma gyda ni yn Aber ..."

Gweithiwr yn yr adran wyddonol yn y brifysgol oedd Berwyn cyn iddo gael ei alw i'r awyrlu. Roedd y labordy yng nghefn Heol y Buarth, o fewn cerdded rhwydd i'w cartref.

"Mae'r byd yn newid, Eluned – ac ro'n inne ise gweld y byd. Teithio yn yr awyr ydy'r dyfodol, yntefe?"

Ysgydwodd hithau'n rhydd o'i afael a symud am y drws.

Doedd dim amdani ond gwneud chydig o waith tŷ i wagio'r cymylau yma o'i meddwl.

Ond erbyn y prynhawn, roedd ganddi amser ar ei dwylo eto. Aeth i fyny i'r stafell fach rhwng eu llofft nhw a llofft Arfon. Daeth o hyd i'r hyn roedd yn chwilio amdanynt mewn bocs yn y gornel. Eisteddodd ar yr hen gadair freichiau wrth y ffenest a dechreuodd fodio a darllen y dyddiadau ar yr amlenni.

Hwn oedd y cyntaf, meddyliodd. Dyddiad Medi 1932. Stamp yr Almaen. Mis ar ôl gwersyll Llangrannog. Agorodd yr amlen a thynnodd y llythyr a dderbyniodd oddi wrth Gisela.

"34, Langenhagen,
Bielefeld

14eg Medi 1932

Annwyl Eluned,
O'r diwedd, mae fy nhraed ar y ddaear eto! A dyma gadw'r addewid i ysgrifennu atat. Fe gawsom amser mor braf gyda'n gilydd yn Llangrannog – ac roeddwn i mor hapus ar ôl cyrraedd gartref, er mor anodd oedd ffarwelio gyda merched Cymru, wrth gwrs. Ac o, roeddwn i mor flinedig hefyd – wnaethon ni ddim cysgu llawer ar hyd yr wythnos, yn naddo? Pawb yn mynd a dod i bebyll ei gilydd ac yn canu a chwerthin drwy'r oriau mân. Ond fel dywedsoch chi – does neb yn mynd i wersylloedd yr Urdd i gysgu!

Roeddwn i a'r merched eraill o'r Almaen wedi rhyfeddu at y croeso roesoch chi i ni. Heb air o gelwydd, roedden ni'n ofnus iawn ar y daith acw. Sut fyddai'r Cymry yn ymddwyn aton ni? Fyddech chi'n oeraidd ac yn dal dig? A oedd cysgodion y rhyfel yn dal i chwerwi perthynas ein dwy wlad?

Ond doedd dim rhaid inni boeni. Fe wnaethoch inni deimlo fel petaen ni'n ffrindiau bore oes. Yr ieithoedd yn plethu i'w gilydd; ein caneuon ni a'ch caneuon chithau'n llenwi'n calonnau. A'r fath hwyl yn y môr a'r gemau traeth yn Lochtyn a Llangrannog a'r Cilborth. Wyt ti'n cofio'r ras ddringo ar Garreg Bica?

Yna'r cyfle i weld eich gwlad odidog – tangnefedd Tyddewi, grug y mynyddoedd a thrysorau'r Llyfrgell Genedlaethol yn Aberystwyth. A wnei di addo ateb y llythyr, Eluned? A gawn ni fod yn ffrindiau agos, ar draws y môr a ffiniau'r gwledydd am byth?...

Rhoddodd y llythyr ar ei glin. Roedd wedi clywed drws ffrynt y tŷ yn agor. Cofiodd yn sydyn fod ei lletywr, Gerhard Steinmann, yn cyrraedd yn ôl o Lundain gyda'i ddau blentyn y prynhawn hwnnw. Cododd a pharatoi i'w croesawu …

* * *

Y noson honno, roedd Eluned yn ôl yn y stafell fach. Estynnodd y llythyr yr oedd ar hanner ei sgrifennu at Gisela. Ychwanegodd ato.

… Mae dau Almaenwr newydd o dan ein to ni bellach. Dau blentyn dewr o Bielefeld – y fath daith gawson nhw. Y fath

boenau maen nhw wedi'u dioddef. Ddywedodd Lotti fach nac
Anton ddewr ddim gair wrtha i, dim ond edrych arna i gyda'u
llygaid dolurus. Ond fe gefais i'r hanes i gyd gan eu tad —
roedden nhw wedi arllwys eu straeon i gyd yn ei gwmni ef
neithiwr ac ar y trên o Lundain heddiw. Er bod rhai pobl yn
edrych yn flin arnyn nhw am eu bod yn siarad eu hiaith eu
hunain. Anwybodaeth — dyna sy'n creu rhyfeloedd. Meddwl
bod ffiniau'n bwysicach na phobl.

    Un stori fach arall. Fe ddwedodd Gerhard wrth Bensyn
a finnau mai wedi'i enwi ar ôl ei daid — tad Berta Steinmann,
ei fam — y mae Anton. Cafodd y taid hwnnw hefyd ei ladd yn
y brwydro yn y Rhyfel Mawr ...

Pennod 5

Bielefeld, Yr Almaen, 3 Medi 1939

Edrychodd Steffan drwy'r ffenest a chanfod nad oedd y cysgod wedi gadael. Wrth iddi dywyllu roedd wedi cael cip ar ddyn mewn côt ledr laes yn ceisio cuddio'i hun y tu ôl i lwyn rhyw bedwar drws ar draws y ffordd i'w cartref. Gwnâi'n siŵr fod golau'r stafell wedi'i ddiffodd a'i fod yn cadw y tu ôl i'r llenni wrth sbecian. Oedd, roedd yno o hyd.

Melltith arnyn nhw! Doedd hi ddim yn ddigon ganddyn nhw bod ei fam wedi gorfod rhoi ei frawd a'i chwaer fach ar drên heb wybod pa bryd y câi eu gweld eto. Doedd hi ddim yn ddigon fod ei dad wedi gorfod ffoi o'r Almaen. Roedden nhw eisiau pob diferyn o waed. Y fo, Steffan Steinmann, oedd y nesaf ar eu rhestr: bron yn ddeunaw oed, ar ffo, gydag awdurdodau'r fyddin yn chwilio amdano er mwyn rhoi helmet ar ei ben a reiffl yn ei law a'i yrru i saethu pobl nad oedd yn eu hadnabod.

Llanc cyhyrog, pen golau oedd Steffan. Roedd direidi a thipyn o dân yn ei lygaid glas, yn mwynhau tipyn o hwyl a thipyn o awyr iach yn ardal wledig y Fforest ar gwr y ddinas yng nghwmni phobl ifanc tebyg iddo'i hun. Ond nid oedd ganddo ddim i'w ddweud wrth y rheolau caeth oedd mewn grym yn ei wlad erbyn hyn. Llanc â'i draed yn rhydd oedd Steffan, a'i wallt yn llaes a chyrliog o'i gymharu â llawer o lanciau a gadwai at y rheolau. Ond gwyddai hefyd fod rhai pobl yn cadw llygad arno – yn llygadu'r arian oedd i'w gael am gario straeon i'r heddlu.

Roedd ei fam wedi gorfod ateb cwestiynau'r heddlu milwrol ddwywaith yn ystod yr wythnos cynt. Nac oedd, doedd Steffan ddim yn y cartref, bellach. Nac oedd, doedd ef ddim wedi cysylltu â hi o gwbl ers iddo adael bythefnos yn ôl. Oedd, roedd wedi mynd â sgrepan gydag ef ac roedd ar ei ffordd i wersyll y fyddin ar gwr y ddinas i dderbyn ei dair wythnos gyntaf o hyfforddiant.

Yn y troeon hynny, roedd ei fam wedi dweud y gwir. Roedd Steffan wedi bod yn aros yn nhai rhai o'i gyfeillion, yn cysgu ar loriau a chadw o'r golwg yn ystod oriau'r dydd. Cadwodd yn glir o'r stryd ac o'i gartref – hyd y prynhawn hwnnw. Ni chafodd ffarwelio gyda'i frawd na'i chwaer. Roedd yn rhaid iddo amddiffyn ei fam ...

Fflamio nhw! Roedd llygaid yn sylwi arno ym mhobman. Ac roedd cymaint o ofn yn y ddinas. Wyddai neb pwy oedd y plismyn a phwy oedd yn ffoi. Roedd cario straeon i'r awdurdodau wedi troi'n fywoliaeth i rai. Ac roedd warden y bloc wedi cael mwy o awdurdod a hyder wrth gadw llygad ar bob teulu yn yr ychydig strydoedd oedd o dan ei ofal. Gobeithio i'r nefoedd mai rhyw warden oedd hwnnw yr ochr draw i'r stryd ac nid un o'r plismyn arfog, meddyliodd Steffan. Neu'r SS didrugaredd ... A Duw â'n gwaredo os mai un o'r Gestapo ffiaidd oedd yno.

Mawredd! Roedd y cysgod wedi gadael ei loches. Roedd yn cerdded yn agored ar draws y ffordd at eu drws ffrynt. Ie, y stwcyn byr, sgwarog oedd yno – warden eu bloc nhw. Un llawr mewn adeilad pedwar llawr oedd eu cartref. Symudodd Steffan yn gyflym.

"Mutti!" sibrydodd wrthi yn y gegin. "Mae'r warden wrth y drws i'r stryd. Bydd Frau Meier yn siŵr o'i adael i mewn. Ond dydy hi ddim wedi fy ngweld i. Does neb wedi 'ngweld i. Dros y waliau cefn ddois i ac i fyny'r grisiau yn nhraed fy sanau. Dydw i ddim wedi defnyddio fy llais ers imi fod yma. Dim ond amau mae hwn. Dwed yr un stori eto. Rhaid i mi fynd."

Cydiodd Steffan yn ei esgidiau a'i sgrepan ac agorodd y drws oedd ar ben y grisiau. Rhy hwyr. Gallai glywed llais dwfn yn siarad gyda Frau Meier ar y llawr gwaelod. Doedd dim ond un ffordd y gallai fynd. Caeodd y drws ar ei fam y tu ôl iddo a cherddodd ar hyd pen y grisiau a dechrau eu dringo i'r llawr uchaf. Clywodd sŵn esgidiau lledr ar y grisiau oddi tano.

Toc, roedd dwrn mawr yn curo ar ddrws ei fam. Atseiniodd yr ergydion drwy bob llawr yn yr adeilad. Yn araf, araf, dringodd Steffan y ris nesaf ... ac yna'r nesaf wedyn ... gan weddïo na fyddai styllod y grisiau'n gwichian o dan ei bwysau.

Felly y cyrhaeddodd ben y rhediad hwnnw o risiau – yn ei gwman, ei esgidiau yn un llaw, ei sgrepan yn y llall, ei lygaid yn craffu ar y llawr fel petai'n ceisio gorchymyn ei draed i fod yn dawel ... Yna gwelodd bâr arall o esgidiau. Roedd rhywun yn sefyll yno, yn gwylio pob symudiad a wnâi ...

Cododd Steffan ei olygon. Gwelodd fod y drws i'r fflat uwch ben eu llawr nhw'n agored ac roedd Herr Schmidt yn sefyll yno. Hen ŵr gyda mwstásh mawr gwyn oedd Herr Schmidt. Gallent ei glywed o'u llawr nhw'n chwarae alawon ar ei acordion yn yr hen ddyddiau. Athro cerdd wedi ymddeol oedd ef, ond nid oedd wedi rhoi cân ar yr acordion ers blynyddoedd. Edrychodd Steffan ar ei lygaid llwyd, pŵl.

Yna, cododd Herr Schmidt ei fys at ei geg. Heb ddweud gair, amneidiodd arno i ddod i mewn i'w fflat ar frys. Caeodd y drws y tu ôl iddo heb wneud smic. Arwyddodd yr hen ŵr arno i fynd o'r cyntedd i'r gegin. Roedd ar ganol hwylio swper iddo'i hun yn amlwg – roedd y bwrdd wedi'i osod ar gyfer un. Dangosodd Herr Schmidt y gofod y tu ôl i'r drws iddo a'i wahodd i sefyll yno. Yna agorodd y drws led y pen fel bod modd i rywun a safai yn y cyntedd weld y stafell i gyd. Gweld y stafell i gyd heblaw am y rhan fechan ohoni oedd y tu ôl i'r drws, wrth gwrs.

Gallai Steffan glywed llais cras yn cyfarth ar ei fam i lawr y grisiau. Dyna sŵn cadair yn cael ei throi. Roedd y swyddog yn chwilio ei thŷ yn amlwg. Mwy o weiddi a chyfarth a bygwth ... Ac yna clywodd y llais yn gliriach: roedd ar ben y grisiau ac yn gweiddi fel bod y pedwar llawr yn ei glywed.

"Rydw i'n chwilio am y ffoadur, Steffan Steinmann! Os bydd rhywun yn cael ei ddal yn rhoi lloches iddo, caiff ei saethu fel bradwr i'r Almaen Fawr!"

Clywodd Steffan y sgidiau lledr yn dringo'r grisiau. Sŵn dyrnu ar ddrws Herr Schmidt. Mae'n rhaid bod yr hen ŵr wedi'i agor gan mai'r peth nesaf a glywodd Steffan oedd llais warden y bloc yn dechrau rhuo'i neges eto. Ond cyn iddo yngan mwy na phum gair, clywodd Herr Schmidt yn torri ar ei draws.

"A! Falch eich bod chi'n ymgymryd â'ch cyfrifoldebau mor gydwybodol! Trylwyr iawn. Trylwyr iawn yn wir. Diolch am eich ymroddiad. Wel, peidiwch â sefyll allan yn fan'na. Dewch i mewn, dewch i mewn i chwilio'r tŷ. Dyma'r gegin fan hyn ...

Nawr 'te, gymerwch chi baned o goffi, darn o deisen felys efallai ...?"

Daliodd Steffan ei anadl y tu ôl i'r drws. Oedd yr hen ddyn wedi hurtio'n gwahodd y warden i mewn i'r tŷ?

"Na, does dim amser a ..."

"O, chwarae teg i chi, wir. Dyn prysur fel chi. Dyma'r wybodaeth ichi'n sydyn. Mae dwy lofft yma. Croeso ichi fynd draw ar hyd y coridor. Cip dan y gwlâu ac ati. Roeddwn i yn y gegin yn paratoi chydig o swper i mi fy hun a dydy fy nghlyw i ddim yn dda – ac efallai fod y dihiryn dieflig wedi dod i mewn heb i mi ei glywed ... Bydd yn gymwynas â mi eich clywed yn dweud nad yw e yma ..."

Clywodd Steffan y warden yn mynd i ben draw'r coridor ac yn agor drysau'r llofftydd ac yn tyrchu ynddynt. Clywodd lais yr hen ŵr yn galw,

"Beth am y wardrobs?"

Doedd Steffan ddim yn hollol siŵr o hyd a oedd Herr Schmidt am ei fradychu neu a oedd, yn gyfrwys iawn, yn gwneud i'r warden gredu fod yr hen ŵr yn Natsi pybyr ac yn gwneud pob ymdrech i helpu'r ymchwiliad am y ffoadur. Wrth i'r warden droedio'n ôl ar hyd y coridor, clywodd yr hen ŵr yn dod i mewn i'r gegin ac yn cerdded at y ffenest.

"Na, dim byd yn y llofftydd na'r stafelloedd eraill," meddai'r warden.

"Mae cwpwrdd mawr yn y gegin hefyd," meddai Herr Schmidt. "Mae'n dalach na dyn, fel gwelwch chi. Ond mae'n silffoedd o'r top i'r gwaelod – dewch i mewn i'r gegin os y'ch chi am olwg fanylach."

"Na, fe alla i weld hynny o'r fan hyn. Mae fflat arall angen ei archwilio ar yr ail lawr. Rhaid i fi fynd i jeco hwnnw nawr."

"Wel, pob bendith ar eich gwaith ardderchog, Herr Warden. Gobeithio eu bod nhw'n sylweddoli eich bod chi'n swyddog gwerthfawr a gofalus. Heil Hitler!"

"Heil Hitler!" atebodd y warden a mynd yn ôl i lawr y grisiau.

Caeodd drws pen y grisiau. Daeth Herr Schmidt yn ôl i'r gegin a symud y drws fel y gallai weld wyneb Steffan eto. Rhoddodd ei fys ar ei wefusau a'i gadw yno.

Lleisiau i lawr y grisiau. Sŵn chwilio drwy stafelloedd. Yna traed ar y grisiau eto. Ond mynd i lawr yr oedden nhw yn awr, i lawr yn ôl at Frau Meier wrth y drws ffrynt. Sŵn lleisiau'n trafod. Yna'r drws yn cau ac agor. Aeth Herr Schmidt at ymyl y ffenest gan guddio'i gorff y tu ôl i'r wal. Gwelodd fod y warden wedi oedi a thaflu cip dros ei ysgwydd ddwywaith, ond yna roedd yn weddol bendant ei fod wedi mynd i fusnesa yn y stryd nesaf.

Trodd at Steffan. Cododd ei fys at ei geg drachefn. Yna daliodd y bys o'i flaen i fynegi'r rhif 'un'.

"Un awr," meddai wrth Steffan. "Aros yma am un awr. Paid â mynd yn ôl at dy fam o gwbl. Dydy Frau Meier ddim yn un i ymddiried ynddi o gwbl. A dweud y gwir, mae'r ddinas yma'n lle peryglus i ti erbyn hyn."

"Diolch," sibrydodd Steffan, ond chwifiodd yr hen ŵr ei law a chau ei lygaid rhag iddo ddweud gair.

"Maen nhw wedi arfer â chlywed fy llais i – rydw i wedi mynd i siarad â fi fy hun ers ... wel, ers blynyddoedd. Tyrd – bwyd wrth y bwrdd."

Ceisiodd Steffan ddal ei ddwylo i fyny i wrthod ei

haelioni, ond doedd dim yn tycio. Doedd yr hen athro ddim yn derbyn 'na'. Gwyliodd Steffan ef yn tynnu pysgod a bresych wedi'u piclo o'r cwpwrdd mawr. Yna'n torri tair tafell o fara a thaenu menyn arnyn nhw. Estynnodd ffrwythau o'r fasged ffrwythau ar ben y cwpwrdd a choffi o'r stof.

"Mae digon o fwyd ar hyn o bryd," meddai. "Mae'r wlad yma'n cario tunelli o Awstria a Tsiecoslofacia a phob man arall lle mae ein milwyr ni. Bydd bwyd Gwlad Pwyl yn y siopau cyn hir. Mae'n pobl ni'n bwyta'n dda ac maen nhw'n meddwl mai'r rhyfel yma ydy'r peth gorau sydd wedi digwydd. Ga'n nhw weld."

Wedi i Steffan fwyta, dangosodd Herr Schmidt y stafell molchi iddo a'i annog i fwrw iddi. Pan oedd wedi sychu'i hun, gwelodd fraich yr hen ŵr yn gwthio heibio'r drws ac yn gollwng trowsus melfaréd, crys gwlanen, dillad isaf a sanau ar lawr.

Pan gerddodd i mewn i'r gegin yn ei ddillad newydd, roedd yr hen ŵr yn wên o glust i glust.

"Rwyt ti'n edrych fel *Ostarbeiter*. Wyt ti'n medru siarad Pwyleg?"

Ysgydwodd Steffan ei ben.

"Beth bynnag wnei di, paid â siarad Almaeneg. Dim ond dweud '*Ostarbeiter*' drosodd a throsodd a 'Köln', ac awgrymu dy fod ti eisiau mynd i dy waith. Elli di fy ateb yn awr, mae digon o amser wedi mynd heibio, ond cofia sibrwd."

"Pam Köln?" gofynnodd Steffan mewn llais gwan, gwan.

"Mae pawb a phopeth yn mynd i Wlad Pwyl – fydd neb yn sylwi ar rywun fel ti yn mynd i'r cyfeiriad arall. Wedyn Aachen a Brussels. Rhaid i ti a dy debyg adael y wlad. Does dim

gobaith yma i ti. Mae gen ti daith anodd. Mi fydd y ffin â
Gwlad Belg yn beryglus. Ond mae pobl garedig i'w cael o hyd
yn yr Almaen. Fe gei dy gymwynasau ..."

"Pam?" holodd Steffan. "Pam gwneud hyn i mi?"

Oedodd yr hen ŵr cyn ateb. Yna, pwyntiodd at yr
acordion.

"Roedd tad fy mam yn Romani. Dyna o ble y daw'r chwiw
gerddorol. Byddan nhw'n dod i fy nôl innau cyn hir – rydw i'n
rhy hen i ddianc. Ac os na fyddan nhw'n mynd â fi am fod gen
i waed Romani, byddan yn mynd â fi am fy mod i'n hen."

Gafaelodd Steffan yn yr hen ŵr a'i wasgu at ei frest.
Roedd ei wyneb yn wlyb gan ddagrau pan ollyngodd ef yn y
diwedd.

"Rhaid i ti fynd, rhag ofn i'r warden ddod yn ei ôl. Fe af i
lawr y grisiau'n gynta a mynd â'r acordion at ddrws Frau
Meier a chanu cân Almaenaidd, wladgarol iddi a gwneud rhyw
lol – dos dithau drwy'r drws cefn yn nhraed dy sanau bryd
hynny."

Gweithiodd y cynllun, ond oedodd Steffan yn hir wrth
ddrws fflat ei fam, cyn camu yn ei flaen yn dawel.

Pennod 6

Aberystwyth, 4 Medi 1939

"Coes-glec! Heil Hitler!"

"Coes-glec! Heil Hitler!"

Trodd y bobl ym mhrif gyntedd gorsaf Aberystwyth eu pennau i edrych ar y miri oedd yn cyrraedd o'r platfform. Roedd y trên o Amwythig newydd dywallt ei deithwyr yno ac roedd tri llanc mewn lifrai cadéts yn martsio'n ddramatig ac yn llafar-weiddi eu rhigwm yn rhythmig. Brasgamodd y tri fel tri chlagwydd, gan ddynwared lluniau o'r milwyr Almaenig roedden nhw wedi'u gweld yn y sinema yn y ffilmiau newyddion o ralïau Natsïaidd.

Chwarddodd rhai ymysg y gwylwyr, gan feddwl eu bod yn gwawdio'r gelyn.

"O, 'drychwch ar y rhain! Cêsys!"

"Hwrê, ddangoswn ni beth yw beth i fois Hitler!"

"Milwyr pren, myn yffarn i!"

"'Drychwch ar yr un yn y cefn – mae e mas o step! 'Na gomic!"

Yng nghanol y dyrfa roedd Alice a Dorothy Lewis.

"Pwy yw'r rhain 'te, Dorothy? *Who on earth ...?*"

"Wy ddim yn siŵr. Mae'r bechgyn 'ma mor debyg i'w gilydd yn nillad yr armi 'ma. O, maen nhw'n smart 'fyd! *Nothing quite like a man in uniform!*"

"Ife Jimmy, mab y postman, yw hwnnw ar y blaen?"

"Wy'n meddwl bod ti'n iawn 'fyd."

Trodd gwraig fawr atyn nhw.

"A Kevin ni yw'r ail un – yr un tal. O, 'ma beth yw perfformans! Maen nhw wedi bod ar manŵfers ym Machynlleth drwy'r dydd gyda gweddill cadéts gogledd y sir."

"Wel, mae ise gwd laff," meddai Dorothy. "Ti'n cofio fel y bydden ni'n mynd i weld y comedy shows pan oedden ni'n byw yn Llundain, Alice? *Laugh, and the world laughs with you!*"

"Ie, dyddie da ... Ble mae hi 'te?"

Daeth y cadéts i gyd heibio'r casglwr tocynnau a theneuodd y dyrfa. Roedd y miri drosodd. Cyrhaeddodd teithwyr eraill, rhai ohonyn nhw'n cario cêsys trymion. Yna, roedd y platfform bron yn wag.

"Mwy o deithwyr nag arfer – wy'n siŵr o hynny, Alice."

"Cofia, bydd rheol dim teithio ymhellach na phum milltir oddi cartre heb reswm da yn dechre bore fory. Mae'n siŵr bod llawer wedi bod yn ymweld â pherthnase am y tro olaf. *Look – there she is!* 'Co hi!"

Gwelsant ferch, weddol dal o feddwl mai deg oed oedd hi, gyda gwallt melyn at ei hysgwyddau'n camu'n drafferthus i lawr o un o gerbydau'r trên. Ceisiai lusgo cês mawr gyda hi, ond roedd ei chorff yn chwithig gan ei bod yn ceisio cadw'i chydbwysedd wrth gamu ar y platfform yr un pryd. Yn y diwedd, camodd allan ac yna troi'n ôl i dynnu'r cês oddi ar y trên. Gallai'r ddwy fodryb weld y ffrâm am ei choes chwith – cylch lledr caled yn cau o amgylch ei phen-glin, polyn metel ochr fewnol ac ochr allanol y goes a'r rheiny wedi'u cloi wedyn o dan wadn yr esgid. Pan ddechreuodd gerdded, cleciai'r ffrâm wrth iddi roi pwysau ar ei choes wan. Gan fod y cês trwm yn ei llaw dde, cerddai'n fwy trafferthus nag arfer. Ond ceisiai gadw'i chefn yn syth ac roedd rhyw urddas trawiadol yn y ffordd yr edrychai, er gwaethaf ei hanawsterau.

Rhedodd porter ifanc ati ac wedi gair neu ddau, cariodd ei chês at y casglwr tocynnau.

"Siwsan! Ti'n drychyd mor dda! *How was the train?* Gest ti siwrne dda?" gofynnodd Alice.

"O, mae hon wedi tyfu. *You'll be looking down on us soon enough, love.* Mae ise rhoi bricsen ar 'i phen," meddai Dorothy.

"Diolch i ti, blodyn bach, fe gymera i'r cês," meddai Alice gan roi dwy geiniog i'r porter bach. "O, ti wedi dod â hanner Llunden gyda ti, dwi'n gweld!"

"Wyt ti'n iawn? *Sure you're alright?*" craffodd Dorothy ar ei hwyneb. Sylwodd fod ei hwyneb braidd yn llwyd. "Paid â gweud fod gen ti hiraeth yn barod? Aeth Mam a Dad â ti i Paddington? Oedd hi'n anodd ffarwelio, siŵr o fod. Paid â becso, fyddi di'n iawn gyda ni."

"Ie, 'drychwn ni ar dy ôl di."

"Na, dwi'n olreit, diolch. Nid hynny. Wedi gorfod troi ar y tri chadét ar y trên. Roedden nhw'n poeni rhyw hen ŵr a hwnnw'n drwm ei glyw ac yn gofyn iddo a oedd e'n German spy."

"A roist ti lond pen iddyn nhw, o dy nabod di?" gofynnodd Dorothy.

"O, yr East End ddaeth mas! Ac wedyn wrth gwrs, fe ddechreuon nhw arna i ..."

"Y cadéts 'na! Y nhw o'dd wrthi?" holodd Alice.

"Cael sbri am dy ben di oedden nhw? O, *klackety-klack*,

wy'n deall y 'coes-glec' nawr ..." meddai Dorothy.

"Doedd e'n ddim byd," meddai Siwsan yn dawel, gan wenu'n ddewr. "Dim ond geiriau."

"Ie, paid â gwrando ar y fath nonsens," meddai Dorothy. "Reit, awn ni am y caffi. *Work to be done.* Gwaith yn galw!"

Heb y cês, sylwodd Alice fod Siwsan yn canolbwyntio ar gerdded mor osgeiddig â phosib, er bod ychydig o gloffni i'w weld o hyd. Mae hon yn ferch hardd, meddyliodd. Mae hi'n drech na'r baich sydd arni.

"Pam eu bod nhw'n peintio'r polion lampau'n wyn?" gofynnodd Siwsan wrth basio criw o fois y cyngor yn peintio dwylath isaf pob polyn ar Ffordd y Môr.

"Y blacowt, ti'n gweld," esboniodd Alice. "Fydd dim goleuadau stryd. Dim goleuadau yn y siopau na'r tai. *Total darkness.* A dim ond golau gwannach na channwyll fydd yn lampau'r ceir – felly maen nhw'n peintio'r polion ac ymylon y ffordd rhag i ni gael damweiniau."

"Ond fydd dim llawer o neb yn dreifio," meddai Alice. "Maen nhw angen pob dropyn o betrol i'r awyrennau fydd yn mynd i saethu bomers Hitler. *No fuel for the likes of us – even if we had a car!*"

"Ac y'ch chi'n gweud y bydd blacowt yn Aberystwyth 'fyd?" gofynnodd Siwsan. "Ro'n i'n meddwl mai dim ond Llunden fydde'n cael ei bomio?"

"O, fyddi di'n ddiogel gyda ni fan hyn, paid ti â phoeni dy ben bach pert," meddai Dorothy. "Pawb yn gwneud yr un peth â'i gilydd – dyna yw hyn. *We're all in the same boat.* Os oes rhaid i rai ei wneud e, yna bydd rhaid i bawb ei wneud e."

"Fydd dim awyrennau'n dod i Aber, felly?"

"O, mae Aber yn rhy bell o bob man, Siwsan fach."

Wrth gyrraedd y caffi, roedd criw da o gwsmeriaid yn disgwyl am sylw er nad oedd hi'n ddim ond dau y prynhawn.

"O ble daeth y rhain i gyd?" meddai Dorothy wrth gerdded i mewn, rhoi'r cês i lawr wrth ochr y cownter a thynnu ei chôt – i gyd fwy neu lai mewn un symudiad. "Pwy sy nesa? *Who needs to be served?*"

"Criw yr Urdd fan hyn," meddai hen wraig o'r gornel. "Maen nhw newydd gyrraedd gyda'i gilydd."

Edrychodd Dorothy yn syn ar ddau lond bwrdd o'r staff oedd yn gweithio yn Swyddfa'r Urdd yn Ffordd Llanbadarn. Aeth i sefyll atynt.

"Hanner diwrnod gan Ifan ab heddiw? O, dyna neis i chi, yntefe?"

Doedd dim gwên yn agos at y byrddau, a sylweddolodd Dorothy ei bod wedi sathru ar draed rhywun.

"Pawb yn iawn? Do's dim drwg wedi digwydd, nag o's? *What's up?*"

Cododd Bethan Morris ei phen a'i hateb.

"Na, does neb wedi marw. Ond rydyn ni i gyd wedi cael y sac. Pymtheg o staff yr Urdd wedi colli'u gwaith. Te mae pawb eisiau ar y ddau fwrdd yma os gweli di'n dda, Alice. Chwe paned. Te cry fyddai'n dda."

"A beth am sgon fach bob un?" gofynnodd Alice. "Newydd ddod mas o'r ffwrn yn syth ar ôl cinio. *Nice and fresh.*"

"Ie?" edrychodd Bethan ar ei chyn-gydweithwyr, a'u gweld yn nodio. "Chwe sgon hefyd."

"Menyn a jam bob un – *jam on the house to you today*," meddai Dorothy. Trodd i gyfeiriad y cownter. "Siwsan, alli di wneud y sgons, bach? Wnaiff Alice ddangos i ti ... *You'll pick it up in no time.* Reit, oes order arall?"

Trodd at fyrddaid arall o gwsmeriaid. Ar hynny agorodd y drws a rhoddodd swyddog o'r cyngor ei ben i mewn. Ni thrafferthodd i fynd at y cownter, dim ond gweiddi'i neges o'r drws gan annerch y cwsmeriaid i gyd.

"Mae gorchymyn arall wedi dod o Lundain – cameras, fflashleits – maen nhw i gyd i gael eu casglu a'u cadw gan y cyngor. Dewch â nhw draw i'r swyddfa. Ddim hwyrach na fory. Unrhyw beth sy'n goleuo ac yn gallu rhoi signal – a *shortwave radios* hefyd."

"Pam bod y cyngor ise'r rhain i gyd 'te?"

"Cadw nhw rhag iddyn nhw roi arwyddion i'r gelyn. Ry'n ni ar yr arfordir fan hyn. Bydd llongau ac *U-boats* yn y bae, falle. Allwch chi roi signal i'r môr neu i'r awyr o ben Consti ... Pawb yn deall? Dim hwyrach na fory."

Camodd yn ôl i'r stryd ac aeth yn ei flaen ar hyd Ffordd y Môr.

"Dim golau stryd nawr a dim fflashlamp i weld yn y nos ..." cwynodd Wil Gwylan o'r bwrdd wrth y ffenest.

"Yn dy wely rwyt ti i fod yn y nos, Wil," meddai Gruff.

"Ie, ond mae'r tŷ bach mas yn yr ardd, ac mae hi mor dywyll am ddau y bore."

"Llai o yfed te yn y dydd i ti, 'te Wil!" meddai Gruff.

"Dyma ni, fyddwch chi'n well ar ôl ca'l paned," meddai Dorothy wrth gario llond hambwrdd o gwpanau at fyrddau'r Urdd. "Siwgr a llaeth ar y bwrdd – helpiwch ych hunain. *You need it strong and sweet.*"

"O, dwy siwgr i fi heddiw," meddai Bethan gan ymestyn

am y bowlen.

"Ie, blodyn bach. Ry'ch chi i gyd wedi cael tipyn o sioc!" meddai Alice o'r tu ôl i'r cownter.

"O, llwy fwstard sy yn y siwgr!"

"Wel, ry'n ni wedi rhoi llwyau llai yn y powlenni siwgr heddiw," esboniodd Dorothy. "Bydd bwyd sy'n dod dros y môr yn brin – ac yn ddrud – yn fuan iawn, gewch chi weld. Rashons fydd hi. *Government regulations.*"

"Fydd rhaid i mi gael tair o'r rhain!" cyhoeddodd Bethan.

"O druan â chi, wedi cael y sac i gyd," cydymdeimlodd Dorothy.

"Alwodd Ifan ab ni i gyd at ein gilydd ar ôl cinio," esboniodd Glyn Williams, yr unig ddyn oedd yng nghanol merched yr Urdd. "Roedd wedi derbyn llythyr y bore hwnnw oddi wrth y llywodraeth – dim mwy o grantiau i gynnal swyddi na swyddfa Urdd Gobaith Cymru. 'Mae hi ar ben – dyma'r diwedd!' – dyna eiriau Ifan ab. Roedd o'n ddigalon iawn ac mae'n edrych yn ddu iawn ar y mudiad."

"Mae rhyw swyddfeydd rhyfel yn dod i gymryd rhan o'r adeilad," meddai un o'r merched.

"Ie, ni sy'n talu'r pris gynta," meddai Wil Gwylan ar draws y stafell. "Roedden nhw'n cyhoeddi ar y radio amser cinio fod y rhaglenni Cymraeg i gyd yn dod i ben."

"Sgons yn barod!"

"Diolch Siwsan, blodyn bach. *Now, who's next?* O's rhagor o orders?"

* * *

Yn y stafell fach yn Hendre Wen, Ffordd Caradog, roedd Eluned Jenkins wedi codi un arall o lythyrau Gisela. Edrychodd ar y dyddiad – Mai 1933. Blwyddyn ar ôl iddyn nhw gyfarfod yng ngwersyll Llangrannog. Roedd y llythyr yn disgrifio'r digwyddiadau erchyll pan gafodd llyfrau eu llosgi yn yr Almaen.

Cododd Eluned a mynd i lofft Arfon. Chwiliodd y silff lyfrau wrth ochr ei wely. Cofiodd wrth eu bodio mai cyfrolau wedi'u prynu gan aelodau'r Aelwyd rownd y gornel pan ddaethon nhw heibio ar ran Ymgyrch Lyfrau'r Urdd oedd y rhain. Dewisodd ddau lyfr a dringodd y grisiau i fynd â nhw i fflat Anton a Lotti ar y llawr uchaf.

Pennod 7

Bielefeld, Yr Almaen, 4 Medi 1939

Rhwbiodd Plank ei lygaid a chraffu eto. Drwy darth y bore, gallai weld rhywun yn cerdded ar hyd y rheilffordd mewn hen gôt laes ac yn cario sgrepan. Methodd â chredu'r peth. Roedd hi'n amlwg nad gweithiwr yr orsaf drên oedd hwn. Beth ar y ddaear roedd yn ei wneud ar y rheilffordd?

Roedd hi'n hanner awr wedi pump y bore a dim ond y prentisiaid a'r dynion lludw oedd yn yr iard yng nghefn gorsaf reilffordd Bielefeld. Yno, roedd pedair injan fawr a wnaeth deithiau hir y diwrnod cynt wedi'u gadael er mwyn i'r tanau ddiffodd a'r peiriannau oeri. Gwaith dynion y bore oedd gwagio'r lludw o beiriannau'r trenau i bydew mawr o dan y cledrau. Roedd yn rhaid sgwrio'r tun tân o dan bob boelar mawr a mynd i mewn i'r peiriant a gwneud yn siŵr bod popeth yn lân cyn bod y ffitars yn cyrraedd.

Felly, dim ond ychydig o ddynion a llanciau oedd yno yr amser hwnnw – a'r rheiny'n brysur wrth eu gwaith rhag iddyn nhw gael llond ceg gan y ffitars. Brasgamodd Plank i gyfeiriad y creadur yn y gôt. Diolch byth am y tarth, meddyliodd. Mi fyddai'r milwyr wrth giât yr iard wedi'i saethu petaen nhw wedi'i weld.

"Pwy goblyn wyt ti? A be wyt ti'n ei wneud yma?" gofynnodd Plank ar ôl cyrraedd yn ddigon agos ato.

Oedodd hwnnw ar hanner cam a phetruso wrth ei weld yn brasgamu tuag ato.

"*Ostarbeiter* ... *Ostarbeiter* ..."

"Ddim ots gen i os wyt ti'n dod o'r lleuad – does gen ti ddim hawl i fod ar y rheilffordd, ti'n dallt! Y fyddin sy'n eu rheoli nhw rŵan. Tyrd!"

Cydiodd Plank yn ei fraich a'i dynnu ar hyd y cledrau at yr injans trên agosaf. Roedd yr iard yn llawn o gledrau'n fforchio oddi ar y brif reilffordd er mwyn i'r peirianwyr a'r glanhawyr gael lle o'r neilltu i wneud eu gwaith.

"Weli di'r cwt tŵls yna – i hwnnw rydyn ni'n mynd. Cadw dy ben i lawr a rhed."

Unwaith roedden nhw i mewn yn y cwt, cydiodd Plank mewn ofyrôls a'i hestyn iddo.

"Rho'r sgrepan yn y gornel y tu ôl i'r drym paraffîn yna. Tyn y gôt yna a'i gadael ar beg ar y wal a gwisga rhein ... Wyt ti'n deall, Ffrechdachs?"

"Pam ti'n fy ngalw i'n Ffrechdachs?"

"Pam Ffrechdachs? Am mai caridým wyt ti. Riff-raff! Does neb yn cael defnyddio'i enw go-iawn, ti'n deall? Plank ydw i."

"Deall."

Tynnodd ei gôt ac edrychodd Plank yn syn ar y trowsus melfaréd a'r crys hen ddyn oedd amdano.

Y noson cynt, ar ôl cael dillad a chymorth Herr Schmidt, roedd Steffan wedi dianc drwy erddi cefn nes cyrraedd eglwys a mynwent. Roedd wedi cau ei lygaid yn ei gwman rhwng dwy gistfaen mewn rhan ddiarffordd o'r fynwent. Ond roedd cwsg ymhell drwy oriau'r tywyllwch. Disgwyliodd nes ei bod yn ddigon golau a dechreuodd ar ei daith heb wybod i ble'r oedd yn mynd unwaith eto. Daeth rhyw chwiw sydyn drosto a dychwelodd i stryd ei gartref. Gwyddai pa un oedd tŷ warden y bloc. Roedd baner swastica fawr yn hongian allan o ffenest y llofft. Dringodd Steffan wal yr ardd. O ben honno, gallai gael gafael iawn ar waelod y faner. Rhoddodd naid a chlywodd blwc. Glaniodd yn yr ardd gyda'r faner yn disgyn am ei ben. Heliodd y swastica yn becyn taclus a rhoddodd ras i lawr y stryd yn ôl am y fynwent. Gwthiodd hi o'r golwg yn un o'r cistfeini oedd a chrac ynddi.

Ailddechreuodd ar ei daith. Clywodd gŵn cynnar yn cyfarth a chadwodd yn ddigon pell draw. Daeth at bont reilffordd a dringodd y wal garreg nes ei fod ar y cledrau. Dilynodd y lein heb weld trên – a chael ei hun yn yr iard.

"Ti'n rhy lân," meddai Plank. "Dilyn fi. Injan tri ydy f'un i. Does neb arall yno. Tyrd."

Dilynodd Steffan y prentis tal at yr un a alwai'n 'injan tri'. Dringodd y ddau at lawr metel caban y taniwr. Roedd drws mawr haearn y tun tân eisoes ar agor.

"Dos i mewn."

"I mewn i fan'na? Ond …"

"Dyma ti. Brwsh weiars a chaib law fechan. Dechrau yn y pen draw. Crafa'r holl huddyg oddi ar waelod y boelar mawr a'i hel tuag yma. Unrhyw ludw sy'n sownd yn y metel – rho glec iddo gyda'r gaib fechan. Ac yn gyflym. Llai nag awr sydd gynnon ni …"

Doedd Steffan erioed wedi bod mewn lle mor gyfyng nac mor dywyll. Roedd ar goll yn lân i ddechrau, ond yn raddol gallai deimlo beth oedd o'i gwmpas. Cleciai sŵn arfau Plank yn ei glustiau. Gallai glywed sŵn crafu a chlecian yn yr injans eraill o'i gwmpas. Dechreuodd ymroi iddi. Roedd ei drwyn yn dweud wrtho a oedd yn gwneud ei waith yn iawn ai peidio – os oedd huddyg yn llosgi y tu mewn i'w ffroenau, yna doedd y boelar ddim yn ddigon glân.

Yn raddol, sgubodd y lludw a'r huddyg o'i flaen yn nes ac yn nes at y tun tân a'r twll oddi tano, er mwyn gollwng y gwastraff i gyd i'r pydew lludw o dan y cledrau.

"Tyrd allan," meddai Plank. "Dyna welliant, ti'n debycach i Ffrechdachs erbyn hyn!"

Gwelodd Steffan fod Plank yn gwenu wrth weld yr holl ludw ar ei ddwylo a'i ddillad a'r huddyg yn ei wallt ac ar ei wyneb.

"Dos di at yr olwynion a'r breichiau sy'n eu cysylltu. Cadach a pharaffîn – weli di nhw yn y caban yn barod? Trochiad iawn nes y bydd y metel i gyd yn sgleinio. Cadw dy ben i lawr a phaid â dweud dim gair pan ddaw'r ffitars. Fyddan nhw yma toc."

Diflannodd Plank i mewn o dan y boelar i ofalu bod popeth yn dderbyniol ac yn barod i'r ffitar gael golwg ar y pistons a'r gist stêm. Pan gyrhaeddodd Steffan y caban, roedd Plank wrthi'n glanhau'r clociau stêm a'r deialau dŵr.

"Ddylai hon fod fel newydd heddiw a thithau wedi cael help llaw, Plank," meddai'r ffitar.

"Fel y gweli di."

"Pwy ydy'r gwas newydd?"

"Ffrechdachs. Prentis ..."

"O, mae'r prentis yn cael prentis erbyn hyn, ydy wir!"

Gadawodd Plank gaban y taniwr a gorffen y gwaith allanol gyda Steffan. Hanner awr yn hwyrach, cymerodd gam yn ôl a tharo'i gadach ar draws ei ben-glin.

"Dyna ni. Digon glân ar gyfer gwaith budur. Tyrd yn dy flaen, Ffrechdachs."

Cerddodd y ddau am y cwt tŵls. Roedd hi'n fore braf erbyn hyn a'r tarth wedi hen gilio. Gwelodd Steffan fod gweithwyr y rheilffyrdd ym mhob man. Cadwodd ei lygaid ar y cledrau.

"Sgubo'r platfforms ydy'n gwaith nesaf ni," meddai Plank y tu mewn i'r cwt. "Mae'n rhy beryglus inni siarad yma ond tyrd â dy gôt a dy sgrepan. Rho nhw yn y bocs pren yma."

Wedi gwneud hynny, taflodd Plank frwshys a rhawiau ar eu pennau.

"Gafael di yng nghefn y bocs. Mi wna i arwain. Drwy'r drws ac i'r dde ... Heibio'r injans ... Weli di'r pentyrrau o goed cledrau yn fan'cw? ... Mi awn ni heibio iddyn nhw, yr ochr draw ... wedyn troi 'nôl i mewn rhyngddyn nhw o'r cefn ..."

Roedd y cledrau wedi'u pentyrru'n uwch na thaldra dyn – yn uwch na Plank hyd yn oed. Rhyngddynt, roedd lloches fach o olwg pawb arall yn yr orsaf a'r iard.

"Reit. Dwed dy hanes, Ffrechdachs. Dwed y gwir. Mae'n haws i mi ddweud celwyddau drosot ti wedyn, os bydd raid."

* * *

Ddiwedd y prynhawn hwnnw, roedd hyd yn oed mwy o ludw a baw ar groen ac ar ddillad Steffan. Ond roedd wedi cael dau bryd bwyd o gegin y gweithwyr ac roedd wedi dysgu llawer am drenau a bywyd gorsaf. Aeth Plank ac yntau o jobyn i jobyn, gyda'r ddau ohonyn nhw wrthi'n galed ac oherwydd hynny cawsant lonydd gan yr uwch-swyddogion. Er mai prentis ydoedd, roedd hi'n amlwg i Steffan fod Plank yn adnabod yr orsaf, y siediau a'r iardiau i gyd fel cefn ei law. Roedden nhw wedi cadw'n glir o'r platfforms roedden nhw wedi'u hysgubo ben bore, gan ganfod digon o waith yn y cefnydd drwy gydol y dydd. Gafaelodd Plank yn ei fraich a'i dynnu y tu ôl i sied ar ôl diflannu o'i olwg am ychydig.

"Deg o'r gloch heno – deng munud wedi – mi fydd trên Hamburg yn dod drwodd. Darnau metel oddi ar longau fydd arno – wageni agored yn cario cadwyni, angorau, pennau llywio, propelars. Pethau wedi stumio, pethau i'w trwsio yng ngweithdai Köln. Mi fydd yn teithio'n araf oherwydd y pwysau. Rhwng y brif orsaf yma a'r iard waith lle'r oedden ni bore 'ma, mae yna uniad – dwy reilffordd yn dod yn un. Bydd y trên yn arafu bron yn llwyr yno. Mae cwt brics yno – mi elli fynd yno unwaith y bydd hi wedi tywyllu. Gorwedd tu ôl i'r cwt. Dewis dy wagen yn gall. Paid â mynd am y rhai sy'n llawn i'r top. Dringa i mewn iddi o'r cefn, nid o'r tu blaen. Gwna'n siŵr dy fod ti i mewn ac o'r golwg cyn i ti ddod i mewn i'r orsaf – fe fydd milwyr ar y bont yn cadw llygad. Rhaid i mi adael cyn hir. Mae 'ngherdyn shifft i bron ar ben."

"Lle'r af i nes iddi nosi?" holodd Steffan.

"Mi awn ni â dy gôt a dy sgrepan di yn y gist yn ôl i'r lloches yna rhwng y pentyrrau cledrau yn yr iard. Fydd hi'n iawn yn fan'no."

"Ac yn Köln ...?"

"Gwranda, Ffrechdachs. Fedra i ddim rhoi bwyd llwy iti bob dydd am weddill dy fywyd. Ti'n cael cyfle. Mae'n rhaid i tithau afael yn hwnnw gyda dy ddau ddwrn." Edrychodd Plank arno'n hir, gan ei bwyso a'i fesur. "Mae'n anodd datgelu gormod. Ti'n deall hynny, siawns. Gei di gymorth i fynd o'r fan yma i'r fan acw – ond dwi ddim yn gwybod, nac eisiau gwybod mwy na hynny. A dyna pam nad ydyn ni'n defnyddio enwau go iawn. Neb ydy pawb."

"Pan ti'n dweud 'ni', pwy ydy hynny?"

"Neb. Dim ond rhai sy'n rhoi help llaw ar y daith. Mae pobl yn ffoi o'r Almaen am wahanol resymau, ers chwe blynedd a mwy."

"Fe aeth fy nhad i rai blynyddoedd yn ôl."

"Dros y blynyddoedd, mae llwybrau wedi cael eu creu. Ond does dim map. Mae gen i un enw iti yn Köln: Zottel. Dyn y gwallt blêr. Dyna i gyd sydd gen i. Efallai ei fod yng nghell arteithio'r Gestapo erbyn hyn. Does gen i ddim modd o wybod. Does neb byth yn dod yn ôl. Os ydy hwnnw'n dal yn fyw, mae'n gwybod sut y cei di afael ar ran nesaf y llwybr."

"A Plank …"

"Paid â dweud fod gen ti gwestiwn arall!"

"Dim ond gofyn pam nad wyt tithau wedi dilyn y llwybr? Pam dy fod ti yn Bielefeld o hyd?"

"Mi gefais i fy magu yn Köln. Mae Mam yno o hyd. Rwy'n byw gyda fy chwaer yn y ddinas yma ers cael prentisiaeth ar y rheilffyrdd. Efallai y bydd yn rhaid i mi eu helpu nhw ar y llwybr rhywbryd. Ond am y tro, dwi'n teimlo'n rhydd fy hun bob tro rydw i'n gweld rhywun arall yn mynd i lawr y lein. Ydy hynny'n gwneud synnwyr iti, Ffrechdachs?"

Pennod 8

Aberystwyth, 15 Medi 1939

Am hanner dydd, yn ôl ei harfer bellach, roedd Eluned Jenkins yn sefyll y tu allan i giatiau Ysgol Gynradd Ffordd Alecsandra yn disgwyl am y plant. Edrychodd yn hiraethus ar y golau mewn un ffenest yn yr ysgol yn arbennig. Dyna'r stafell ddosbarth lle bu hi'n athrawes – cyn priodi, cyn geni Arfon. Roedd y cyfan yn edrych fel bywyd rhywun gwahanol erbyn hyn.

"Braf ar yr athrawon, on 'dyw hi? Ca'l yr holl wylie 'na a nawr maen nhw'n bennu yn yr ysgol am hanner dydd! Gwylanod glan y môr, myn yffarn i!"

Poli Penmorfa oedd yn grwgnach wrth wthio llwyth arall o bysgod ar gyfer ei stondin ar gornel y Stryd Fawr a Ffordd y Môr.

Oedd, roedd pawb yn meddwl bod athrawon yn ei chael hi'n hawdd, meddyliodd Eluned. Ond roedd hi wedi gweld y gofal a'r blinder yn eu llygaid wrth iddyn nhw ddod â'u dosbarthiadau at y giatiau am hanner dydd. Dim ond am hanner diwrnod roedd plant y dref yn cael mynd i'r ysgol erbyn hyn. Allan â nhw cyn cinio, ac yna byddai ifaciwîs Lerpwl a'u hathrawon yn meddiannu'r dosbarthiadau am y prynhawn. Ond gwyddai Eluned fod athrawon y dref yn dychwelyd wedyn ar ddiwedd y pnawn i gael trefn ar bethau at y diwrnod canlynol.

Y dosbarthiadau hynaf ddaeth allan gyntaf. Roedd y rhain yn hapus iawn yn cael prynhawniau rhydd ac yn ei weld yn ymestyniad braf i'w gwyliau haf. Dacw hi eto, yr eneth gloff. Roedd Eluned wedi sylwi arni'n ceisio'i gorau i gerdded mor gefnsyth â phosib, er gwaethaf y ffrâm gerdded ar ei choes. Hi fyddai'r olaf o'i dosbarth i ddod drwy'r drws bob amser. Ond roedd hi wedi gwenu'n ôl bob tro y gwnâi Eluned nodio'i phen a gwenu arni wrth y giât.

"Pnawn da, Anton!" Cyfarchodd Eluned y bachgen wrth iddo gyrraedd ati. "Bore iawn yn yr ysgol?"

"Prynhawn da, Tante Eluned."

Roedd ei ynganiad yn berffaith, meddyliodd Eluned, ac roedd eisoes wedi codi dipyn o eiriau Cymraeg yn yr ysgol. Gan ei fod yn bêl-droediwr medrus ar y buarth, roedd y bechgyn i gyd eisiau bod yn yr un tîm ag ef amser chwarae.

"Hwyl iti, Anton," meddai'r eneth gloff wrth basio.

"Hwyl, Siwsan. Wela i di," atebodd yntau.

"Braf bod yr wythnos gyntaf drosodd," meddai Eluned wrthi. "Siwsan wyt ti, ie? Wyt ti'n setlo'n iawn?"

"Dydd Gwener ydy'r diwrnod gorau bob amser," atebodd hithau gyda gwên. "Ond mae'n siŵr y bydd hi'n brysur yn y caffi."

Aeth heibio a throdd Eluned yn ôl i ddisgwyl am y ddau fach.

"A dyma nhw!" Roedd Arfon yn ei flwyddyn gyntaf yn y dosbarthiadau cynradd a Lotti wedi'i derbyn i flwyddyn olaf y Babanod. Cododd Eluned ei llaw ar Bethan Morris oedd wrth ddrws yr ysgol. Daeth hithau draw atyn nhw.

"Ti wedi cael gwaith yn yr ysgol, Bethan?"

"Na, nid gwaith. Dod yma i roi help llaw rydw i. Roedd yn rhaid i mi gael rhywbeth i'w wneud ar ôl i'r swydd yn yr Urdd ddod i ben. Ac mae digon o bethau i'w gwneud yma gan fod yna ddwy ysgol o dan yr un to erbyn hyn. Waeth imi aros i wneud hyn am y tro yn hytrach na mynd adra i sir Fôn."

"Sut mae'r dosbarth Babanod Cymraeg yn ei wneud?"

"Y plant yn setlo'n wych yn eu cartre newydd yn Ffordd Llanbadarn – ond mae'r athrawon yn cwyno eu bod yn gorfod cario llyfrau ac adnoddau 'nôl ac ymlaen. Dwi ddim yn gwbod os gweithith hi."

Oherwydd y wasgfa ar yr ysgol gyda'r holl ifaciwîs, roedd Canolfan yr Urdd bellach wedi'i chynnig yn gartref i ffrwd Gymraeg y Babanod.

"Rhaid i mi fynd 'nôl," meddai Bethan. "Gwaith clirio!"

"Pnawn da, Lotti!" meddai wrth yr Almaenes fach wrth iddi ddod drwy'r giât.

"Prynhawn da, Tante Eluned."

"Helô, tithau'n iawn, Arfon?"

Nodiodd yntau ei ben ar ei fam.

"Beth fuoch chi'n ei wneud yn y gwersi'r bore 'ma?"

"Ooo ... y ... dwi ddim yn cofio," atebodd Arfon.

"Gawson ni wers gwneud map o'r dref," meddai Anton. "Roedd hi'n dda iawn ac yn ddefnyddiol iawn i mi."

"Canu a stori," meddai Lotti.

"Wel, gwrandewch. Gan ei bod hi'n ddydd Gwener a gan eich bod chi wedi cael wythnos brysur ryfeddol, fe awn ni am ginio i Gaffi Lewis. Beth am ddarn bach o bysgodyn a *chips* bob un?"

Gloywodd llygaid y plant ac i ffwrdd â nhw i lawr Ffordd y Môr.

"Oes, mae bwrdd gwag wrth ymyl un o'r rhai sy'n y ffenest," meddai Eluned wrth edrych i mewn i'r caffi. "I mewn â ni."

Wedi iddyn nhw eistedd wrth y bwrdd, daeth Dorothy Lewis atyn nhw i dderbyn eu harcheb.

"O helô, Siwsan!" galwodd Eluned ar draws y caffi wrth weld y ferch benfelen y tu ôl i'r cownter. "O'r dosbarth yn syth at waith, ie!"

"Reit 'te, felly pedwar ffish a *chips*, tri sgwash ac un te, ife? *Won't be a tick*," meddai Dorothy.

"Gaiff Siwsan ddod â nhw at y bwrdd?" gofynnodd Eluned. "Mi fyddai'r plant yma wrth eu boddau'n ei chael hi ..."

"O na, all hi byth," meddai Dorothy. "Tu ôl y cownter mae hi, welwch chi. *A place for everyone and everyone in his place.*"

Trodd Wil Gwylan ei gorff yn y sedd wrth y ffenest i gael gair gyda'r bwrdd agosaf.

"Mae wedi mynd yn hen fyd rhyfedd, tydi, Eluned? Y plant mawr yn gadael yr ysgol amser cinio ond mae Heulwen fy wyres fach i yn y Babanod yng Nghanolfan yr Urdd – ac mae hi yno tan dri o'r gloch bob pnawn!"

"Ydy – does 'na ddim brys. Maen nhw'n cael y dosbarthiadau iddyn nhw'u hunain drwy'r dydd."

"Ie a braf eu clywed nhw'n cael eu dysgu yn Gymraeg, on'd dyw hi?"

Cyrhaeddodd Dorothy gyda'r diodydd.

"O, mae eisiau Saesneg i fynd mlâ'n yn y byd, cofiwch!" meddai. "Pan oedden ni'n Llundain, roedd yn dda ein bod ni wedi cael addysg Saesneg, wir. *English is the language of the world, as we all know.* Ac fe wnaiff tipyn bach o Saesneg les mawr iddyn nhw i gyd."

"Dyma nhw'n mynd i'r ysgol," meddai Gruff oedd yn rhannu'r bwrdd yn y ffenest yn ôl ei arfer.

Edrychodd pawb ar blant Lerpwl yn cerdded heibio'r caffi, iwnifform ysgol gan bob un ac yn cerdded fesul dau, gydag athro neu athrawes bob hyn a hyn. Edrychai pob plentyn yn syth o'i flaen ac roedd golwg reit lym ar wynebau'r athrawon.

"O, yn tydyn nhw'n bictiwr," meddai Dorothy. "Rwy wrth 'y modd yn eu gweld nhw'n mynd heibio fel hyn. *What a sight.* Mae rhywbeth yn dda gweld plant mewn iwnifforms ac yn martsio'n drefnus fel hyn, on'd oes?"

"Allen i feddwl mai Hitler ddwedodd y geirie 'na nawr!" meddai Wil Gwylan.

"Falle nad yw hwnnw'n ddrwg i gyd," meddai Dorothy. "Mae e wedi cael gwaith i bawb yn 'i wlad, yn dyw e? *Knows how to deal with unwelcome guests.* Ac mae e wedi adeiladu ffyrdd gwych, medden nhw. Mae hyd yn oed y trêns yn rhedeg ar amser."

"Gwneud ei wlad yn saff rhag Rwsia mae e," meddai Alice, wrth gario'r platiau cinio at eu bwrdd. "Dyw e ddim perygl i ni, nag yw e? Ry'n ni mewn rhyfel ers wythnos i ddydd Sul – ond do's dim byd yn digwydd, o's e? '*Phoney war*' maen nhw'n ei alw fe yn y papure."

"Gobeithio mai felly y cadwith hi," meddai Eluned. Ond gwyddai nad oedd Berwyn yn cael ei ryddhau o wersyll RAF Pembre y penwythnos hwnnw chwaith. Trodd at y plant.

"Reit, mwynhewch eich cinio. Mae gen i sypréis i chi pan gyrhaeddwn ni gartre."

* * *

"Gan bwyll nawr ... neb i redeg na gweiddi pan fydda i'n agor drws y gegin gefen," meddai Eluned yn ôl yn Hendre Wen.

Safodd y tri phlentyn a'u llygaid yn dawnsio wrth geisio dyfalu beth oedd yn eu disgwyl yr ochr arall i'r drws.

Dechreuodd Eluned agor y drws yn ara bach. Clywsant sŵn pitran-patran ar y llawr, gwich neu ddwy ac yna dyma drwyn bach du yn stwffio'i hun heibio cil y drws.

"Beth sydd yna?" gofynnodd Lotti.

"Ci – ci bach?" holodd Anton.

"O, ci! Mam – o'r diwedd," meddai Arfon. "Dwi wedi bod yn cwyno eisie ci ers talwm!"

Agorodd Eluned y drws yn llydan agored a dyma lwmpyn bach blewog yn rhedeg at y plant, yn ysgwyd ei ben a'i glustiau hir yn fflapian yn erbyn eu coesau a neidio i'r awyr nes bod ei bawennau'n crafu'u penliniau.

"O, dere 'ma'r hen bero bach," meddai Arfon, gan rowlio ar lawr a thynnu'r ci ar ei ben. "Mae e'n llyfu 'ngwyneb i!"

Plygodd Lotti i estyn llaw ar ei ben.

"Mae e'n ceisio brathu 'mys i!" meddai gan chwerthin. "Ac mae'n cnoi llawes 'y nghôt!"

"O, na! Mae e'n gneud pi-pi ar lawr!" gwaeddodd Anton.

"Wedi cyffroi o weld ei ffrindiau newydd mae e," meddai Eluned. "Tyrd yma, boi bach."

Gafaelodd ynddo a'i roi ar ddalennau o bapur newydd o dan y ford fach yn y gornel.

"Mae'n rhaid i ni ei ddysgu i neud bi-pi ar y papur i ddechrau ac wedyn cyn hir, fydd e'n deall mai mas yw'r lle i neud pi-pi. Ond 'na fe, dim ond saith wythnos oed yw e."

"Sut fath o gi ydy e?" gofynnodd Anton.

"Sbaniel bach du. Ddaeth e yma'r bore 'ma ar ôl i chi fynd i'r ysgol. Ond rhaid i ni gael enw arno. Pwy all gynnig enw?"

"Beth am Pero?" meddai Arfon. "Mae e'n dipyn o hen bero – wedi gwneud ei gartre yma'n barod, yn dyw e?"

"Mae cŵn ifanc yn gallu setlo mewn cartre newydd yn llawer gwell na hen gŵn," meddai Eluned.

Ar hynny, clywsant sŵn allwedd yn y drws ffrynt a daeth Gerhard Steinmann i mewn.

"Pnawn da, bawb! Aeth hi'n iawn yn yr ysgol heddiw ...? O, bobl bach, a beth sydd ganddon ni fan hyn ..."

"Ci bach newydd!" meddai Lotti gan redeg at ei thad. "Ci bach ni!"

"Ci bach y tŷ i gyd, yntê Mam?" gofynnodd Arfon.

"Ie, Arfon. Ond Lotti ac Anton sy'n berchen arno fe, ti'n cofio? Ein hanrheg ni iddyn nhw, ac rydyn ni'n ceisio cael enw iddo fe," meddai Eluned. "Byddai enw o'r Almaen yn dda, be ti'n 'i ddeud, Arfon?"

"O ie, pa enwau Almaeneg sydd yna ar gŵn?"

"Beth am Bruno?" cynigiodd Gerhard.

"Ond ci brown ydy hwnnw, Papa!" meddai Anton. "Roedd gan fy ffrind yn ein stryd ni yn Bielefeld gi o'r enw Wagner ..."

"Ddim yn meddwl bod hwnnw'n syniad da," meddai'i dad. "Hen gi sŵn mawr oedd hwnnw."

"Wn i!" meddai Lotti. "Gawson ni stori am y Pibydd Brith a'r llygod a'r plant yn yr ysgol y bore yma. Mae Hameln yn enw ar gi, yn dyw e?"

"Ydy mae e," meddai Gerhard. "Ac yn enw ar dref yn yr Almaen – heb fod ymhell iawn o Bielefeld – y dref mae'r

Cymry yn ei galw'n Hamlin. Roedd honno'n enwog am ei hanifeiliaid hefyd. Hamlin – hm, mae hwnnw'n enw da, Lotti. Wyddoch chi be ydy ystyr yr enw yn Almaeneg? 'Un sy'n caru ei gartref'. Ac mae'n Hamlin bach ni yn hoff iawn o'i gartre newydd yn barod, ddwedwn i! Beth am i chi ddod ag e lan i'r fflat uchaf am ychydig – tyrd dithau yno aton ni, Arfon ..."

"Well i chi fynd â chydig o bapur newydd gyda chi," meddai Eluned, gan estyn pedair dalen o'r *Cambrian News* iddyn nhw.

Pennod 9

Camlas i'r de-orllewin o Köln, Yr Almaen, 20 Medi 1939

Wedi i'r haul fachlud, cilagorodd Steffan ddrws y cwt yn y goedwig. Roedd hi'n tywyllu'n gyflym yng nghysgod y coed. Amser iddo symud, meddyliodd – neu byddai'n rhy dywyll iddo weld ble'r oedd yn mynd a byddai'n colli'r cyswllt ar gyfer cam nesaf ei daith.

Casglodd ei bethau i'w sgrepan a gwisgodd ei gôt. Roedd wedi treulio'r diwrnod cyfan yn y cwt hwn oedd yn perthyn i weithwyr y goedwig binwydd. Roeddent yn galw yno yn ôl yr angen pan fydden nhw'n gweithio yn y cyffiniau. Gan ei bod yn goedwig aeddfed, ac eto heb fod yn barod i'w thorri, doedd fawr o neb byth yn defnyddio'r cwt. Lle perffaith, felly, ar lwybr ffoaduriaid fel Steffan.

Cerddodd yn ôl yr un ffordd ag y daeth ar doriad gwawr. Byth ers gadael Köln, roedd wedi dibynnu ar gerdded er mwyn symud o le i le. Cerdded ar draws gwlad a thrwy goedwigoedd yn hytrach na defnyddio'r ffyrdd. Gan ei fod bellach yn ardal y ffin rhwng yr Almaen a Gwlad Belg, roedd llawer o filwyr yn mynd a dod ar y ffyrdd. Bob hyn a hyn, byddai bar ar draws y ffordd a swyddogion cotiau lledr yn archwilio papurau swyddogol, caniatâd teithio a holi perfedd pawb. Pethau i'w hosgoi'n bendant, meddyliodd Steffan.

Aeth y naid ar y cerbyd trên yn ddidrafferth yn Bielefeld. Cafodd daith araf, ddigon diddigwydd drwy'r noson honno ond yna roedd yn rhaid iddo fod yn wyliadwrus fel cath yng ngorsaf Köln. Gallai deimlo'r trên yn arafu yn yr oriau mân. Wrth i'r wagen ysgwyd a sgrytian, gwyddai eu bod yn croesi pwyntiau lle'r oedd dwy lein yn uno. O'r hyn a brofodd yng ngorsaf Bielefeld, gallai ddychmygu fod y trên a'r wageni'n symud o'r brif reilffordd i rai llai amlwg yn iard yr orsaf. Roedd y trên cyfan yn cael ei symud o'r neilltu a'r injan yn cael ei datgysylltu, mae'n siŵr, er mwyn cael ei glanhau a'i pharatoi gan y dynion lludw a'r ffitars yn y bore.

Ar ôl clywed y dadfachu ac wedi i bob sŵn gilio, mentrodd Steffan godi'i ben dros ymyl y wagen. Roedd tipyn o olau uwch yr orsaf a'r iard, gan fod lleuad Fedi gweddol lawn o hyd yn yr awyr glir. Eto, dim ond ychydig o gysgodion adeiladau y gallai eu gweld o'r wagen. Roedd yn rhy beryglus iddo fentro symud, meddyliodd. Gallai faglu'n hawdd dros rywbeth nad oedd wedi'i weld, a byddai unrhyw sŵn yn siŵr o dynnu sylw'r gwylwyr nos a'u gynnau ... byddent yn heidio yno fel gwenyn at bot mêl.

Aeth awr, awr a hanner heibio. Roedd rhyw liw llwyd yn dechrau codi i un cyfeiriad. Dyna'r dwyrain, meddyliodd Steffan. Clywodd sŵn traed yn y pellter, sŵn drws yn agor a chau. Amser symud, meddyliodd.

Dringodd o'r wagen a gollwng ei hun yn dawel ar gerrig mân yr iard. Clywodd ragor o sŵn traed, a dau'n cyfarch ei gilydd. Sleifiodd o dan y wagen er mwyn cael golwg well ar bethau. Roedd adeilad hir yn dod i'r golwg, gyda drws yn ei dalcen. Dyma'r gweithdy, siŵr o fod, lle'r oedd y ffitars a'r gof boelar yn trwsio darnau o beiriannau'r trenau. I'r chwith, yn y pellter, gallai weld pen draw dwy lein a chwe injan fawr yn sefyll yno. Y pydew lludw – mae'r rhai acw'n disgwyl am y prentisiaid, meddyliodd.

Wedi ystyried, penderfynodd mai closio at y rhan honno o'r iard oedd orau iddo. Prentis a glanhawr oedd Plank ac mae'n bosib iawn mai person tebyg oedd Zottel yma yn Köln. Cerddodd yn ei gwrcwd y tu ôl i'r wageni a châi ei gysgodi gan domen fawr o lo fel y gallai groesi at y chwe injan. Ym mhen draw'r lein roedd pentwr o ddrymiau gwag. Swatiodd y tu ôl iddyn nhw a disgwyl. Chwilio am ddyn gyda gwallt blêr oedd y cyfarwyddiadau roedd wedi'u cael ...

Goleuodd y dydd yn raddol. Cyrhaeddodd y dynion lludw. Roedd hen grafu a brwsio a sŵn lludw'n disgyn i bydew. Astudiodd Steffan bob gweithiwr yn ei dro, ond roedd eto i weld pen o wallt blêr. Gwallt cwta, cwta – yn debyg i'r milwyr a'r Hitlerjugend – oedd gan y rhan fwyaf. Un mewn cap pig a dau arall mewn capiau gwlân.

Awr arall, ac roedd y ffitars yn cyrraedd – a doedd gan yr un o'r rheiny wallt blêr chwaith. Digwyddodd sylwi ar un o'r dynion lludw'n tynnu'i gap gwlân ar ôl iddo orffen sgwrio peiriant – a dyna dusw o wallt cyrliog trwchus yn disgyn dros ei glustiau. Zottel os bu un erioed, meddyliodd Steffan.

Tynnodd ei gôt a'i sgrepan a'u cuddio y tu ôl i'r drymiau. Gan nad oedd wedi molchi ers gwneud y gwaith budur yn iard Bielefeld, roedd yn edrych fel gweddill gweithwyr y rhan yma o iard Köln hefyd. Dilynodd Zottel gyda'i lygaid nes ei weld yn dod allan o sied yn cario bwced glo ac yn cerdded at y domen lo roedd wedi'i phasio ar ei ffordd i'w guddfan. Edrychodd

Steffan o'i gwmpas a gwelodd fwced tebyg o flaen un o'r drymiau. Amserodd ei symudiad gan wneud yn siŵr nad oedd neb arall yn edrych i'w gyfeiriad. Sythodd, camodd at y bwced glo, ei godi a cherdded yn hollol hyderus ac agored at Zottel.

"Bore da," meddai wrth hwnnw. "Rho dipyn i mi i'w gario i'r stafell aros ar y platfform, wnei di?"

Ar ôl cael dwy rawiad, ychwanegodd,

"Plank oedd yn dweud dy fod ti'n gwybod lle medra i fynd i olchi fy wyneb."

Gallai Steffan weld o'r ymateb yn ei lygaid ei fod wedi dewis y dyn cywir.

Dyna ddechrau cadwyn o gysylltiadau a llawer o gerdded gan aros mewn tai a ffermydd diogel. Cadwyn oedd y llwybr. Câi wybod ble i anelu ato nesaf wrth adael lletŷ'r noson cynt. Ond hon oedd y noson fawr. Hon oedd y noson pan fyddai, gobeithio, yn croesi'r ffin o'r Almaen ac yn profi rhyddid Gwlad Belg.

Cododd yr hanner lleuad lawn yn gynnar i'r awyr. Doedd Steffan ddim yn siŵr a oedd hynny'n gefn iddo neu'n fygythiad. Byddai golau'r lleuad yn gymorth iddo ganfod y gamlas hollbwysig – ond byddai hefyd yn ei gwneud hi'n haws i filwr ei weld fel targed ar ffroen ei wn.

Roedd llwybr y goedwig yn troi'n raddol i'r dde. Cerddodd yn ei flaen gan wybod ei fod yn wynebu'r gorllewin. Yn sydyn, teneuodd y coed. Roedd yn agos. Safodd y tu ôl i goeden am chwarter awr heb symud llaw na throed. Wedi cael sicrwydd fod popeth yn hollol dawel, cerddodd nes dod at gae agored. Dringodd dros y ffens. Craffodd a gwelodd dair coeden – yn union fel y disgrifiad a gawsai – ym mhen pella'r cae.

Cerddodd ar draws y cae ac roedd yn eithriadol o falch o gael dringo dros ffens arall a dod i gysgod y coed. Yno, o'i flaen, roedd camlas gul rhwng dau gae. Edrychodd i'r chwith. Yno, roedd y llwyni helyg. Cerddodd atynt a chuddio'i hun yn y canghennau.

Duodd y nos ond cadwodd yr hanner lleuad lamp yn olau dros y wlad. Aeth awr yn ddwy awr. Yna clywodd Steffan symudiad ysgafn ar wyneb y gamlas. Dim mwy na byddai iâr ddŵr yn ei wneud. Deffrodd pob nerf yn ei gorff ac yna gwelodd gwch rhwyfo cul a hir yn llithro'n ofalus o'r dde. Un cychwr oedd ynddo, yn rhwyfo'n hollol dawel ond eto ar dipyn o gyflymdra. Roedd hwn yn deall y dŵr, meddyliodd Steffan.

Daliodd y cychwr ei rwyfau yn y dŵr pan gyrhaeddodd y llwyni helyg. Trodd y cwch fel bod ei gefn yn wynebu'r lan. Cyfrodd Steffan i ugain, yn ôl y cyfarwyddyd, a chamodd o ganol y canghennau helyg tua'r cwch.

Yn union yr un pryd, camodd cysgod arall o'r canghennau ddeg cam i ffwrdd i'r chwith oddi wrtho. Taflodd Steffan ei hun ar wyneb y gwlith a chlywodd draed y cysgod yn cerdded tuag ato.

"Mae'n iawn. Welais i ti'n cyrraedd. Rydyn ni'n disgwyl yr un cwch. Hasi ydw i." Llais merch.

Dechreuodd Steffan godi ar ei draed yn betrusgar.

"Hasi? – ysgyfarnog?"

"Dyna'r enw i ti. A thithau?"

"Ffrechdachs." Gwelodd Steffan mai merch bryd tywyll, fain iawn oedd hi. Sythodd a sylweddoli ei fod yn llawer talach na hi hefyd.

"Dewch!" Llais y cychwr.

"Ai ti yw 'Stern'?" holodd Steffan wedi i'r ddau ohonyn nhw gyrraedd cefn y cwch.

Pwyntiodd y cychwr at y sêr a nodio. Ie, 'Seren' oedd ei enw ar y gamlas hon.

Camodd Hasi i'r cwch yn gyntaf, yna Steffan ar ei ôl.

"Dim ond dau ohonoch chi heno?" holodd y cychwr yn sarrug. "Mae gen i le i bedwar."

"Does neb arall," atebodd Hasi. "Dos."

Eisteddodd Hasi a Steffan o flaen y cychwr. Heb air pellach, trodd hwnnw flaen y cwch i'r dde a dechrau rhwyfo i'r cyfeiriad y daeth ohono, gyda'i gefn at y cyfeiriad roedd yn rhwyfo.

"I'r dwyrain rydyn ni'n mynd?" holodd Hasi.

"Dilyn y gamlas hon yn ôl am 'chydig, yna cyrraedd camlas fwy sy'n mynd â ni i'r gorllewin at afon Maas. Ond byddwn wedi croesi'r ffin ymhell cyn hynny."

Pum munud arall.

"Lle mae'r gamlas fwy?" holodd Hasi. Roedd tinc caletach yn ei llais.

"Pum munud arall," atebodd Stern. "Pwy wnaeth roi'r neges i chi y byddwn i yma?"

Canodd cloch yn rhybudd ym mhen Steffan yn syth. Cofiodd eiriau Plank. Un enw yn ddolen yn y gadwyn oedd gan bawb. Pam fod hwn yn holi? Ar hyd y llwybrau o Bielefeld at y gamlas, doedd neb arall wedi gofyn am enwau. A pham ei fod yn flin nad oedd ganddo fwy o ffoaduriaid yn ei gwch?

"Mae pont dros y gamlas o'n blaenau," rhybuddiodd Hasi.

"Yno dwi'n ei chofio hi erioed," meddai'r cychwr mewn llais di-hid.

Mae gan hon lygaid fel tylluan, meddyliodd Steffan. Yna, digwyddodd popeth yn gyflym. Neidiodd Hasi am wddw'r cychwr fel yr oedd hwnnw'n plygu ymlaen atyn nhw i roi'r plwc nesaf o dynnu'r rhwyfau. Tynnodd Hasi ei wddw ymhellach ymlaen a disgynnodd Stern ar ei drwyn o'u blaenau yn y cwch, ond roedd bysedd y ferch fach fain yn gwasgu cymaint fel na ddaeth smic o sŵn o'i geg.

"Gafael yn y rhwyfau!" sibrydodd Hasi ac ufuddhaodd Steffan. Oherwydd yr amheuon oedd yn ei gorddi, gwyddai pwy i'w gefnogi.

"Defnyddia un rhwyf i droi trwyn y cwch yn ôl. Gwthia yn erbyn y lan. Dyna ti, dal ati." Daliai hi i wasgu pibell wynt Stern nes bod hwnnw'n dechrau cicio'i goesau yn erbyn ochr y cwch.

"Digon da. Cadwa'r rhwyfau'n ddiogel a thyrd i roi help llaw i mi."

Bachodd Steffan y rhwyfau dan astell sedd flaen y cwch a chyrcydu wrth Hasi a Stern.

"Gafael di yn ei draed. Dros ochr y cwch. I'r dde ohonot ti. Barod? Drosodd â fe ...!"

Mae'n rhaid ei bod hi'n gryf fel arth, meddyliodd Steffan. Roedd hi wedi codi pen ac ysgwyddau'r cychwr gerfydd ei wddw a'i helpu i'w daflu i'r gamlas.

A dyna'r distawrwydd wedi'i chwalu. Yn ogystal â sblash enfawr, roedd y cychwr yn gweiddi a thagu wrth ymladd am ei anadl. Clywsant ergydion. Roedd rhywun yn tanio atyn nhw ac roedd bwledi'n taro'r lan.

"Milwyr ar y bont," esboniodd Hasi. "Welais i nhw. Ti'n rhwyfwr? Cydia ynddyn nhw!"

"Ddim llawer o siâp. Llyn yn y Fforest yn Bielefeld unwaith ond ..."

"Dyma'r amser iti ddysgu! Cadw dy ben i lawr a rhwyfa. Dydy'r tro yn y gamlas ddim ymhell yn ôl ..."

Roedd y milwyr ar y bont yn gweiddi erbyn hyn. Clywsant sŵn lorri'n cychwyn. Yna roedd goleuadau mawr ar y bont. Mwy o filwyr.

"Rhwyfa fel petai crocodeil wrth dy din di ...!"

Doedd dim ots am rwyfo'n dawel bellach. Tasgodd y rhwyfau wyneb y dŵr. Tynnodd a thynnodd Steffan a dechreuodd gael trefn ar gyfeiriad y cwch. Er eu bod yn symud yn herciog, roedd y pellter rhyngddynt a'r bont yn ymestyn. Ond roedd y bwledi'n dal i wibio drwy'r awyr.

"Dyma ni, y tro ... Ond paid ag arafu ..."

Munudau hirion oedd y rheiny. Ond mae'n rhaid mai honno oedd y ffordd olaf a'r bont olaf yn yr Almaen. Aeth y cwch heibio'r tair coeden a'r llwyni helyg, ymlaen eto o olwg unrhyw goed nes cyrraedd camlas letach.

"I'r chwith. Rydyn ni yng Ngwlad Belg bellach," meddai Hasi.

Rhwyfodd Steffan yn fwy hamddenol. Tynnodd sgwrs â'i gyd-deithiwr.

"Lle rwyt ti'n mynd?" holodd.

"Ffrainc. Wedyn i'r de. Romani ydw i. Mae gen i deulu yn y Camargue. Lle'r ei di?"

"Am y porthladdoedd, wedyn ceisio cael morwyr caredig i fynd â fi ar long sy'n mynd i Dover. Mae gen innau deulu mewn tref glan y môr ymhell i'r gorllewin ..."

* * *

Edrychodd Steffan i fyw llygad y swyddog oedd yn ei holi yng nghanolfan y swyddogion diogelwch yn yr harbwr.

"Hendry Ven, Ford Karatok, Abryztwith," meddai wrtho.

"Don't give me that foreign crap," meddai'r swyddog. "Answer me in English. Now, where is this family of yours supposed to be living?"

"I've just given you the address. It's in Wales."

"Oh! That's all we need. A bloody foreigner going to another foreign country."

Camodd un arall o swyddogion y ffin yn Dover at y ddesg holi.

"Hold on, you say that you have German family members living in Wales? Write their names, their ages and yours as well, and the full address. Make two copies." Trodd at yr holwr cyntaf. "Bring me one copy once he has finished. I'll be by the telephone next door ..."

Pennod 10

Aberystwyth, 23 Medi 1939

"Llifiwch waelod y coesau i ffwrdd!"

"Beth?"

"Gwaelod coes pob cadair," meddai Glyn Williams, gan godi un gadair yn y stafell a dal ei fys tua chwe modfedd uwch gwaelod y goes. "Llifiwch nhw i ffwrdd! Ond gofalwch wneud un peth – mesur yn gywir, neu fe fydd gan blant yr Ysgol Gymraeg gadeiriau siglo!"

Roedd criw o wirfoddolwyr wedi dod ynghyd y bore Sadwrn hwnnw i baratoi stafell yng Nghanolfan yr Urdd ar gyfer dosbarth o saith o blant pump oed a fyddai'n ffurfio'r Ysgol Gymraeg gyntaf yng Nghymru y dydd Llun canlynol. Ymysg pethau eraill, roedd yn rhaid cael cadeiriau isel i'r plant bach a doedd dim amdani ond llifio coesau'r casgliad o gadeiriau i oedolion oedd gan yr Urdd yn barod ar gyfer gweithgareddau'r mudiad yn y Ganolfan.

"Rhaid i ni gael map o Gymru ar y wal," meddai Norah Isaac, cyn-drefnydd yr Urdd ym Morgannwg ac athrawes y plant bach. "Rhaid i bob plentyn gael cyfle i nabod daear Cymru. Dyna'r jig-so sy'n rhoi darlun inni o'n holl hanes a'n straeon ni."

"Siop Barclay Jenkins, Stryd Fawr – mi af yno i ofyn os ydyn nhw'n fodlon rhoi map at yr achos," meddai Bethan Morris. Ac i ffwrdd â hi.

Roedd pethau wedi newid yn gyflym yn hanes mudiad Urdd Gobaith Cymru. Wedi'r boen fawr o gael gwared â phymtheg o staff a dod â'r gweithgareddau i gyd i ben, fwy neu lai, daeth neges arall o'r llywodraeth yn Llundain. Roedd ganddynt arian i ddiogelu mudiadau plant a phobl ifanc wedi'r cyfan. Cafodd y llythyr groeso gwresog yn Swyddfa'r Urdd. Galwyd y staff a gafodd eu sacio i gyd yn eu holau, trefnwyd patrwm newydd o weithgareddau oedd yn canolbwyntio ar ddigwyddiadau lleol a lansiwyd y slogan 'Rhaid i'r Gymru fyw!'

"Paned i bawb!" Cafodd Eluned Jenkins wên a thipyn o hwrê pan gerddodd i mewn gyda thebotiad mawr o de a chwpanau. "Mae gen i gacenni cri yma hefyd – pice bach ar y maen, i rai ohonoch chi – ond rhai rhyfedd iawn ydyn nhw, rhaid cyfaddef. Does dim posib prynu resins na syltanas mewn unrhyw siop yn y dre!"

"Wel, mae hi'n siapio," meddai Wil Gwylan. Hen saer ar longau oedd Wil ac roedd ganddo lond bag o offer y saer o hyd. "Desgiau'r Babanod oedd yma ydy'r rhain?"

"Ie," atebodd Glyn Williams. "Ar ôl pythefnos, doedd y trefniant o gael y ffrwd Gymraeg yn y fan hon ddim yn gweithio i'r athrawon. Maen nhw wedi mynd 'nôl i Ysgol Gynradd Heol Alecsandra. Ac mae popeth wedi newid eto."

"Mae'n gyfle mor dda i greu rhywbeth newydd," meddai Norah. "Dychmygwch – yn y stafell hon fydd yr Ysgol Gymraeg gyntaf yn hanes Cymru. Pwy a ŵyr faint o ysgolion Cymraeg fydd yma ymhen ugain mlynedd ... hanner can mlynedd ..."

"Mae mor bwysig bod addysg yn dechrau wrth ein traed,"

meddai Eluned. "Pwy ŵyr hefyd beth fydd cyfraniad y plant fydd wedi bod yn yr ysgol yma i fywyd y dre – wel, ac i fywyd Cymru hefyd, yntê?"

"Mae'r llywodraeth yn Llundain wedi gwneud tro pedol," meddai Glyn Williams. "Fuon nhw'n fyrbwyll iawn yn atal yr holl arian oedd yn mynd i edrych ar ôl lles plant a'u datblygiad cymdeithasol."

"Mae miloedd ar filoedd o blant wedi gorfod gadael eu cartrefi – mae rhai ohonyn nhw'n mynd drwy uffern," meddai un o'r mamau.

"A phlant â'u rhieni wedi'u galw i'r rhyfel," meddai Eluned yn dawel.

"Oes, mae angen gofalu am iechyd y meddwl yn ogystal ag ymarfer corff," meddai Norah. "Bydd ysgol yma yn y dydd, bydd Adran yr Urdd yn cwrdd ar ôl ysgol wedyn. Cyfle i ddysgu, cyfle i gael hwyl. Drama, canu, perfformio – o, bydd y waliau hyn yn atseinio gan leisiau plant!"

"Beth arall sydd ise'i wneud?" gofynnodd Wil Gwylan gan orffen ei baned a rhoi'r gwpan yn ôl ar hambwrdd Eluned.

"Mae cardiau llythrennau'r wyddor gyda llun i bob llythyren yn fan hyn," meddai Gruff. "Oes ise eu rhoi nhw ar y wal?"

"Oes, yr Wyddor Gymraeg, sylwch chi," meddai Norah. "Oes modd rhoi llinyn drwy bob un a'u hongian ar linyn ar y wal 'co fel dillad ar lein?"

"Fe wnawn ni," meddai Wil. "Reit, dorrwn ni'r llinynnau i gyd yr un hyd i ddechrau arni, fel bod y cardiau'n llinell syth."

"Beth am 'chydig flodau mewn jariau ar silffoedd y ffenest?" cynigiodd Eluned. "Tipyn o liw? Mae digon yn yr ardd 'co – ddo' i â thusw go lew 'nôl mewn dim."

"Lluniau o dai enwogion Cymru – lle rown ni'r rhain?" gofynnodd un arall.

"O, a dyna hoffwn i'n fawr iawn," meddai Norah. "Stand fach bren, llenni'n cau ac agor – inni gael sioe bwpedau bob hyn a hyn. Mae stori neu hanesyn yn dod yn fyw os oes 'da chi bwpedau!"

Erbyn diwedd y bore, roedd pawb yn falch iawn o olwg y stafell. Galwodd Dan Cambrian News draw i gael cip ac i holi am y trefniadau.

"Ddo' i 'nôl bnawn Llun gyda Jim Kodac – gawn ni lun o'r plant i'w roi yn y papur yr wythnos nesa."

Yn sydyn, roedd tipyn bach o hylibalŵ yn yr adeilad. Sŵn gweiddi plant, sŵn drysau'n clepian. Ar hynny, rhedodd ci bach du i ganol y stafell ddosbarth.

"Hamlin! Hamlin! Rhaid i ti ddysgu gwrando!" Arfon oedd y cyntaf i redeg i mewn ar ei ôl. Ond roedd y sbaniel bach yn cuddio o dan un o'r desgiau erbyn hynny.

"Ci bach newydd y plant ydy hwn," esboniodd Eluned. "Tipyn o lond llaw!"

"O, welais i 'rioed un mor bert!" meddai Gruff.

"Lle mae e? Lle mae e?" Lotti oedd y nesaf i mewn. Dim ond Cymraeg roedd hi'n ei siarad gyda'r ci.

Roedd Hamlin wedi bachu darn o goes cadair oedd wedi'i llifio rhwng ei ddannedd erbyn i Anton gyrraedd, a doedd neb yn mynd i'w ddal a dwyn hwnnw oddi arno.

"Ddrwg gen i," meddai Berwyn Jenkins wrth y drws. "Mynd am dro ar hyd rhai o strydoedd tawel y pen yma i'r dre oedden ni, yn ceisio dysgu Hamlin i gerdded yn daclus gyda choler a chadwyn. A dyma feddwl am droi i mewn i weld sut mae'r gwaith yn dod yn 'i flaen. Ond fe lithrodd y gwalch bach yn rhydd o'i goler wrth y drws ffrynt."

"A dyma'r Ysgol Gymraeg!" meddai Gerhard Steinmann wrth ei ochr. "Bydd hon yn enwog rhyw ddydd. Mae cael addysg yn yr iaith sy'n perthyn i bobl y wlad yn bwysig."

"Fydd eich merch fach chi yn dod yma?"

"Na, mae Lotti yn chwech oed. Dim ond dosbarth y rhai pump oed fydd yma ar y dechrau, fel rydw i'n deall. Ac mae Lotti ac Anton yn gwmni i'w gilydd yn Heol Alecsandra."

"Mae'u Cymraeg nhw'n dod yn 'i flaen yn dda," meddai Bethan, oedd wedi cyrraedd yn ei hôl gyda map anferth o Gymru, a hefyd llond bag o lyfrau plant yn rhodd gan siop Barclay Jenkins.

"Mae pob iaith maen nhw'n ei dysgu yn rhoi iddyn nhw ffenest arall yn y wal," meddai Gerhard. "Po fwyaf o oleuni, gorau i gyd. Ac mae digon o olau dydd yn y stafell yma hefyd, gyda'r holl ffenestri sydd ynddi!"

"Dyma fe! Wy wedi dal y cythrel bach drwg!" meddai Arfon gan godi Hamlin a'i gario o dan ei gesail. "Arna i y bydd e'n gwrando bob amser, yndefe, Mam?"

"Yr ieuenga 'rioed i fod yn nosbarth y Babanod!" chwarddodd Norah.

* * *

Yn ôl yn Hendre Wen, roedd Eluned wedi paratoi cinio braf i ddathlu fod Berwyn gartref am ddau ddiwrnod. Daeth y ddau deulu – a Hamlin, wrth gwrs – at ei gilydd.

"Beth mae pawb am ei wneud yn y pnawn?" gofynnodd Eluned.

"Mae tîm pêl-droed Aber yn chwarae gartre yn erbyn RAF Aber-porth," meddai Berwyn. "Dwi am fynd ag Arfon i weld honno. Hoffet tithe ddod, Anton?"

Trefnwyd hynny ac yna holodd Gerhard,

"Mae hawl i chwarae pêl-droed o hyd 'te?"

"Wel, mae llawer o glybiau wedi rhoi'r gorau iddi. Y dynion ifanc yn y rhyfel ac ati. Eto mae'n bwysig codi'r ysbryd, cael ennill tipyn o ffitrwydd. Ond chaiff yr un tîm deithio mwy na hanner can milltir i chwarae."

"Beth wnawn ni, Lotti fach?" meddai'i thad. "Tro bach i'r parc, wedyn fe wna i fisgedi sinamon i de? Ac fe ddarllena i fwy o straeon *Llyfr Mawr y Plant* i ti?"

"Ydy Lotti'n hoffi hwnnw?" holodd Eluned.

"O, wrth ei bodd. Mae'r enwau wedi newid ychydig bach, wrth gwrs. Wilhelm Clack Clack sydd gyda ni – a Johann Blewyn Coch!"

* * *

Yn y stafell fach, llythyr o 1937 gan Gisela oedd yn nwylo Eluned.

"Fel hyn yr ydw i'n sgwennu erbyn hyn. Mae'r pethau sy'n y tŷ gwyn ar y bryn ar ein trip o Langrannog yn gwneud tân braf o hyd ..."

Cofiodd Eluned ei dryswch wrth ddarllen y frawddeg honno am y tro cyntaf. Ond sylweddolodd yn fuan fod Gisela yn sgrifennu mewn cod cyfrin arbennig er mwyn rhannu pethau gyda hi. Roedd hi'n amlwg fod ei llythyr yn cael ei agor a'i ddarllen, a dim ond cynnwys 'derbyniol' gan y swyddogion oedd yn llywodraethu'r Almaen fyddai'n cael ei ryddhau i'w postio. Edrychodd Eluned drwy'r ffenest a gwelodd y Llyfrgell Genedlaethol. Honno oedd 'y tŷ gwyn ar y bryn' roedden nhw wedi ymweld â hi ar daith o Langrannog. A llyfrau oedd yn honno. Felly roedd Gisela'n dweud wrthi fod llyfrau'n dal i gael eu llosgi gan y Natsïaid.

> "Mae trwyn sy'n gallu gweld gen i erbyn hyn. Mae'r trwyn yn guthio'i drwyn i bopeth ac yn gweld pob peth. Mae'n ddewin – mae'n gwneud i bobl ddiflannu."

Bu'n hir yn datrys y cod hwnnw! Yn y diwedd, gwelodd mai ysbïwr oedd yn busnesu ym mywydau pawb oedd 'y trwyn'. Roedd Gisela yn sôn am ysbïwr lleol ar ran y Natsïaid oedd yn cadw golwg ar bawb a phopeth ac yn cario straeon i'r heddlu. Yna roedd pobl yn diflannu – carchar, gwersyll gwaith caled neu waeth efallai. Sut fath o fyd oedd hwn fel nad oedd geiriau'r iaith yn medru cael eu defnyddio i ddweud y gwir?

* * *

Pan gyrhaeddodd y trên chwech o Amwythig y prynhawn Sadwrn hwnnw, cerddodd llanc â'i ddillad yn fudur a thipyn o olwg arno allan o'r orsaf. Roedd ganddo gôt oedd wedi mynd drwy sawl llwyn o ddrain, a sgrepan go wag ar ei ysgwydd.

Gwelodd wraig yn tynnu trol o fasgedi a chasgenni ac aeth ati gyda chyfeiriad ar ddarn o bapur.

"Pleez. You help me? Vêr is dat haws?" a rhoddodd y darn papur i'r wraig.

"Hendre Wen, Ffordd Caradog, Aber ..." darllenodd hithau. Pwyntiodd at Ffordd y Buarth a gwneud ystum mynd dros y bryn a syth ar draws Ffordd Llanbadarn. Gobeithio ei fod wedi deall, meddyliodd.

"Mae hwnna angen cyrraedd rhywle i newid ei ddillad reit glou. Mae e'n drewi mwy na gwaelod y casgenni 'ma!" meddai Poli Penmorfa. Yna sobrodd yn sydyn. "Roedd 'i lyged e'n popo mas o'i dalcen e fel cimwch wrth iddo fe edrych o gwmpas! Ydy Hitler yn dechrau anfon sbeis aton ni?"

Rhan 2

1940

Pennod 11

Aberystwyth, 28ain Mai 1940

Ar ôl gwrando ar y radio a cherdded y plant i'r ysgol, aeth Eluned i'r stafell fach. Roedd y newyddion yn frawychus. Roedd yn rhaid iddi ychwanegu at ei llythyr at Gisela.

"... Mae Gwlad Belg wedi ildio i Hitler, Gisela. Gan fod ei fyddinoedd a'i awyrennau yn Norwy a Denmarc ers mis, a bellach yn yr Iseldiroedd a Gwlad Belg, mae'r bygythiad yn enfawr. Mae gweddillion byddin Prydain yn dechrau dod gartre yn garpiau drwy Dunkirk ac mae Ffrainc mewn trafferthion difrifol.

Gwelais lun yn y papur o fam o Wlad Belg a thri o blant bach eraill wrth ei chynffon, yn gwthio pram heibio tanc Almaenaidd. Roedd hi wedi gosod ei gwallt yn daclus cyn mynd allan. Ond mynd allan am byth yr oedd hi. Fydd hi na'i phlant byth yn mynd gartref eto. Ffoi am eu bywydau roedden nhw. Ydyn, mae bwledi a bomiau'n lladd, ond mae bywydau miliynau o ffoaduriaid yn cael eu chwalu hefyd.

Tybed beth yw hanes dy Otto di? Roedd brwydrau mis Mai'n fyr ond yn ffyrnig iawn, yn ôl y sôn. Mae Berwyn yn ddigon pell o'r ymladd – ar hyn o bryd, beth bynnag. Dim ond gobeithio ...

Mae agweddau wedi caledu yma. Erbyn hyn, mae rhai'n meddwl fod pawb o'r Almaen yn bobl ddrwg. Hyd at y llynedd, daeth llawer o ffoaduriaid o'r Almaen i Brydain. Roedd y rhain yn cael eu gweld fel pobl oedd wedi dioddef gormes o dan Hitler. Hafan ddiogel oedd Prydain i'r bobl hyn. Dioddefwyr ydyn nhw. Ond mae rhai yn y llywodraeth yn Llundain ac yn y papurau newydd yn dechrau galw'r Almaenwyr hyn yn 'elynion estron' yn ein plith. Mae'n dechrau troi'n ffiaidd yma.

Yn ein tŷ ni, mae Steffan, mab Gerhard Steinmann, yn llanc sydd wedi ffoi o'r Almaen am nad ydy e am fod yn un o filwyr Hitler. Ond mae'r heddlu wedi bod yma'n ei holi, yn ofni mai ysbïwr dros y Natsïaid ydy Steffan! Fe wnaeth milwyr y ffin yn yr Almaen saethu ato pan oedd yn dianc – ond dydyn nhw ddim yn cymryd sylw o hynny.

Mae'n dechrau mynd yn anodd ar Anton a Lotti, ei frawd a'i chwaer fach, yn yr ysgol hefyd. Chwarae rhyfel bydd y plant bob tro maen nhw ar y buarth. 'British' yn erbyn 'Germans' ydy hi, nid yr 'Allied Forces' yn erbyn y 'Natsïaid' ..."

* * *

Cerddodd swyddog mwstashog yn ei holl regalia i mewn i swyddfa yng Nghanolfan yr Urdd ar ôl rhoi cnoc awdurdodol ar y drws.

"Yes?" cododd Bethan Morris oddi wrth y teipiadur.

"I'm Captain Wright," meddai gan daflu cip ar y rhes o fedalau a rhubanau ar draws ei frest. "We have decided that this building is to billet, feed and train fifty of our troops. We'll take over the block nearest to the town as sleeping quarters. There are some odd banners and things in the gym, and what on earth are those things in the hall?"

"Those are the Aelwyd banners for our Eisteddfod and National Games, and the school children use it for …"

"Anyway, they'll have to be cleared. Place wanted for fitness sessions."

"What about the little Welsh School?"

"Little Welsh School be damned! Don't you know that there is a war on? The Germans are getting close to Paris and they could be here tomorrow!"

"Chwith bod heb honno a cholli lle i chwarae a gwneud ymarfer corff a champau eraill i'r plant," meddai un arall o weithwyr y swyddfa wrth Bethan.

"Is that German you're speaking?" meddai'r Capten, gan boeri'r geiriau dros ei fwstásh.

"It's Welsh …" meddai Bethan.

"I hear this 'ch … ch … ch' sound. Is German similar to Welsh?"

"It's true that Welsh has also kept the 'ch' sound – *chwarae* is play, *chwech* is six. But no, it's not similar to Welsh. German comes from the same family of languages as English."

"I very much doubt that!"

Trodd y capten ar ei sawdl a cherdded allan.

Doedd Ifan ab ddim yno ar y pryd a bu'n rhaid i'r swyddogion ddechrau clirio'r neuadd a'r stafell chwarae hebddo. Pan gyrhaeddodd yn ôl, roedd yn gweld ffordd allan o'r argyfwng.

"Fe ymladdwn ni i gadw'n swyddfeydd – mae cadw'r bobl ifanc yn brysur ac mewn ysbryd da yn bolisi pendant gan y llywodraeth. Bydd rhaid clirio'r rhannau yma. Mae cwt bach yn y cefn – fe gaiff yr Aelwyd a'r Adran gyfarfod yn fan'no ..."

* * *

"Britjish ydyn ni," meddai un o'r pêl-droedwyr ar fuarth ysgol Gynradd Heol Alecsandra wrth Anton. "Gei di fod yn Jermani. Dacw hi dy gôl di – drws y cwt beics. Reit, cic ni ydy hi gynta ... Rhaid i ti ddod i'r canol i farcio fi ..."

Ciciodd y bêl i'r asgell dde yn y darn cyfyngedig o'r buarth oedd yn faes pêl-droed i'r dosbarth deg oed. Rhedodd hwnnw yn llawer cynt nag y gallai Anton redeg yn ôl. Cic o bell – a honno'n clecian yn erbyn drws y cwt beics.

"Gôl i ni! Ieeee!" gwaeddodd capten y 'Britjish'. "Reit, ti fod yn y canol i gymryd y gic nawr gan ein bod ni wedi sgorio."

Sylweddolodd Anton nad oedd ganddo neb arall yn ei dîm ac felly ni allai basio'r bêl i neb. Penderfynodd ddriblo'r bêl. Aeth heibio capten y gwrthwynebwyr heb drafferth ac un chwaraewr arall. Ond yna clywodd waedd.

"Wo! Na, chei di ddim pasio i ti dy hun pan wyt ti'n ailddechrau. Rhaid iti gicio hi ymlaen. Rhoi cic iawn iddi ..."

Gorfodwyd Anton i ailddechrau eto.

Y tro hwn, roedd digon o wrthwynebwyr yn rhes o'i flaen i fachu'r bêl unwaith roedd wedi rhoi 'cic iawn' iddi. Cyn pen dim, roedd drws y cwt beics y tu ôl i Anton yn clecian eto.

"Goôôl! Tŵ-nil. Ieês! Britjish âr ddy tjampions! Britjish âr ddy tjampions!"

Ar y cyrion, roedd Siwsan yn sefyll yn gwylio hyn i gyd.

"Ga' i fynd i'r gôl iti, Anton?" gofynnodd.

"O!" Roedd yn gynnig annisgwyl, ond gwenodd Anton.

Herciodd Siwsan ar draws y buarth a sefyll o flaen drws y cwt beics. Wedi'r gic ailddechrau o'r canol, roedd ymosodiad cryf arall o du'r gwrthwynebwyr tua gôl Anton. Ond gôl Anton a Siwsan oedd hi y tro hwn. Pan ddaeth yr ergyd, herciodd Siwsan i'r chwith a thrapio'r bêl gyda ffrâm ei choes wan.

"Gwych! Da iawn, Siwsan!" gwaeddodd Anton.

Pwysodd Siwsan ei llaw dde ar ddrws y cwt, rhoddodd ei phwysau ar ffrâm ei choes chwith a thynnodd ei choes dde yn ôl. Gwelodd Anton ei gyfle a rhedodd i le gwag yng nghanol y buarth. Ergydiodd Siwsan y bêl. Saethodd yn syth at draed Anton. Trodd yntau ar ei sawdl a dawnsiodd gyda'r bêl drwy dair neu bedair tacl cyn cael ei drechu.

Roedd tyrfa'r 'Britjish' yn sgrechian am y bêl rydd. Cyn pen dim roedd y chwarae yn ôl o flaen drws y cwt beics. Driblai un o'r chwaraewyr y bêl yn nes ac yn nes ... yna herciodd Siwsan i'w gyfarfod. Blociodd y bêl gyda ffrâm ei choes chwith a'i rheoli wedyn gyda'i throed dde.

"Yma! Yma, Siwsan!" Arfon oedd yn galw am y bêl. Roedd criwiau wedi tyrru i wylio'r gêm ryfedd hon erbyn hyn. Gadawodd Arfon ei chwarae ym mhen arall y buarth gan ymuno gyda'r gynulleidfa, ond unwaith y gwelodd mai deuddeg yn erbyn dau oedd yr ornest, ymunodd â hi er mwyn helpu'i ffrind.

Pasiodd Siwsan i Arfon. All saith oed ddim gwneud llawer yn erbyn criwiau deg oed ond roedd Anton wedi darllen y gêm. Symudodd i'r asgell a galw ar Arfon.

"Un, dau, Arfon!"

Pasiodd Arfon iddo a rhedeg heibio'i wrthwynebydd. Ar y

cynnig cyntaf, pasiodd Anton hi'n ôl i Arfon a rhedeg heibio'i ddyn. Cyn i grymffast deg oed ddod amdano, roedd Arfon wedi pasio i Anton eto. Dau chwaraewr i'w trechu – gwnaeth Anton hynny heb drafferth a gyrrodd y gôl-geidwad i'r chwith cyn saethu'r bêl i'r dde. Gôl heb amheuaeth.

"Dau, un!" gwaeddodd Arfon.

"Ond ni y Britjish sy'n dal ar y blaen ..." heriodd y capten.

"Dyna ddigon ar y gêm yma," gwaeddodd athrawes o ddrws yr ysgol. "Amser chwarae ar ben. Dewch i'ch llinellau ..."

Roedd hi'n ddigon hirben i weld fod chwarae'n prysur droi'n chwerw.

"Ew! Ti'n dda yn y gôl!" meddai Anton, gan redeg yn ôl at ochr Siwsan.

"Wedi arfer chwarae ar strydoedd yr East End!" chwarddodd hithau. "Rhaid iti fedru gwneud rhywbeth gyda phêl yn fan'no neu fe fyddi di o dan draed."

"Mae gen ti gystal pâr o draed â neb!" meddai Anton gyda gwên lydan.

* * *

Roedd Mai'n gyffro i gyd yn y coed a'r gerddi pan aeth Gerhard, Steffan a Hamlin am dro ar hyd llwybr Plas Crug y noson honno. Er gwaetha'r ffaith ei bod yn noson hafaidd, roedd cwmwl yn pwyso ar y ddau.

"Fe ddwedodd pennaeth yr adran wrtha i fod y polîs wedi bod yn holi amdana i ddoe," meddai Gerhard. "Dydy hi ddim yn edrych yn debyg y bydda i'n medru cadw fy ngwaith yn hir yn y brifysgol."

"Beth wedyn, Papa?"

"Dwn i ddim. Rwy'n teimlo ein bod ni'n faich ar deulu Hendre Wen, er ein bod ni'n talu rhent. Mae pobl yn dechrau edrych yn gas arnyn nhw ar y stryd."

Ar hynny daeth cadéts i'w hwynebau. Kevin oedd ar y blaen, fel arfer.

"Jerries, look! Why haven't they got an Alsatian for a dog? That's wot Gestapo have, innit?"

"Aye, go home to Germany, you!"

Austin oedd yr unig un aeth heibio iddyn nhw heb ddweud gair.

Pennod 12

Aberystwyth, 29 Mai 1940

Cafodd Gerhard a Steffan gyfle i dalu'r gymwynas yn ôl y bore canlynol. Roedd Bethan wedi galw heibio Hendre Wen ar ei ffordd i Ganolfan yr Urdd.

"Dwn i ddim sut wnawn ni ddygymod, Eluned! Mae'r fyddin eisiau eu stafelloedd erbyn bore fory. Mae gennym dunelli o waith papur i'w symud, heb sôn am holl offer yr Aelwyd a'r Adran i'r cwt yn y cefn ... Ac mae'r Adran yn cyfarfod am bedwar pnawn 'ma ... Dwi wedi addo cynnal cwis, ond mae gen i lond 'y nwylo ..."

"Paid â phoeni am yr Adran," meddai Eluned. "Gawn ni sesiwn o ganeuon gwersyll. Os allwn ni gael y piano i'r cwt, mi fedra i gyfeilio ..."

"Mae gen i bnawn rhydd heddiw gan ei bod hi'n ddydd Mercher," meddai Gerhard. "Gadewch y piano i Steffan a minnau. Awn ni ag o yn syth ar ôl cinio, yn gwnawn Steffan?"

"Wrth gwrs!" cytunodd yntau. "Rwyf yma i chi drwy'r bore hefyd. Hapus iawn i roi help."

Fel ei frawd a'i chwaer fach, roedd Steffan wrthi'n dysgu Cymraeg yn gyflym hefyd.

* * *

"Y bocsys yma i gyd ar ben y rhai sydd yng nghornel fy swyddfa i," meddai Bethan wrtho yn un o'r stafelloedd oedd yn cael eu meddiannu gan y fyddin.

"Whiw! Yr holl waith papur! Pam hyn i gyd?"

"O, hanes yr Urdd. Bydd rhaid rhoi trefn arnyn nhw rhywbryd. Mae bron i ugain mlynedd o hanes yn y bocsys yma. Pwy fyddai wedi breuddwydio y byddai'r mudiad wedi para cyhyd?"

"A beth ydy'r geiriau? Rydw i'n methu darllen Cymraeg yn dda iawn."

"Bocs eisteddfodau fan hyn. Cystadlaethau canu, actio, drama – enillwyr y gwobrau. Cyfarfodydd pwyllgorau eisteddfod ... Rhestr o noddwyr oedd yn cyfrannu arian ..."

"Whiw! Barddoniaeth yn y bocs ...!"

"O! Llyfryn o ganeuon ydy hwn. Wyt ti'n gweld y teitl, *Awelon yr Heli*. Caneuon ar gyfer taith ar y môr. Dyddiad fan hyn, weli di ..."

"1934."

"A dyma enw'r llong ..."

"*Orduña* ... Dim enw Cymraeg?"

"Na – enw o wlad y Basg. Fe drefnodd yr Urdd y fordaith gyntaf yn 1933 – dros bum cant o deuluoedd o Gymru ar un llong yn teithio o amgylch glannau hyfryd Norwy. Roedd canu a hwyl a nosweithiau Cymraeg bob nos. Ac yna yn 1934 fe aeth yr Urdd ar fordaith arall i Lydaw, Galisia, Portiwgal a Morocco. Dyna ydy hwn – llyfryn o ganeuon i'w canu ar y llong."

"Ti'n gallu canu nhw?"

"Beth am i ti ddysgu eu canu nhw gyda'r Adran am bedwar y pnawn 'ma, Steffan."

"Ro'n i'n hapus yn canu. Criw ifanc yn yr Almaen ..."

"Oedd gennych chi fudiad ieuenctid fel yr Urdd yn yr Almaen?"

"Roedd gan Mutti a Papa unwaith. Cael teithiau cerdded. Cael gwersylla. Cael canu o amgylch y tân. Cael hwyl. Bechgyn a merched. Caneuon gwerin yr Almaen. Ond Hitler rhoi stop ar hyn. Dim bechgyn a merched cymysgu ... pob bachgen mynd yn filwyr. Roedd e'n ... sut rydych chi'n dweud ... ych-a-fi."

"Felly gollaist ti a dy ffrindiau y cyfle i wneud hynny i gyd?"

"Do a naddo. Yn y Fforest – bryniau a coed ac afonydd bach yn ymyl Bielefeld. Fi a fy ffrindiau'n dianc i'r Fforest. Noson neu ddwy. Pabell. Gwneud bwyd ar y tân. Canu dan y sêr ... roedd e'n – sut rydych chi'n dweud? Roedd e'n iechyd da i ni."

"Dwi'n siŵr dy fod ti'n iawn, Steffan. Mae hyn i gyd yn debyg iawn i'r gwersyll mae'r Urdd yn ei drefnu bob haf."

"A gwersyll yn yr haf yma? Beth am y rhyfel ...?"

"Dwi'n credu ei bod hi'n bwysicach eleni na'r un flwyddyn. Mae'r plant a'r bobl ifanc angen iechyd da eleni."

"A ble bydd?"

"Rydyn ni wedi cael gwersylloedd ar lan llyn, mewn dyffryn yn y bryniau ond ers blynyddoedd nawr, Llangrannog yw'r gwersyll haf. Pentre ar lan y môr. Pebyll ar gae ar y fferm. Cabanau, cegin, cwt cyfarfod ..."

"A canu caneuon hyn?" Daliodd Steffan y llyfryn o'i flaen.

"Byddan. Rhai'n ganeuon gwerin – edrych ar hon ar dudalen chwech. 'Hob-y-deri-dando!' "

"O, dyna sŵn da. A sut miwsig? 'Hob-y-deri-dando!' Sut mae hynny?" Canodd Bethan y cytgan iddo a chanodd Steffan hwnnw'n ôl wedyn.

"Mae gen ti lais da, Steffan! Ac wedyn mae rhai caneuon newydd sy'n codi hwyl ac yn gallu bod yn ddoniol – edrych ar y nesa. 'Defaid William Morgan' – roedd defaid y ffermwr hwnnw'n dianc drwy'r cloddiau ac yn crwydro'r wlad a mynd i mewn i'r gerddi a bwyta'r llysiau! Ac mae'r gân yn dipyn o sbort."

"Oes, llawer defaid yn Cymru," meddai Steffan. "A ddim yn y cae bob amser! E?"

"Ugain o ganeuon. Digon i lenwi noson, weli di. Ac mae'r hyn mae sylfaenydd yr Urdd yn ei ddeud yn y rhagair fan hyn yn hollol wir – bod angen llyfryn o ganeuon ysgafn fydd yn drysor i'w gadw am flynyddoedd. Rhaid i ti ddod pnawn 'ma, Steffan – gei di eu clywed wedyn."

"Ond y bocsys! Rhaid symud y bocsys!"

"Cer di â'r bocs caneuon i'r cwt yn y cefn at bethau'r Adran a'r Aelwyd. A beth arall i ti gael llwyth iawn? O, yn y cwpwrdd metel mawr acw mae gitâr. Cer â honno yno hefyd."

"Gitâr? Ond gitâr dan y sêr yn y gwersyll yn Bielefeld hefyd!" Agorodd Steffan ddrws y cwpwrdd a'i thynnu ohono. Eisteddodd ar gornel y bwrdd. Rhoddodd yr offeryn ar ei lin. Rhedodd ei fysedd ar y tannau.

"O! Mae hi angen ei thiwnio'n ddifrifol!" meddai Bethan. "Fe ddaeth y gitâr 'nôl ar y fordaith honno i Galisia a Portiwgal. Mae hi wedi bod yn y cwpwrdd ers hynny, dwi'n fodlon mentro. Ond rwyt ti'n medru trin y gitâr …?"

Trawodd Steffan ambell dant ar y gitâr a throi'r ebillion ar ben y fraich.

"Sŵn da yn hon eto," meddai. "Tiwnio nawr. Tiwnio wedyn. Tiwnio toc eto. Bydd hi'n iawn."

"Ardderchog! Fe gei di gyfeilio gyda'r gitâr i rai o'r caneuon yn yr Adran!"

"Felly fydd dim symud piano?"

"O bydd, dwi'n ofni. Rhaid mynd â hwnnw neu bydd capten y fyddin yn flin. Rhai caneuon ar y piano, rhai gyda'r gitâr. Reit, clirio amdani'n gynta."

"Ond ti canu'r geiriau i fi," meddai Steffan. "Fi canu ar y gitâr wedyn."

Wedi bore o symud bocsys, cyrhaeddodd Gerhard ar ôl cinio i gynorthwyo gyda'r piano.

"Gofalus, gofalus! Gwyliwch ffrâm y drws!" rhybuddiodd Bethan. "Ac mae grisiau wedyn allan i'r buarth."

Ar ôl ei gael ar ei olwynion ar hyd llawr y neuadd, doedd hi ddim mor hawdd ei wthio ar wyneb garw'r buarth tua'r cwt bach yn y cefn.

"Ara' deg nawr!" galwodd Gerhard. Gyda chymorth o'r swyddfa, roedd dau'n gwthio a Gerhard a Steffan yn tynnu. "*Eins, zwei, drei! Hau ruck!* Un, dau tri – ffwrdd â ni!"

Cyrhaeddodd capten y fyddin y buarth i weld a oedd y gwaith clirio'n cael ei wneud yn foddhaol.

"Mae'n anodd gwthio a hwn yn edrych arnon ni fel ceffyl!" meddai Bethan.

"Ceffyl sy'n methu gwthio na thynnu chwaith!" meddai'i chyd-weithiwr.

"Does dim sŵn iach iawn yn dod o'r olwyn yr ochr yma ..."

rhybuddiodd Gerhard. "O mochyn grôt! *Ach, mist!* Mae'r olwyn wedi dod i ffwrdd. Vorsicht! Ara' deg, Steffan!"

"Are you absolutely sure that Welsh is not related to German?" holodd Capten Wright. "They sound awfully similar to me!"

Trodd ar ei sawdl i weld sut olwg oedd ar y neuadd.

"Iechyd da, ych-a-fi!" meddai Steffan.

Bu'n rhaid galw am ragor o ddwylo a chariwyd y piano i'r cwt yn y diwedd. Erbyn hanner awr wedi tri, roedd Steffan wedi dod â'i baned i'r cwt bach i'w hyfed. Treuliodd rai munudau'n tiwnio'r gitâr a phan oedd yn ddigon bodlon arni, edrychodd yn y llyfryn caneuon i weld pa rai oedd fwyaf addas i'w canu gyda'r gitâr. Pan gyrhaeddodd Bethan ac Eluned, roedd wedi meistroli 'Sosban Fach' yn ddigon da i'w chael i symud yn weddol fywiog.

"'Bys Meri Ann!'" meddai Bethan. "Bydd y plant wrth eu boddau'n canu hon."

Cyrhaeddodd y plant ac roedd cryn gyffro yno gan eu bod mewn cartref newydd. Roedd y piano bellach yn sefyll gyda blocyn pren o dan y pen oedd wedi colli'i olwyn. Gan fod y cwt yn fychan, roedd y rhesi cadeiriau i'r plant yn agos at ei gilydd.

"Gawn ni sŵn da, dwi'n siŵr," meddai Eluned. "Bydd eich lleisiau'n codi'r to! Felly ar eich traed ac i ddechrau fe ganwn ni Ymdeithgan yr Urdd. Rydych chi i gyd yn gyfarwydd â hon. Reit, 'Dathlwn glod ...' "

Eisteddodd Eluned wrth y piano. Arweiniodd Bethan y canu o'r tu blaen. Ar y cytgan, agorodd y drws a herciodd Siwsan i mewn gyda'i llaw ar ei cheg, yn ymddiheuro ei bod yn hwyr. Cododd Steffan ar wib a'i helpu i mewn, cau'r drws ar ei hôl ac estyn cadair arall o'r gornel. Roedd y lle'n gyfyng. Rhoddodd hi i sefyll rhyngddo ef a Gwenda Llywelyn y Central Hotel.

"Da iawn chi! Canu ardderchog," canmolodd Bethan. "Dwi'n siŵr eu bod yn eich clywed ar y Stryd Fawr! 'Sosban Fach' nesa, tudalen deg. A'r tro yma, Steffan fydd yn cyfeilio gyda'r gitâr ..."

Cododd sawl 'Ooo!' o ryfeddod o blith y plant wrth i'r Almaenwr ifanc godi'r gitâr. Ychydig yn betrus wrth ddilyn y nodau roedd y cantorion ifanc wrth glywed offeryn oedd mor ddieithr iddyn nhw, ond roedd Siwsan yn canu'n sicr a chlir.

"Mae Siwsan wedi'i dysgu hi!" meddai Steffan, gan droi ati gyda gwên. "Nawr – pawb. Gwrandewch ar Siwsan yn gyntaf. Wedyn – pawb. O, mae ganddi hi lais mor hyfryd ..."

Pennod 13

Aberystwyth, 10 Mehefin 1940

Yng Nghaffi Lewis, roedd Steffan yn ôl wrth y cownter unwaith eto.

"Paid â dweud!" meddai Siwsan. "Rwyt ti ise coffi arall, Steffan?"

"Ie, coffi arall, os gwelwch yn dda, Siwsan," meddai Steffan. "Mae coffi yn dda iawn. Mae coffi yn dda at ddysgu Cymraeg."

"Yn dda at ddysgu Cymraeg?" gofynnodd Siwsan yn syn.

"Rydw i eisie coffi arall. Rydw i'n dod atat ti. Rydw i'n sgwrsio efo ti yn Gymraeg! Ti'n gweld?"

"Does dim ise iti ddod at y cownter. *Table service here.* Wy'n dod rownd y byrdde i gasglu orders," meddai Dorothy.

"Mae Siwsan yn rhoi geirie i fi gyda'r coffi," meddai Steffan.

"Synnwn i damed! Synnwn i damed!" meddai Dorothy, gan syllu ar ei wallt llaes a'i gyrls melyn.

* * *

Roedd Eluned Jenkins wedi bod yn darllen stori i'r Ysgol Gymraeg yng Nghanolfan yr Urdd.

Wrth iddi adael yr adeilad i hebrwng un o'r plant adref, roedd dau filwr o'r criw oedd yn lletya yn stafelloedd y

Ganolfan yn croesi'r buarth cefn. Allai'r ddau ddim atal eu hunain rhag bod yn sbeitlyd wrth y plant.

"Oh, 'ere they are, look. Little Welsh school kids."

"Aye, what did you learn in school today – what's two and two?"

"Don't know, do you? Is that Welsh education any good for you then?"

"Jack and Jill went up the hill – what comes next?"

"You don't even know that! Proper foreign you are, aren't you?"

Ac i ffwrdd â nhw dan chwerthin.

Wedi anfon y plentyn i'w gartref, prysurodd Eluned yn ôl am Hendre Wen. Wrth droi i fyny Ffordd Caradog, daeth wyneb yn wyneb â Steffan.

"O, helô, Steffan. Popeth yn iawn gartre?"

"Ydy, Tante Eluned. Y plant yn chwarae gyda Hamlin yn yr ardd. Ond ..."

"Ond beth, Steffan?"

"Peter – myfyriwr Papa. Yn adran yr ieithoedd modern yn y coleg. Mae e wedi galw. Rhedeg bob cam. Mae'r polîs wedi bod yn y coleg. Maen nhw wedi mynd â Papa i ffwrdd."

"I ffwrdd. I ble?"

"Rwy'n mynd i holi nawr ..."

"Paid â mynd at y plismyn, Steffan ..."

"Na, rwy'n gwybod ... Roedd Papa yn disgwyl hyn ..."

"Maen nhw wedi bod yn dy holi unwaith. Fe allen nhw ddod 'nôl."

"Mynd i holi pennaeth yr adran. Holi lle mae e. Holi pryd bydd e'n dod 'nôl."

"Maen nhw'n mynd â llawer o ddynion – a rhai merched hefyd – os ydyn nhw'n dod o'r Almaen neu Awstria. Unrhyw un rhwng un ar bymtheg a thrigain oed. Mae Anton a Lotti yn ddiogel – ond dwyt ti ddim."

"Rwy'n gwybod." Plygodd ei ben. "Fi'n rhedeg rhag y polîs yn yr Almaen. Cysgu mewn tŷ gwahanol bob nos. Cuddio yn y dydd. Ac eto i fi – yr un peth yma."

"Cer i'r coleg, Steffan. Bydd yn ofalus – mae llygaid yn gwylio popeth ym mhobman ac mae digon o dafodau rhydd i'w cael. Mae Anton a Lotti dy angen di os ydyn nhw'n cadw dy dad dan glo. Hei lwc na fyddan nhw'n ei gadw'n hir, ond pwy a ŵyr. Ond pan ddoi di'n ôl, paid â dod i'r tŷ. Cer heibio talcen y tŷ ac i'r sied yng ngwaelod yr ardd. Mae berfa yn y sied. Pan fyddi di wedi cyrraedd, tyrd â'r ferfa allan a'i gadael yn pwyso ar y sied. Fyddwn ni'n gwybod dy fod wedi cyrraedd wedyn ac fe ddown i gael gair."

* * *

"Ydych chi eisiau i mi baratoi neges fach am Wersyll Llangrannog i *Gymru'r Plant* mis nesa'n esbonio bod lle i geisiadau hwyr o hyd?" gofynnodd Bethan Morris i Ifan ab Owen.

"Byddai hynny'n syniad da, Bethan. Mae cymaint o ansicrwydd a phryder am betrol i'r bysys a phrinder bwyd i bawb y dyddiau hyn."

"Ac roedd yna fygythiad 'dim pebyll', dim ond caniatáu i'r gwersyllwyr aros mewn cabanau?"

"Dyna'n union ddwedodd Swyddfa'r Rhyfel," meddai Ifan. "Yr ateb gefais i oedd y byddai rhesi o bebyll yn edrych yn debyg i wersyll milwrol. Mi allai awyrennau'r gelyn feddwl mai milwyr sydd yn aros yno. Mi allai ddenu ymosodiad. Ond maen nhw wedi rhoi hynny o'r neilltu am y tro ac fe fydd pebyll eleni wedi'r cyfan."

"Ac mae hynny yn golygu bod mwy o le ac mae angen mwy o wersyllwyr arnon ni. Fe wna i baratoi rywbeth i annog mwy i ymuno gyda'r 'fintai hapus' fydd yn Llangrannog eleni. Falle mai dyma'r gwyliau haf olaf yno am dipyn ...?"

* * *

"Mae'r Eidal wedi ymuno â'r rhyfel – ar ochr Hitler, wrth gwrs," cyhoeddodd Dan Cambrian News wrth gerdded i mewn i Gaffi Lewis ar ddiwedd y prynhawn.

"Tydi hynny ddim yn syndod," meddai Wil Gwylan. "Y Mussolini yna'n cicio nyth cacwn ble bynnag mae e'n mynd. Franco, Hitler, Mussolini – mae Ewrop yn dew gan Ffasgwyr* ffiaidd. I beth mae'r byd yn dod?"

"Aeth y militari polîs i Gaffi Giovanni Sidoli wrth y stesion," ychwanegodd Dan. "Maen nhw wedi mynd â Toni, y mab hynaf. Dim ond un ar bymtheg yw e ..."

"Lle maen nhw'n mynd â Toni?" holodd Gruff.

"Trên i Amwythig ac ymlaen i Whitchurch, ac yna bysys yn mynd â nhw i ryw wersyll mas yng nghanol nunlle. Prees Heath yw'r enw gawson ni ganddyn nhw."

"Oedd e wedi gwneud rhywbeth 'te?"

"Allet ti feddwl ei fod e wedi gosod bom yn Neuadd y Brenin. Gafodd dipyn o fforiners eu rowndo lan a'u casglu at ei gilydd yn y Drill Hall. Ac wedyn, geswch beth, gafon nhw eu martsio tu ôl i fficsd beionets y Territorial Armi i ddala'r trên yn y stesion."

"Faint ohonyn nhw 'te Dan?"

"Dim ond Toni oedd yn Eidalwr. Wedyn rhyw 'chydig o stiwdents. Yr Austrian 'na sy'n whare'r organ yn y capel a'r darlithydd Jerman sy'n gallu siarad Cymraeg ..."

"Ond Cymro yw Toni hefyd," meddai Wil. "Mae e wedi'i eni a'i fagu yn Aber!"

"Ody glei. Smo i'n credu'i fod e'n gallu siarad Eidaleg fel ei dad a'i dad-cu, hyd yn oed. Toni nid Antonio yw e i ni, yntyfe?"

"Wel, allwch chi ddim bod yn rhy ofalus y dyddie hyn," meddai Alice o'r tu ôl i'r cownter. "Does neb yn siŵr pwy yw pwy na phwy mae neb yn ei gefnogi mewn dyddie o ryfel."

"Pan oedden ni'n Llunden, roedd rhai o'r Jermans yn canu carolau Jerman ar ein sgwâr ni adeg y Nadolig, hyd yn oed," meddai Dorothy.

"Oes unrhyw fechgyn ifanc o'r Almaen wedi'u harestio?" gofynnodd Siwsan i Dan yn dawel, wrth fynd â'i baned iddo.

"Ddim hyd y gwn i. Yn y coleg gawson nhw afael arnyn nhw ..."

* * *

Y Sadwrn hwnnw cyrhaeddodd llythyr â marc post 'Whitchurch' arno i Hendre Wen. Saesneg oedd ei iaith ac roedd wedi'i gyfeirio at Eluned. Cyfieithodd hithau'r cynnwys wrth y bwrdd brecwast i Arfon, Anton, Lotti a Steffan. Llythyr gan Gerhard oedd hwn.

> "Annwyl deulu a ffrindiau,
> Rwy'n iach ac yn ddiogel. Peidiwch â phoeni amdanaf.
> Rydym yn gwersylla mewn pebyll yma ar ryw waun agored yn ddigon pell o bob man. Ac yn gorfod aros o fewn y ffensys weiren bigog, wrth gwrs. Ond mae'r tywydd yn braf ac mae llawer un mewn lle gwaeth.
> Lotti ac Anton, cofiwch helpu Tante Eluned a bod yn blant da iddi. Steffan – cofia mai ti yw'r tad erbyn hyn. Rwy'n cael fy holi yn aml a does gen i ddim i'w guddio, felly rydw i'n gobeithio bod yn ôl gyda chi yn fuan ..."

Er gwaethaf y newydd bod eu tad mewn carchar, roedd clywed ei eiriau'n gysur i'r plant.

"Reit," meddai Eluned wedi i bawb ei helpu i glirio'r llestri. "Pwy sy'n mynd â Hamlin am dro y bore 'ma?"

"Aiff Anton a finnau ag e," meddai Arfon yn syth. "Awn ni hyd y ffordd i Lanbadarn a dod 'nôl ar lwybr glan yr afon?"

"Ie, syniad da," meddai Anton.

"Ymarfer y gitâr. Dysgu geiriau y canu. Dysgu llyfr i gyd," meddai Steffan. "Ydy'r allwedd i'r cwt cefn yno?"

"Ydy, siŵr o fod," meddai Eluned. "Bydd rhywun yn Swyddfa'r Urdd, gelli fentro. Cer yno i ofyn am ei fenthyca. A Lotti, mae chwyn difrifol yn yr ardd gefn. Wnei di aros gyda fi i dwtio 'chydig arni? Dyna'r bore wedi'i setlo, felly."

Ar ôl codi'r allwedd o Swyddfa'r Urdd, roedd Steffan yn

dod allan drwy ddrws ochr i'r buarth pan ddaeth i wynebu sarjant a milwr yn dod o'u barics yn rhan arall yr adeilad.

"Ah! You're local! We're looking for – what's this?" edrychodd y sarjant ar ei ddarn papur. "It's called Ford Cradock isn't it?"

"Ffordd Caradog?" meddai Steffan. "First left down this road, Ffordd Llanbadarn."

"Oh, I don't know! Why can't they all be in English! And do you know this house? 'Hundred When' or something."

Edrychodd Steffan dros ei ysgwydd.

"Hendre Wen ..." meddai, ac yna er mawr syndod iddo, gwelodd ei enw'i hun ar y papur. Darllenodd y pennawd 'Immigration Office' ar ben y papur ... gwelodd y geiriau 'enemy alien' ar ôl ei enw ... Gwnaeth ei orau i gadw'i lais yn ddigyffro. "Yes, Hendre Wen. First left again."

Cerddodd y ddau filwr i ffwrdd heb air pellach.

Goleuai mellt ym meddwl Steffan. Roedden nhw ar ei ôl! Alla i ddim aros yma a gadael iddyn nhw fy ngharlo i ffwrdd, meddyliodd. Trodd ar ei sawdl allan o fuarth Canolfan yr Urdd. Croesodd y stryd a cherdded i fyny Heol y Buarth heb feddwl lle'r oedd yn mynd na beth oedd am wneud. Roedd yn rhaid iddo ennill amser a chael cyfle i feddwl.

Cerddodd i lawr ochr arall y bryn a mynd heibio'r orsaf. Trodd heibio Ysgol Gynradd Heol Alecsandra a cherdded at lein bach Cwm Rheidol. O'r dde, clywodd waedd annisgwyl.

"Jerry! Co' fe, bois!"

"Ar 'i ôl e 'te! Falle gawn ni fedal. Hey! Stop running! Stopiwch e! Ni'n rowndo'r sysbects lan heddi!"

Ond doedd Steffan ddim yn bwriadu aros i'r cadéts gael

gafael arno. Er ei fod ychydig yn hŷn na Kevin, Jimmy ac Austin, gwyddai na allai drechu'r tri gyda'i gilydd. Roedd ei goesau'n hirach, ac roedd wedi arfer cerdded yn y wlad. Rhedodd i iard trên bach Cwm Rheidol a gwibio heibio cefn rhai o'r siediau. Cyn hir roedd y cadéts wedi colli'i drywydd. Gweithiodd ei ffordd yn ofalus a thawel at yr afon. Roedd hen gwt sinc y pwmp dŵr yno. Gwthiodd y drws yn agored ac aeth i mewn i gadw llygad am Arfon ac Anton pan fydden nhw'n dychwelyd y ffordd honno gyda'r ci.

Pennod 14

Aberystwyth, 10–17 Mehefin 1940

Ni chlywodd Anton ac Arfon y chwibaniad isel. Ond roedd Hamlin wedi'i glywed. Gwibiodd ar hyd y llwybr o flaen y ddau arall gyda'i glustiau'n hedfan o gwmpas ei ben fel adenydd brân.

"Hei, Hamlin! Tyrd 'nôl aton ni," gwaeddodd Arfon gan ddechrau rhedeg.

"Lle'r aeth Hamlin?" gofynnodd Anton toc.

Roedd y ddau wedi rhedeg a rhedeg ond roedd y ci wedi diflannu. Doedd dim golwg ei fod wedi disgyn i'r afon … ac roedd y rheilffordd yn rhy bell … a doedd dim byd arall gerllaw ond yr hen gwt brics …

Wrth i'r ddau gerdded o amgylch y cwt, rhag ofn fod Hamlin wedi mynd i guddio y tu ôl iddo, clywsant lais yn sibrwd drwy'r ffenest.

"Anton! Mae Hamlin i mewn yn y cwt gyda fi …"

"Steffan!" meddai Anton yn uchel.

"Hisht! Cerddwch rownd. Drws ochr arall. Cefn ar y wal frics. Edrych fel chi cael gorffwys bach. Fi dod i siarad drwy'r twll gwaelod y drws. Twll Hamlin hwnnw. Ond paid edrych lawr ar twll …"

Ufuddhaodd y ddau gyfaill. Pan oeddent yn pwyso ar wal frics y cwt, clywsant lais Steffan yn glir.

"Nhw ar ôl i. Nhw mynd Papa i'r gwersyll. Gwersyll carchar. Fi ofn be nesa. Hala fi 'nôl i'r Almaen ...? Fi gelyn Churchill heddiw, ie?"

"Ond fedri di ddim cuddio yn y cwt brics yma tan ddiwedd y rhyfel!" sibrydodd Anton.

"Rwyf meddwl am hyn," meddai Steffan. "Allwedd cwt cefn Urdd yma gen i. Fi cysgu cwt heno. Nhw siŵr edrych Hendre Wen o hyd ..."

"Ond mae cwt yr Urdd ym muarth milwyr barics Canolfan yr Urdd ..." meddai Anton.

"Hollol! Lle da cuddio dan trwyn nhw ...!"

"Ond does dim bwyd yno," meddai Anton.

"A dim ond un tŷ bach a sinc," meddai Arfon.

"Rwyf fi meddwl hyn. Gardd Hendre Wen mynd cefn tŷ at wal Canolfan yr Urdd. Cwt agos wal. Chi gadael bwyd a diod – tun ar y wal. Neb gweld ..."

"A sut wyt ti'n mynd i gysgu?" holodd Anton.

"Matiau ymarfer corff Ysgol Gymraeg yn cwt. Chi dod blanced. A peth dan pen fi. Fi cysgu iawn wedyn. Digon cynnes cwt."

"Pa mor hir rwyt ti am wneud hyn?" gofynnodd Anton wedyn.

"Gobaith fi – Dad yn ôl toc. Fe'n gwybod beth gneud wedyn. Nawr, chi at Eluned Jenkins. Deud fi yn flin am hyn, ond beth fi neud? Fi aros tan nos. Wedyn slei bach i Ffordd Llanbadarn ..."

* * *

Roedd Eluned Jenkins yn fwy na pharod i fod yn gefn i Steffan, wrth gwrs – ond wedi mynnu fod yn rhaid iddyn nhw gynnwys un o staff yr Urdd yn y 'gyfrinach fawr'. Aeth i weld Bethan Morris y noson honno. Roedd hi a'r bechgyn yn sylwi bod mwy o filwyr yn cerdded heibio giât Hendre Wen y prynhawn hwnnw, ac yn oedi i danio sigarét a chael sgwrs â'i gilydd yr ochr arall i'r stryd. Wrth eu gwylio o'r tu ôl i lenni'r llofft, gallent eu gweld yn taflu golwg amheus at y cartref bob hyn a hyn. Doedd dim dwywaith eu bod yn cadw golwg rhag ofn i Steffan ddychwelyd yno.

Aeth hyn ag Eluned yn ôl at un arall o lythyrau Gisela. 1938 ... roedd yn dal i ddefnyddio geiriau cudd yn ei llythyrau.

> "Mae fy nhrwyn yn sefyll wrth bolyn lamp o flaen fy nhŷ bob hyn a hyn. Mae'n gallu gweld fel petai ganddo sbectol fawr gryf ar ei drwyn. Mae fy nhrwyn yn siarad ac yna mae tŷ arall yn wag ar ein stryd ni ..."

Roedd swyddogion cudd a phobl yn diflannu yn rhywbeth cyffredin adeg rhyfel, meddyliodd Eluned.

* * *

"Alaw 'Hwb i'r Galon' ydy honna, Bethan?"

Ar y prynhawn dydd Sul, roedd Ifan ab a Bethan yn Swyddfa'r Urdd yn gorffen cywiro proflenni un o'r cylchgronau oedd i'w ddychwelyd i'r argraffwyr erbyn bore Llun. Gallent glywed cerddoriaeth yn dod o rywle.

"Ie, dyna yw hi. Mae gennych chi glust dda, Ifan ab,"

atebodd Bethan. Roedd sain yr alaw'n cario drwy ffenest agored eu swyddfa.

"A'r gitâr ...?"

"Ie – ydych chi'n cofio fi'n sôn ein bod wedi cael cyfarfod da iawn o'r Adran ddiwedd y mis diwetha? Mae Steffan Hendre Wen yn dipyn o un ar y gitâr ac mae wedi dysgu nifer o'r alawon yn *Awelon yr Heli*. Dyna un ohonyn nhw ..."

"Ond sut 'mod i'n gallu clywed ...?"

"O, mae e'n ei hymarfer hi yn yr ardd, mae'n siŵr gen i. Dim ond dros y wal oddi wrthyn ni yn y cefn 'ma ..."

Penderfynodd symud y sgwrs i gyfeiriad arall yn weddol gyflym.

"A deud y gwir, byddai cael cymorth Steffan yn un o'r gwersylloedd yn Llangrannog yn syniad da, ydych chi ddim yn meddwl? Wedi'r cyfan, mae'n beth newydd iawn cael cyfeiliant gitâr i ganeuon Cymraeg ..."

"Syniad ardderchog, Bethan. Adawa i chi feddwl mwy am hynny ... Reit, lle rydyn ni arni gyda phroflen y stori 'ma ...?"

* * *

"Ffres o'r môr! Ffres o'r môr!"

Roedd Poli Penmorfa yn ceisio gwerthu ei physgod yn y lle arferol ar Ffordd y Môr ar y bore Llun.

"Os yw rheina'n ffres, does dim angen i fi boeni am stori i dudalen flaen y *Cambrian News* yr wythnos 'ma," meddai Dan wrth basio. "Dyma hi: 'Pysgod Ffres gan Poli Penmorfa o'r Diwedd! Escliwsif'!"

"Gad dy ddwli, Dan, yr hen lysywen! Dim ond celwydde

sy'n dy hen sgrapyn di. Dyw e'n dda i ddim ond i ddala *chips*."

"Wel, mae stori fawr yr wythnos hon, ta beth. Ar fy ffordd i'w chael hi'n gyfan nawr."

Aeth Dan yn ei flaen.

"Beth yw hi 'te, Dan?"

"Darllen y papur!"

"Gweld dy fod ti'n mynd i gyfarfod y trên ..."

Roedd Dan wedi cael gair bach yn ei glust gan gyfaill oedd ganddo yn gweithio ar bapurau newydd tref Amwythig. 'One of your foreign spies set free from the internment camp' oedd y neges.

Wrth y giât docynnau, gwyliodd Dan y teithwyr yn dod oddi ar y trên yn ofalus. Siawns nad oedd yr awdurdodau wedi gweld eu camgymeriad ac wedi rhyddhau Toni Sidoli. Byddai honno'n stori dda i'r papur. Bachgen poblogaidd, un o deuluoedd y dref ers blynyddoedd – roedd pawb yn gwybod yn iawn nad oedd ganddyn nhw unrhyw gysylltiad o gwbl â Mussolini a'r Ffasgwyr yn yr Eidal.

Ond na, ni welodd Dan fab y caffi Eidalaidd ymysg y teithwyr a gyrhaeddodd Aberystwyth y diwrnod hwnnw. Roedd ar fin troi oddi yno'n siomedig, yn flin gyda'i gysylltiad yn Amwythig am gael gafael ar ffeithiau anghywir, pan welodd wyneb cyfarwydd arall.

Wrth gwrs! Y darlithydd Almaeneg oedd yn siarad Cymraeg. Agorodd ei bad sgwennu, gwlychodd ei bensel â'i dafod a cherddodd at Gerhard Steinmann gyda gwên groesawgar ar ei wyneb.

* * *

Yng Nghaffi Lewis yn ddiweddarach, rhannodd Dan yr hanes gyda'r ffyddloniaid.

"Ac fe fuodd raid iddo fe fynd o flaen tribiwnlys yn y carchar?" holodd Gruff.

"Do, medde fe. Roedden nhw ise gwbod y cyfan – pam fod e wedi gadael yr Almaen yn 1936. A oedd ei fywyd mewn peryg? – hynny yw, oedd y Gestapo ar ei ôl e? Wel, mae'r dyn yn athro, yn darlithio yn y brifysgol, yn dyw e – roedd ganddo fe ddigon i'w ddeud. Mae hi'n stori bwysig – fydd hi yn y *Cambrian*, cofiwch. Fe fu'n rhaid iddo fe adael ei deulu a phopeth – wy'n meddwl fod hynny wedi gwneud argraff arnyn nhw. Mae'r dyn wedi diodde digon yn barod."

"Odyn nhw'n gwbod fod ei deulu e gydag e erbyn hyn?" gofynnodd Dorothy Lewis. "Un Jerman oedd yma i ddechre, yna mwyaf sydyn mae pedwar ohonyn nhw."

"A glywes i fod un ohonyn nhw ar goll," meddai Alice.

"Os yw dyn yn ffoi, mae'n dangos fod ganddo rywbeth i'w guddio bob tro. *He who runs stole the buns*," meddai Dorothy.

"Mae pob sgwarnog yn rhedeg pan mae'r cŵn yn cael eu gollwng yn rhydd," meddai Wil Gwylan. "Allwch chi ddim beio neb am hynny – mae'n naturiol."

"A dyw Steinmann ddim yn cael bod yn hollol rydd chwaith," meddai Dan. "Mae'n gorfod galw yn swyddfa'r heddlu unwaith yr wythnos i roi adroddiad o lle buodd e a beth mae e'n ei wneud, a jest dangos ei fod e'n dal o gwmpas. Roedd e'n gorfod mynd at yr heddlu'n strèt ar ôl cyrraedd nawr – cyn gweld ei deulu, hyd yn oed."

"Beth wneith e nawr 'te?" holodd Gruff. "Go brin fod neb

eisie mynd i'r coleg i ddysgu Almaeneg y dyddie hyn, o's e?"

"Dyna lle ti'n anghywir, Gruff," meddai Dan. "Maen nhw angen pobl i wrando ar radio Almaeneg, cyfieithu papurau newydd Almaeneg, paratoi taflenni propaganda i'w gollwng yn yr Almaen – mae digon o waith i rai sy'n siarad Almaeneg yn y rhyfel 'ma."

Pennod 15

Aberystwyth, 17 Mehefin 1940

Yn hwyrach y prynhawn hwnnw, gyda'r plant wedi cyrraedd adref o'r ysgol, roedd te mawr yn y fflat uchaf yn Hendre Wen, Ffordd Caradog.

"Rwyt ti'n frown, Papa!" meddai Anton.

"Rydw i wedi bod allan yn y tywydd braf, ti'n gweld – doedd dim i'w wneud yn y pebyll drwy'r dydd ac felly allan ar y gwair oedden ni drwy'r amser ... Doedd dim i'w wneud ar y gwair chwaith o ran hynny, ond o leiaf roedd yr haul yn tywynnu."

"Oes gen ti anrheg i ni i gofio am y gwersyll?" gofynnodd Lotti.

"Wel, doedd dim siopau yno, yn anffodus," meddai Gerhard gan roi winc ar Anton. "Ond roedd llawer o'r tadau a'r brodyr oedd yno'n dechrau siapio pethau gyda brigau neu ganiau diodydd gwag. Doedden ni ddim yn cael cyllyll nac unrhyw fath o arfau, ti'n gweld, felly roedd hi'n ddigon anodd."

"Wyt ti wedi gwneud rhywbeth, Dad?" gofynnodd Lotti.

"Dydw i ddim yn dda iawn gyda gwaith llaw – ond fe wnes i hwn i ti." Aeth Gerhard i boced ei siaced a thynnu amlen ohoni. "Mae'n ddrwg gen i golli dy ben-blwydd di'n saith oed, Lotti. Ond dyma neges fach hwyr iti."

Agorodd Lotti'r amlen a thynnu papur wedi'i blygu'n bedwar allan ohoni. Ar yr wyneb, roedd llun pabell debyg i siâp cloch gydag un polyn yn y canol. Wrth ochr y babell roedd polyn tal a baner ar hwnnw gyda'r rhif '7' arni. O flaen y babell roedd 'dyn matsien' gyda phen mawr a gwên ar ei wyneb yn codi llaw. Agorodd Lotti'r papur a'r tu mewn darllenodd y neges, 'Pen-blwydd hapus i Lotti, y ferch orau yn y byd, oddi wrth Papa a Mutti'. Taenodd gwên fawr dros wyneb Lotti.

"Oedd Mutti gyda ti yn y babell, Papa?"

"Na, yn anffodus. Ond gobeithio wir y cawn ni fynd i gyd i aros mewn pabell yn fuan, yntê. Yn y Fforest yn Bielefeld, efallai. Rhywbeth i edrych ymlaen ato ar ôl hyn i gyd. Mae gwersylla mewn pabell yn wyliau hapus iawn ..."

"Rwyt ti'n gwneud i'r cyfan swnio fel gwyliau, Dad," meddai Steffan wrtho pan drodd Anton a Lotti eu sylw at chwarae gyda Hamlin.

"A does diben eu dychryn nhw," atebodd ei dad mewn llais isel.

"Sut oedd hi go iawn 'te?"

"Cymysg. Roedd rhai o'r llanciau ifanc yn torri'u calonnau. Erioed wedi bod oddi cartref o'r blaen. Llawer ohonyn nhw wedi'u geni a'u magu yn Lloegr neu yng Nghymru. Roedd ambell Natsi caled yn eu canol, cofia. Ond roedden ni'n dod i'w hadnabod nhw'n gyflym iawn a doedd neb yn gwneud dim â nhw. Roedd rhyw bump neu chwech yn glic bach tawel a phreifat – ond fe aethon nhw â'r rheiny o'r gwersyll ar ôl tridiau. I Ynys Manaw, medden nhw."

"Ddoist ti ar draws rhywun roeddet ti'n ei nabod?"

"Roedd un oedd yn y coleg gyda mi yno. Ralf. Mae e – roedd e – yn ddarlithydd Almaeneg ym Mhrifysgol Lerpwl. Ond wnaethon ni ddim cyfarfod a siarad llawer gyda'n gilydd. Roedden ni'n cael ein gwylio'n ofalus drwy'r amser a phetaen nhw'n gweld fod Ralf a minnau'n ffrindiau, byddai'n edrych yn amheus."

"Oedden nhw'n dy holi di'n galed."

"Oedden. Ond doedd gen i ddim i'w guddio. Roedden nhw eisiau gwybod am dy fam, wrth gwrs. Ond roedd yn rhaid i mi gyfaddef na wyddwn i ddim beth oedd hanes Berta. Os ydy hi yn Bielefeld o hyd ... Os ydy hi wedi llwyddo i ddianc i rywle arall ... Os ydy hi hyd yn oed ..."

Doedd dim angen iddo orffen y frawddeg. Rhoddodd Steffan ei law ar fraich ei dad.

"A beth am Toni, caffi Sidoli? Oedd e yn y gwersyll pan oeddet ti'n gadael?"

"Roedd e wedi gwneud dipyn o ffrindiau gyda rhai tebyg iddo. Bechgyn y caffis Eidalaidd ar draws de Cymru – roedd dros hanner cant ohonyn nhw. I gyd yn siarad Saesneg gydag acen Gymreig. Roedden nhw'n chwarae pêl-droed neu rygbi ac yn siarad am eu cariadon drwy'r dydd. A gyda'r nos, roedden nhw'n hel mewn un babell – er nad oedd ond chwe gwely ym mhob pabell – ac yn canu caneuon nes ei bod hi'n amser noswylio. Bechgyn ifanc yn ceisio lladd amser ac yn hiraethu am gartref – dyna oedden nhw."

"A beth ddwedodd yr heddlu yn Aberystwyth wrthot ti?"

"Rhaid i mi fynd yno cyn hanner dydd bob dydd Llun tan ddiwedd y rhyfel – ond dyw hynny ddim yn broblem yn y byd. Mae'r plismyn yma'n gyfeillgar iawn ac yn teimlo 'chydig o gywilydd, rwy'n credu. Ond yna daeth un o'r Military Police i mewn a dechrau gofyn cwestiynau amdanat ti. Fe ddwedes i nad oeddwn i wedi bod yn fy fflat eto …"

"Ddois i dros y wal o gefn Canolfan yr Urdd. Welodd neb fi, Dad …"

"Mater o amser, Steffan. A gwranda, dydw i ddim eisiau i Eluned Jenkins – na staff yr Urdd chwaith – gael unrhyw ddolur."

"Wel, mae wythnos yn y cwt, cael bwyd ar ben y wal yn ofnadwy."

"Y peth gorau yw i ti a fi fynd nawr i swyddfa'r heddlu. Mynd atyn nhw, nid disgwyl i'r Military Police ddod i gyfarth wrth y drws."

"Beth fydd yn digwydd, Dad? Fydd yn rhaid mynd i'r camp *internment* 'na?"

"Byddan nhw ise dy holi di'n dwll. 'Fuest ti yn yr Hitlerjugend?', 'Pam dy fod ti'n dweud nad wyt ti'n hoffi Hitler?', 'Sut wnest ti lwyddo i ddianc o'r Almaen?' Byddan nhw eisie gwybod am bawb wnaeth dy helpu ar y daith …"

"Ffugenwau sydd gen i … cyfrinach yw pob dim arall …"

"Bydd yn rhaid i ti ddweud hynny. Fe fyddan nhw'n deall. Mae'n stori gyfarwydd ymysg y rhai sydd wedi llwyddo i ddianc. Mae'n profi nad ysbïwr wedi cael cymorth gan y Natsïaid i ddod yma i gasglu gwybodaeth a all fod o gymorth i Hitler wyt ti. Wedyn fe fyddan nhw'n asesu pa mor beryglus wyt ti."

Cododd Steffan.

"Awn ni nawr 'te. Fydd Lotti ac Anton yn hapus gydag Eluned ac Arfon?"

"Awn ni i ofyn iddyn nhw. Rwy'n meddwl y bydd Eluned yn reit falch. Ond gwranda, cyn mynd. Fe gefais i ddod yn rhydd oherwydd fy mod i wedi cynnig gweithio i'r gwasanaeth cudd. Fe fydda i'n cael papurau newydd a chylchgronau Almaeneg i'w cyfieithu. Falle y byddaf yn paratoi taflenni propaganda gwrth-Hitler fydd yn cael eu gollwng o'r awyr ar ddinasoedd yr Almaen. Taflenni'n dweud fod Hitler yn mynd i golli'r rhyfel, fod pethau'n edrych yn wael, pethau i wneud i bobl ddechrau amau'r dihiryn."

"Ac ydy e?"

"Beth?"

"Ydy e'n mynd i golli'r rhyfel?"

"Rhaid inni gredu hynny, Steffan. Allwn ni ddim gadael i ddrygioni fel yna ledu o wlad i wlad. Mae'r giwed yna'n rheoli'r Almaen er nad yw mwyafrif y bobl o'u plaid. Rheoli drwy ofn a chreu dychryn maen nhw. Bydd gen i stafell yn y coleg i wneud y gwaith cyfieithu a pharatoi taflenni. Mae eraill wrthi mewn colegau eraill. Rwy wedi cynnig casglu tîm o gyfieithwyr a sgwenwyr at ei gilydd. Pobl sy'n nabod yr Almaen yn dda. Fe allet ti fod yn rhan o'r tîm ..."

"Iawn. Fe awn ni 'te."

"Ond fe all gymryd amser, cofia ..."

* * *

Ar ôl cau'r caffi y prynhawn hwnnw, roedd Siwsan eisiau sgwrs gydag Alice a Dorothy.

"Fe ddaeth Bethan Morris o Swyddfa'r Urdd i'n dosbarth ni 'chydig cyn hanner dydd heddiw," meddai.

"O, a beth oedd gan Bethan i'w ddweud, blodyn bach?" holodd Alice.

"Fe ddaeth â lluniau o wersyll Llangrannog ... Chi'n gwbod, i lawr ar lan y môr ..."

"Neis iawn. *Lovely village*," meddai Dorothy.

"Roedd hi'n sôn am y gwersylloedd haf eleni ..."

"Ond roeddwn i'n meddwl fod y gwersyll wedi cau eleni? *Due to the war?*" meddai Alice.

"Fe fu ansicrwydd mawr eleni," meddai Siwsan. "Ond fe fydd dwy wythnos o wersyll haf i fechgyn, un wythnos i oedolion a dwy wythnos i ferched. O ganol Gorffennaf i ddechrau Medi."

"O dyna fe. Ac mae'r cyfan yn llawn, siŵr o fod?" meddai Dorothy.

"Dyna pam y daeth Bethan aton ni. Mae lle i ferched o hyd – roedd erthygl yn *Cymru'r Plant* y mis yma'n gweud bod 'chydig o leoedd ar ôl ond mai 'y cyntaf i'r felin' fydd yn cael mynd. Mae lle yno am wythnos ganol Awst ac roedd Bethan yn awyddus bod rhai ohonon ni'n mynd o Aberystwyth."

"O, cyfle da i rywrai felly," meddai Alice.

"A gan fod y cyfan mor hwyr yn y dydd, mae'r Urdd yn dweud: 'Penderfynwch heddiw!' Y pris am wythnos ydy £14 y pen a hanner coron o ernes wrth archebu lle."

"Chwarae teg i'r Urdd, wir. Cyfle da, yn'd yw e? *Good chance.*"

Bu saib hir.

"Meddwl oeddwn i," meddai Siwsan, "tybed fyddech chi'n fodlon i mi fynd i'r gwersyll haf?"

"Ti?" meddai Dorothy. "Ond Siwsan fach, ym mis Awst! Canol yr haf! *High season!* Fe fydd y dre 'ma dan ei sang gydag ymwelwyr a ..."

"Falle na fydd cymaint yma eleni *due to the war* a hyn i gyd," meddai Siwsan.

"Ond beth 'wedith dy fam a dy dad? *What will they think of us?*" meddai Dorothy. "Allen ni byth benderfynu dim heb fod ..."

"Allen ni ffonio nhw heno?" cynigiodd Siwsan.

"A meddwl am hyn, Siwsan," meddai Alice gan edrych yn dosturiol ar ei choes chwith. "Plant rỳff fydd yn y gwersyll. Rhedeg a rasio. Neidio i'r môr. *Roughnecks from the outback* ... Allet ti ... allet ti ddim dala lan ..."

"O jiw, ie. Rhaid i ti fod yn ofalus o'r goes 'na," cytunodd Dorothy.

"Y peth gorau i'r goes yw ei defnyddio hi – dyna ddwedodd y doctor yn yr ysbyty yn Llundain ..."

"O, wy ddim yn siŵr, blodyn bach. Mae Llangrannog mor bell petai rhywbeth yn digwydd ..." meddai Alice mewn llais pryderus.

"Mae Gwenda'r Central Hotel yn cael mynd," meddai Siwsan mewn llais bach.

"Gwenda Llywelyn?" gofynnodd Dorothy.

"Central Hotel?" gofynnodd Alice.

"Ie. Ro'n i'n cerdded adre gyda hi o'r ysgol. Fe ofynnodd i'w mam ar stepen drws yr hotel ac fe gafodd hi ganiatâd yn syth."

"O, ac mae'r Llywelyns yn cytuno, ydyn nhw?"

"Er y bydd hi'n ganol Awst?"

Nodiodd Siwsan ei phen.

"Ffonwn ni dy dad heno," meddai Alice.

"Ac fe dalwn ni am y gwersyll iti," meddai Dorothy.

Pennod 16

Aberystwyth, 3 Gorffennaf 1940

"Hei, bois, mae'r Natsi yn ei ôl." Jimmy oedd y cyntaf i sylwi ar Steffan yn gadael swyddfa'r heddlu yn Aberystwyth pan gerddodd y cadéts heibio.

"Rhyfedd!" meddai Kevin. "Ro'n i'n meddwl y bydde hwn mewn *concentration camp* ar Eil o' Man tan ddiwedd y rhyfel."

"Falle nad yw e ddim wedi gwneud dim byd?" cynigiodd Austin.

Anelodd Steffan yn syth o swyddfa'r heddlu am stafell ei dad yn y coleg. Roedd hwnnw'n gorfoleddu o'i weld.

"Roeddwn i'n ofni na fyddwn i'n dy weld di eto tan ddiwedd y rhyfel ... Neu waeth na hynny ..."

"Be wyt ti'n feddwl, Dad?"

"Bore ddoe ... yn gynnar ar ôl iddi wawrio ..." Roedd hi'n amlwg ar dôn llais Gerhard fod ganddo newyddion trist eithriadol.

* * *

Gan Dan Cambrian News roedd y manylion llawn yng Nghaffi Lewis.

"Yr *Arandora Star** oedd enw'r llong. Leinar grand wedi cael ei ffitio ar gyfer y rhyfel. Roedd hi'n cario dros fil chwe chant i gyd – rhwng y milwyr oedd yn eu gardio nhw a phopeth ..."

"Ond pam mynd â nhw i Ganada?" holodd Gruff.

"Mae Hitler wedi cyrraedd Paris ers pythefnos bron," meddai Dorothy. "Doedd hi ddim yn ddiogel i gadw'r fforiners yma – a doedd dim digon o le yn Eil o' Man siŵr o fod erbyn hyn."

"Mae'r Natsis yn Jersey a Guernsey ers tridie," meddai Alice. "Un cam arall ac fe fyddan nhw'n croesi'r sianel a ... wel, Duw â'n helpo ni ..."

"Jerman *U-boat* oedd e, ife?" holodd Wil Gwylan. "Mae hynny'n eironig, yn dyw e?"

"Ody," atebodd Dan. "Cafodd yr *Arandora Star* ei tharo gan dorpido yr ochr draw i Iwerddon. Doedd yr *U-boat* ddim i wbod taw Almaenwyr ac Eidalwyr oedd ar 'i bwrdd hi'n benna. Cannoedd wedi boddi ..."

"Mae'r rhyfel yma'n wahanol iawn i'r un diwetha," meddai Wil. "Dy'ch chi ddim i wbod lle bydd yn taro nesa, ac mae cymaint yn 'i chael hi gyda'i gilydd ..."

"Gan gynnwys un o Aber 'ma," meddai Dan.

"Wyt ti wedi bod heibio Caffi Sidoli?" holodd Gruff.

Nodiodd Dan.

"Shwt allwn ni drafod y fath beth gyda nhw? Ond roedd yn rhaid i fi 'u holi nhw a chael darlun o gymeriad Toni ganddyn nhw. O, roedd e'n fachan direidus. Gwên ar 'i wyneb bob amser. Pawb yn hoff ohono. Gweithiwr caled. Caredig iawn at aelodau hŷn y teulu. Pêl-droediwr da – wedi chwarae i dîm Aber. Hoff o ganu. Dim ond ugain oed ... Fe fyddan nhw i gyd yn 'i golli fe'n ofnadw ..."

"Ac fel hyn mae hi mewn dege o gaffis tebyg drwy dde Cymru y bore 'ma," meddai Wil.

"Ond beth yw hyn? *What on earth?* Yr Urdd yn galw am noson o ganeuon a chofio o flaen y caffi heno?" holodd Alice.

"Dyna'r gair sydd ar led yn y dre," meddai Dan. "Dangos cydymdeimlad ..."

"Do's bosib bod hynny'n mynd yn rhy bell?" meddai Dorothy'n chwyrn braidd. "Allwn ni ddim dangos cydymdeimlad gyda nhw a ninne mewn rhyfel yn 'u herbyn nhw, allwn ni? *The enemy is the enemy, my friend.*"

"Ond un ohonyn ni sydd wedi cael 'i golli," meddai Wil yn gyflym. "Toni Sidoli o Aberystwyth oedd e. Neb arall ..."

"Ddim dyma'r adeg am beth felly, dyna i gyd wy'n 'i ddweud. *Just not the right time,*" meddai Dorothy.

"Gystal torri'r garw nawr na dangos cydymdeimlad mewn blynydde i ddod, falle," meddai Gruff.

"Wel, fydda i ddim o flaen eu caffi nhw'n canu. *No sing-song for us,*" meddai Dorothy'n bendant.

* * *

Ond roedd Siwsan Lewis yno. Ac aelodau'r Aelwyd. Yno hefyd roedd plant yr Ysgol Gymraeg, staff yr Urdd a llawer o blant ac athrawon Ysgol Heol Alecsandra. Roedd Steffan yno a phawb o Hendre Wen. Cafwyd gweddi fer gan un o weinidogion y dref. Canwyd emynau heb gyfeiliant.

Safai'r dyrfa ar y stryd o flaen y caffi. Gallent weld y teulu'n sefyll rhwng y byrddau, yn gafael yn dynn am ei gilydd, wedi plygu eu pennau. Yr ochr draw i'r stryd, safai

Jimmy, Kevin ac Austin ar eu ffordd i'r Drill Hall.

I orffen, daeth y plant a'r bobl ifanc at ei gilydd i ganu hoff emyn gwersyll yr Urdd, i gyfeiliant Steffan ar ei gitâr.

"Nefol Dad, mae eto'n nosi ..."

Croesodd Austin y stryd at y parti bychan. Ymunodd ei lais yn yr emyn.

"Diolch i'r bobl ifanc," meddai'r gweinidog wrth gloi. "A diolch i'r Urdd am ddal i ddarlledu Neges Ewyllys Da, er gwaetha'r rhyfel. Bydd yn rhaid inni ddysgu byw gyda'n gilydd ar ôl hyn a gystal inni ddechrau gwneud hynny heno."

Cerddodd plant dau deulu Hendre Wen gyda Siwsan Lewis ar hyd Ffordd y Môr tua'r traeth ar ddiwedd y cyfarfod.

"Ddo' i gyda chi i gicio'r bar cyn mynd 'nôl," meddai Siwsan wrth iddynt basio Caffi Lewis.

"Edrych ymlaen at glywed y glec," meddai Anton.

"Beth wyt ti'n feddwl?" gofynnodd Siwsan.

"Wel, fe fyddi di'n siŵr o ddychryn y gwylanod os roi di gic i'r bar gyda dy droed chwith," meddai Anton, gan edrych yn ddireidus ar ei ffrâm fetel.

Roedd cryn dipyn yn cerdded ar y prom a hithau'n noson ganol yr haf. Llithrai'r haul yn araf tua'r gorllewin ac roedd y môr yn las ac yn llyfn.

"Anodd credu bod y môr yn rhan o'r rhyfel yma," meddai Steffan wedi munudau o dawelwch wrth i bob un ohonyn nhw fwynhau'r teimlad braf oedd ar y lan. "Ond yn rhywle ar y môr yma, mae llongau'n tanio at ei gilydd, mae rhai'n ffrwydro ac mae cychod achub yn cario criwiau sydd wedi'u hanafu ac yn llwgu."

"Heb sôn am y rhai sydd wedi colli'u bywydau," meddai Siwsan.

"Ydych chi'n meddwl mai oherwydd y môr mae pawb yn ymladd?" holodd Anton.

"Mae'n un o'r pethau sy'n gwahanu gwledydd oddi wrth ei gilydd," meddai Steffan. "Ac os oes ffiniau sy'n creu atgasedd rhwng gwledydd, mi all hynny arwain at ryfeloedd."

"Ydych chi'n cofio rhifyn y Neges Ewyllys Da yn *Cymru'r Plant* fis Mai?" meddai Siwsan. "Roedd hanes y Swistir yn y cylchgrawn, yn doedd e? Dyw'r Swistir ddim yn y rhyfel hwn a doedden nhw ddim yn y rhyfel mawr cyntaf chwaith. A does dim môr yn y Swistir. Efallai fod Anton wedi taro ar rywbeth fan'na ..."

"Ond mae'r môr yn dod â phobl at ei gilydd hefyd, yn dyw e?" meddai Steffan. "Llongau'n dod â theuluoedd yn ôl. Ffrindiau'n croesi'r tonnau ac yn cwrdd."

"Ie," meddai Siwsan. "Meddyliwch am Langrannog – mae'r môr yn llawn o atgofion hapus i lawer o griwiau o bob rhan o'r wlad."

"Ti'n sôn am atgofion Llangrannog, Siwsan!" chwarddodd Steffan. "A dwyt ti ddim wedi bod yno eto!"

"Ddim yn hir i ddisgwyl nawr!" meddai Siwsan. "Chwe wythnos eto ...!"

"Wyt ti am fynd yno fel swyddog i helpu i ofalu am bethau, Steffan?" gofynnodd Anton. "Mae Bethan Morris wedi rhoi cynnig i ti, yn dyw hi?"

"Do. Mae hi ise i mi fynd â'r gitâr yno. Rhoi rhywbeth newydd i adloniant y gwersyll. Ond fedra i ddim mynd ..."

"Pam felly?" gofynnodd ei frawd.

"Wel, rhaid i mi fynd i swyddfa'r heddlu bob bore fel eu bod yn medru cadw llygad arna i ..."

* * *

"Hei! Rydyn ni wedi bod yn cadw llygad arnat ti!"

Neidiodd Lotti pan glywodd lais garw y tu ôl iddi yn galw arni pan oedd hi'n mynd â Hamlin am dro ar hyd y prom. Gan ei bod yn saith oed erbyn hyn, roedd yn cael gwneud hyn ar ei phen ei hun ar ôl cael ei chinio wedi dod adref o'r ysgol.

"Ie, ti, yr eneth fach Natsi!" meddai'r llais eto.

Trodd Lotti ei phen. Gwelodd gadéts yn ei dilyn. Tri ohonyn nhw. Yr un llydan, sgwarog oedd yn gweiddi arni.

"Mae dy frawd wedi cael dod 'nôl i'r dre – ond ry'n ni'n gwbod taw Natsi ydy fe 'fyd."

"Odyn, eitha' reit, Jimmy," meddai'r un main, tal.

"Ac mae'n rhaid i ni wneud *body search* arnat ti rhag ofn bod gen ti *secret weapon*," meddai Jimmy.

"Na!" sgrechiodd Lotti gan gamu yn ei hôl.

Dechreuodd Hamlin gyfarth a sefyll rhyngddi a'r cadéts, fel pe bai'n sylweddoli ei bod mewn perygl.

"Cau dy geg, y ci Natsi!" gwaeddodd Jimmy a rhoi naid ymlaen a chicio Hamlin yn ei asennau nes bod hwnnw'n gwichian. Ond roedd yn dal i sefyll o flaen Lotti ac yn cyfarth.

Bygythiodd Jimmy roi cic arall iddo ond gwaeddodd Austin arno.

"Ci bach yw e, Jimmy, os roi di gic i'w ben e allet ti 'i ladd e. Fydd hi ddim yn dda arnat ti wedyn."

"O ie, ac ar ba ochr wyt ti 'te?" Trodd Jimmy i wynebu

Austin. "Kevin, sylwest ti ar hwn yn canu o flaen y caffi 'na? Mae e wedi mynd yn sofft i gyd, yn dyw e? Weda i gymaint â hyn – os y'n ni am ennill y rhyfel 'ma, rhaid dangos dipyn o galon ..."

Ar hynny trodd Jimmy a gafael yn sydyn ym mraich Lotti. Roedd hi'n gweiddi crio erbyn hyn a gollyngodd gadwyn y ci.

"Cer di i'w phocedi hi, Kevin, tra bydda i'n dala'r ast fach! Jiw, mae hi'n stranco ac yn llefen. Dere glou ..."

Rhwng bod Lotti'n gweiddi a Hamlin yn cyfarth, roedd tipyn o gynnwrf ar y prom. Roedd amryw'n cerdded ac yn mwynhau awel y môr y prynhawn hwnnw eto. Ond edrych ac yna edrych draw a wnâi pawb. Wrth weld cadéts yn eu hiwnifforms yng nghanol pethau, doedd neb am eu herio.

"A! Beth yw hon?" meddai Kevin yn orfoleddus gan dynnu wats arian o boced fach ffrog Lotti.

"Wats sbei yw hi!" gwaeddodd Jimmy. "Mae hi'n defnyddio hon i yrru signal i *U-boat* mas ym Mae Ceredigion ... Well i ni 'i rhoi hi ar lawr a damsgyn arni ..."

"Ie, fydd ein bois ni'n fwy diogel wedyn," meddai Kevin.

"Na! Dyna wats Mutti!" llefodd Lotti. "Dim ond hon sydd gen i i gofio am Mam ..."

Taflodd Jimmy hi ar balmant y prom. Roedd yn bygwth rhoi ei droed arni ond neidiodd Austin ar lawr a rhoi ei ddwy law drosti. Glaniodd troed Jimmy ar ei fys bach. Neidiodd Austin yn ôl ar ei draed yn gwingo, gan nyrsio bys bach ei law chwith o dan ei gesail. Ond roedd wats Lotti yn ei law dde. Rhoddodd ddau gam i'r dde a dal pen cadwyn Hamlin gyda'r un llaw.

"Dyma ti," meddai wrth Lotti. "Gafael yn y wats yma a cer

â'r ci am dy fywyd. Do's dim rhaid i bawb sy'n gwisgo iwnifform ymddwyn fel anifail."

Safodd rhyngddi a'r ddau gadét. Rhedodd Lotti tuag adref heb edrych yn ei hôl unwaith. Pe bai wedi gwneud hynny, byddai wedi gweld dau gadét yn ymosod ar un arall nes ei fod yn disgyn ar ei hyd ar balmant y prom.

Pennod 17

Llangrannog, 19 Awst 1940

Amser cinio, y dydd Llun ar ôl i Siwsan fynd i wersyll y merched yn Llangrannog, canodd cloch drws ffrynt Hendre Wen. Pan agorodd Eluned Jenkins y drws, gwelodd mai Glyn Williams o Swyddfa'r Urdd oedd yno.

"Ydy Steffan i mewn?" gofynnodd.

"Yn y fflat dwi'n meddwl," atebodd Eluned. "Ar 'i ginio, fe fyddwn i'n dyfalu."

"Wy'n gorfod mynd lawr i Langrannog yn y car heddi. Parsel nwyddau cymorth cyntaf wedi cyrraedd y swyddfa yn hytrach na'r gwersyll. Meddwl tybed fydde Steffan awydd dod i weld y lle?"

"Wel, mae wedi clywed digon o sôn amdano. Cer lan y grisie i ofyn iddo dy hunan."

Roedd brwdfrydedd Steffan yn amlwg ar ei wyneb pan glywodd beth oedd neges Glyn.

"Newydd fod yn swyddfa'r heddlu yn cofrestru am y dydd, felly does dim i fy rhwystro ..."

"Dim ond nad wyt ti i fod i deithio mwy na phum milltir o dy le aros," meddai'i dad, oedd yn eistedd wrth y bwrdd cinio o hyd.

"O twt!" meddai Steffan. "Fedra i ddweud yn onest nad oeddwn i'n gwybod pa mor bell mae Llangrannog o

Aberystwyth. A beth bynnag, danfon meddyginiaeth rydyn ni. Mae hynny'n waith hanfodol!"

"Fyddwn ni'n ôl cyn nos," meddai Glyn. "Ac fe fyddi di yn swyddfa'r heddlu cyn hanner dydd fory."

"Ydw i angen mynd â rhywbeth gyda fi?"

"Oes gen ti drowsus nofio? Lliain mawr i sychu dy hun hefyd – falle byddwn ni'n mynd lawr i'r traeth."

Casglodd Steffan ei bethau ar frys.

"Ffwrdd â ni 'te! Hwyl tan heno!"

A diflannodd y ddau i lawr y grisiau.

Safai'r Ford Coupé yn Ffordd Caradog.

"Dy gar di ydy hwn?" holodd Steffan.

"Na, un y trefnydd," meddai Glyn. "Car yr Urdd."

"Wyt ti'n ddiogel ar yr hewl?" tynnodd Steffan ei goes.

"Wel, roeddwn i'n arfer gyrru cryn dipyn ar ran yr Urdd – er nad o's llawer o betrol i ni y dyddie 'ma, wrth gwrs. Ond mae digon i fynd â ni yno a 'nôl."

"O! Rwyt ti wedi rhoi'r gitâr yn y cefen!"

"Meddwl falle y bydd cyfle am gân cyn gadael heno."

Cyn hir roedd Aberystwyth o'u holau a'r Ffordyn yn teithio'n braf i lawr arfordir Bae Ceredigion.

"Mae'r car yn tuchan dipyn ar y rhiwiau," sylwodd Steffan pan oeddent yn dringo allan o Aberaeron.

"Ydy – mae'n well am fynd i lawr na dringo," meddai Glyn. "Ac mae dipyn o lan a lawr ar y daith 'ma. Mae'r injan yn twymo."

Ymhen rhyw awr, roedden nhw'n gadael priffordd yr arfordir ac yn teithio ar hewl gul i lawr y cwm am Langrannog.

"Well i ni fynd ar ein pennau i'r traeth," meddai Glyn. "Dyna'r fynedfa i'r gwersyll, weli di? Mae'r gwersyllwyr yn cerdded dros y mynydd i Draeth Lochtyn neu Gilborth neu draeth y pentref. Ac wy'n gwbod mai at Garreg Bica yn y pentre ei hun maen nhw'n mynd pnawn 'ma."

Roedd digon o le i adael y car ar ochr y stryd yn Llangrannog.

"Y tonnau yna!" rhyfeddodd Steffan wrth gamu allan o'r Ffordyn. "Maen nhw'n wych! A'r ewyn gwyn yna'n cyrlio ar eu brig! O, ac mae'n edrych yn debyg bod y criw yn y môr yn barod."

Gyda phob ton oedd yn torri ar y traeth, dôi sgrechiadau llawen gan y gwersyllwyr wrth i'r ewyn chwalu dros eu pennau. Prin eu bod yn cael eu traed oddi tanyn nad oedd y don nesaf yn torri drostyn nhw.

Cerddodd Steffan i lawr at y traeth gyda gwên lydan ar ei wyneb, yn ceisio adnabod rhai o neidwyr y tonnau. Aeth Glyn heibio iddo ar wib. Roedd yn gwisgo'i drowsus nofio o dan ei drowsus cwta ac roedd wedi diosg ei ddillad yn gyflym ac yn anelu am y dŵr.

"Mae'r swyddogion – neu'r swogs fel rydyn ni'n eu galw – yn creu hanner cylch allan yn y môr yr ochr bella i'r gwersyllwyr. Mae'r car ar agor os wyt ti eisie mynd i nôl dy ddillad nofio."

A rhedodd i'r môr nes bod y don gyntaf yn ei faglu. Deifiodd i'r ewyn.

Doedd y môr ar draeth Aberystwyth ddim byd tebyg i'r cyffro ar draeth Llangrannog. Safai Steffan yno mewn hanner breuddwyd pan glywodd lais cyfarwydd yn galw arno o'r môr. Siwsan oedd hi.

"Steffan! Beth wyt ti'n wneud yn Llangrannog?" Cerddodd Siwsan o'r tonnau. Daeth merch arall gyda hi.

"Galwad o Swyddfa'r Urdd. Dim ond am y pnawn. Ydy'r goes a'r ffrâm haearn yna'n iawn yn y môr?"

"Mae'n gwneud lles mawr!"

"Rydyn ni o'i chwmpas i gadw golwg arni," meddai'i ffrind. "Ond mae'n gwneud yn wych. Mae'r môr yn rhoi nerth iddi."

"Dyma Gwenda Llywelyn, fy ffrind o Aber," meddai Siwsan. "Wyt ti'n dod i mewn i'r tonnau?"

"Ydw. Dim ond mynd 'nôl i'r car ..."

"O na! Nawr neu ddim ... Gafaelwch ynddo fe, ferched!"

Ceisiodd Steffan gamu'n ôl ond o fewn dim roedd dwy ferch yn gafael am ei freichiau ac un arall yn ei wthio o'r cefn.

"Alwen! Alwen!" galwodd Siwsan ar un o'r swogs oedd yn ymyl. "Dere i roi help llaw fan hyn. Mae Steffan ofan gwlychu'i draed!"

"O druan ohono fo! Unwaith fydd ei ben o dan y tonnau, mi ddaw ato'i hun ..."

Roedd Alwen yn ferch athletaidd ac yn amlwg wedi treulio dipyn o'i hamser ar y traeth a gwneud pob math o chwaraeon. Mewn dim o dro roedd Steffan yn cael ei hanner cario i'r dŵr bas ac yna, gydag un hwi fawr, cafodd ei daflu i'r don arall oedd yn torri.

Doedd dim pall ar chwerthin y merched wrth iddyn nhw ddathlu'u camp. Eisteddodd Steffan yn y dŵr bas, ei grys a'i drowsus yn wlyb diferol a'i draed yn sgweltsian yn ei sandalau. Ond ni fedrai lai na gwenu'n llydan chwaith.

Gwelodd law'n cael ei chynnig i'w helpu i godi ar ei draed.

"Alwen Davies," meddai'r swog wrtho ar ôl iddo sythu. "O Lansannan. Newydd orffen fy mlwyddyn gyntaf yn y coleg hyfforddi athrawon, ond yn taflu pobl i'r môr yn ystod fy ngwyliau haf! Mae gen ti ddillad sbâr, gobeithio?"

"Na. Dim ond trowsus nofio yn sedd gefn car Glyn. Dydyn ni ddim ond yma am y pnawn ..."

"Wel, dos i'w nôl o! Does gen ti ddim amser i'w golli. Gwna'n fawr o'r cyfle. Chei di ddim môr gwell na thraeth Llangrannog."

Na chriw gwell, meddyliodd Steffan. Edrychodd ar ei gwallt cyrliog, tywyll, gwlyb a'r wên chwareus.

"Fydda i'n ôl mewn dim, Alwen."

Rhedodd yn ôl at y Ffordyn. Taflodd ei ddillad gwlyb ar lawr y car a gwisgo'i ddillad nofio. Aeth â'i liain sychu a'i adael ar y tywod lle'r oedd sypiau o ddillad y gwersyllwyr. Rhedodd a llamodd i'r ewyn.

* * *

"Sylwaist ti ar rywbeth pan ddoist ti'n ôl i'r car?" gofynnodd Glyn.

Erbyn hyn, roedd hwyl y traeth drosodd a phawb yn barod i droi'n ôl am y gwersyll. Ond daeth criw i olwg y Ffordyn pan sylweddolwyd bod rhywbeth yn bod ar y car. Roedd afon o ddŵr yn diferu o'r injan ac yn llifo i lawr gwter y stryd.

"Na," atebodd Steffan. "Ond roeddwn i ar frys i fynd yn ôl i'r môr ..."

"Mewn dillad addas!" meddai Alwen.

Cododd un o'r swogs ei ben ar ôl bod yn astudio pethau o dan y bonet.

"Y botym hôs wedi cracio," meddai. "Mae'r dŵr wedi llifo o'r radiator. Rhaid cael peipen newydd a'i gosod hi. Fedri di ddim tanio'r injan heb gael llond y radiator o ddŵr."

"Lle ga i beipen?"

"Mae Ifan yr efail yn trwsio ceir," meddai un arall o'r swogs. "Ddo i gyda ti i gael gair efo fo."

"Tyrd – gei di gerdded dros y mynydd efo ni," meddai Alwen wrth Steffan.

"Ond fy nillad gwlyb i ...?"

"Rho nhw yn fy mag i. Mae stafell sychu yn y gwersyll. O! Gitâr ydy hwn'na? Wyt ti'n medru'i chwarae fo?"

"Ydw, ond mae'n rhaid i mi fynd yn ôl ..."

"Tyrd â'r gitâr efo ti i'r gwersyll. Dydy o'n dda i ddim i neb yng nghefn y car."

* * *

Pan gyrhaeddodd Glyn yn ôl i'r gwersyll, gwelodd fod criw yn eistedd yn gylch ar y gwair o flaen y caban bwyta. Clywodd sŵn gitâr a lleisiau'n codi cân. Aeth i eistedd ar y cyrion, ac ymunodd yng nghytgan olaf 'Un dyn bach ar ôl'.

"Hei, mae lle i bennill arall yn y gân yma," gwaeddodd un o'r swogs oedd yn cael ei alw'n Hywel Colli Trên a chanu,

"Car Glyn sydd yn Llangrannog,
Heb ynddo ddafn o ddŵr ..."

Heb oedi, rhoddodd Alwen ddwy linell arall i'r pennill,

"Pan fydd 'na dwll mewn botym hôs,
Mi allwch fod yn siŵr
– Bydd 'na un dyn bach ar ôl ..."

A than chwerthin a chanu ar yr un gwynt, ymunodd pawb,
"Bydd 'na un dyn bach ar ôl,
Bydd 'na un dyn bach ar ôl ..."

Wrth i'r miri dawelu, gofynnodd Steffan i Glyn beth oedd y newyddion am y car.

"Mi fydd yn iawn – ond ddim heno. Mae Ifan wedi ordro peipen newydd o'r garej yn Llandysul. Bydd yn yr efail ben bore fory ..."

"Ond rhaid i mi fod yn Aberystwyth erbyn ..."

"Bydd y car yn barod i ni adael am ddeg. Dim problem."

"Ond does gen i ddim dillad. Maen nhw yn y cwt sychu ..."

"Hei, hogia, oes gan rywun grys yn sbâr i Steffan?" gwaeddodd Alwen.

Mewn dim roedd rhai o'r swogs wedi mynd i'w cabanau ac roedd detholiad o ddillad wrth draed Steffan.

"Ond does gen i ddim caban i fynd i newid ..."

"Paid â bod shwd gymaint o wlanen," meddai Hywel Colli Trên. "Cer y tu ôl i'r gegin fan'co ..."

Daeth Steffan yn ei ôl i gyfeiliant chwibanu. Roedd y crys benthyg bron â bod ddwywaith yn rhy fawr iddo. Ond doedd hynny ddim yn ei boeni. Eisteddodd ac ailafaelodd yn y gitâr ...

* * *

Pan ddaeth hi'n nos dros y gwersyll ar ôl swper, doedd dim llawer o awydd gan neb i fynd i dywyllwch y neuadd.

"Edrychwch ar y lleuad ar y môr ..." meddai rhywun.

"Byddai'n drueni cau llenni blacowt ar y fath olygfa," meddai rhywun arall. Roedd hi'n noson tri chwarter lleuad.

"A fydd 'na ddim gitâr yma nos fory," meddai Alwen. "Heno ydy'n cyfle ni."

Aeth y miri ymlaen yn llawer hwyrach nag arfer. Canwyd yr emyn noswylio fwy nag unwaith. Aeth rhai am eu gwlâu fesul tipyn, ond roedd chwarter y gwersyllwyr a'r swyddogion ar eu traed hyd yr oriau mân.

"Ar noson mor fythgofiadwy, beth am fynd i nofio yng ngolau'r lleuad?" cynigiodd Hywel Colli Trên.

Cododd cytgan mawr o gyd-weld ac mewn dim roedd y cwt sychu wedi'i wagio o lieiniau a dillad ymdrochi, a llinyn o wersyllwyr yn canu wrth gerdded llwybr Dinas Lochtyn yng ngolau'r lleuad.

"Awn ni o olwg y pentref heibio Carreg Bica i Draeth Cilborth," cynigiodd Hywel. "Fydd neb yn ein gweld heibio'r clogwyn ac mae'n hollol ddiogel – mae hi'n drai."

Efallai eu bod o olwg y pentref, ond roedd y sgrechiadau a'r chwerthin i'w clywed yn glir o llofftydd Llangrannog.

"Mae'r Jermans wedi glanio yng Nghilborth!" gwaeddodd un o'r pentrefwyr oedd wedi codi ac agor ffenest ei lofft.

Daeth un o'r Hôm Gard yn y diwedd i gael golwg i weld beth oedd y rhialtwch ar y traeth, ond fe welodd hwnnw nad oedd dim byd i'w ofni.

"Ein plant yn cael dipyn o sbri," meddai wrth y pentrefwyr pryderus ar y stryd. "Ce'wch 'nôl i'ch gwlâu. Mae'r rhyfel yn ddigon pell heno."

Dyna oedd y sgwrs ymysg y gwersyllwyr ar lwybr y mynydd yn ôl at y pebyll a'r cabanau hefyd.

"Anodd credu bod modd i'r byd fod mor gyfeillgar a heddychlon," meddai Steffan wrth Alwen.

"Cyfeillgarwch ... heddwch ... nid pethau sy'n digwydd ohonyn eu hunain ydyn nhw," atebodd hithau. "Mae'n rhaid gwneud iddyn nhw ddigwydd. Mae'n rhaid gweithio er mwyn eu hennill nhw. Cer i nôl dy gitâr ar ôl i ni gyrraedd y gwersyll. Does dim amser i gysgu heno!"

Pennod 18

Llangrannog, 20 Awst 1940

"Oes rhaid inni gerdded mor gyflym, Alwen? Dydyn ni ddim eisiau dal trên, yn nag oes?" Y bore canlynol, roedd Steffan yn cael tipyn o drafferth i gadw'i gam ar yr un cyflymder â'r ferch oedd wedi hen arfer â llwybr Dinas Lochtyn.

"Na, does dim brys iti adael y gwersyll, os mai hynny sy'n dy boeni," atebodd Alwen.

Oedodd a gadael iddo gyrraedd ati, yn hytrach na'i fod yn cerdded bedwar cam y tu ôl iddi. Ailddechreuodd gerdded yn fwy hamddenol.

"Merch y bryniau ydw i," meddai ymhen ychydig. "Mae Taid yn byw ar fferm ar Fynydd Hiraethog ac ers 'mod i'n hogan fach, dwi i wrth fy modd yn mynd i fyny'r llechweddau efo fo a'r cŵn defaid."

"Wel, bachgen y ddinas ydw innau," meddai Steffan, gan duchan ychydig o hyd. "Wrth fy modd gyda llwybrau fflat!"

"Ond mae'n rhaid i ti gyfadde ei bod hi'n werth gwneud yr ymdrech i ddringo'r bryn yma. Edrych! Rwyt ti'n medru gweld Bae Ceredigion i gyd – i fyny am Aberystwyth a'r gogledd, braich Llŷn wedyn ac Ynys Enlli …"

"Ydy, mae'n olygfa hardd," meddai. Troi o edrych ar y môr a'r glannau i edrych ar wyneb Alwen wnaeth Steffan.

"Rwyt tithau'n werth dy weld yn dy ddillad dy hun!"

meddai Alwen. "Er dwi'n meddwl bod yn well gen i'r hen grys blêr oedd ddim yn ffitio a'r trowsus chwarelwr!"

Aeth miri'r criw canu ac ymdrochi ymlaen drwy'r nos a phan ddaeth y bore, aeth i'r cwt sychu i gasglu'i ddillad a newid yn ôl. Cyrhaeddodd staff y gegin i ddechrau hwylio brecwast ac roedd Alwen wedi mynnu ei fod yn ymuno â nhw yno i roi help llaw gyda'r gwaith o hwylio brecwast i'r gwersyllwyr – uwd, wy wedi'i ferwi, tost a the.

"Wyt ti'n siŵr dy fod ti'n cyrraedd gwaelod y sosban gyda'r llwy bren yna?" Steffan oedd wedi cael y cyfrifoldeb o edrych ar ôl yr uwd, ac roedd Alwen yn cadw llygad arno.

"Gad imi weld!" Cydiodd Alwen yn y llwy a'i gwthio i gilfachau isaf y sosban a throi'r gymysgedd yn egnïol. "Rhaid iti fynd reit i'r corneli fel yna neu mi fydd yr uwd yn glynu yn y gwaelod ac yn llosgi," meddai wrtho.

"Wyddwn i ddim fod gan sosban gron gorneli!" atebodd Steffan.

"Oes mae ganddyn nhw. Mae sosbenni Llangrannog yn fwy clyfar na sosbenni'r Almaen!"

Aeth Alwen yn ôl at y tostiwr mawr i dynnu darnau o dost ohono a gosod tafelli eraill o fara yn eu lle. Cyn hir, canodd rhywun y gloch fawr oedd y tu allan i'r gegin a chlywsant y gwersyllwyr yn rhedeg atynt o'u pebyll.

"Wyt ti am lenwi'r powlenni yma efo uwd 'ta?" gofynnodd Alwen ar ôl iddyn nhw gario'r sosban fawr rhyngddynt a'i rhoi ar y bwrdd gweini. "Dim gormod yn y powlenni cynta neu mi fydd y rhai ola'n mynd heb ddim."

"Sosban fawr yn berwi ar y llawr ..." canodd Steffan dros y gegin.

"Steff! Ti'n dal yma!" gwaeddodd Siwsan arno, wrth iddi gyrraedd y caban i gael ei brecwast.

"Noson hir, stori hir," atebodd yntau.

"O leia rwyt ti'n gweithio i dalu am dy wely a brecwast."

"Pa wely?" gofynnodd Steffan.

"Dwi'n cadw llygad arnat ti – falle y byddwn ni eisie rhywun yn y gegin yng Nghaffi Lewis!"

Ymhen hanner awr, roedd Steffan yn cynorthwyo i glirio'r llestri budron a'u cario at y sinc fawr wrth y ffenest. Roedd Alwen yno eisoes a'i dwylo at ei phenelin yn golchi'r cyllyll a ffyrc mewn dŵr cynnes a swigod.

"Yy!" ochneidiodd wrth weld llwyth Steffan. "Mynydd o bowlenni uwd wedi caledu! Rho nhw ar y bwrdd yn fan'na. Gei di gymryd y shifft olchi rŵan – mae 'nwylo i'n dechrau troi'n goch yn y dŵr poeth 'ma. A dy uwd di sydd angen ei grafu oddi ar y powlenni yna – mae o fel pâst papur wal!"

Camodd Alwen yn ôl. Torchodd Steffan lewys ei grys a rhoi'i ddwylo'n ddwfn yn y sinc. Ar yr eiliad gywir, gollyngodd Alwen bentwr o bowlenni i'r dŵr a'r swigod nes codi ton o'r sinc a wlychodd grys Steffan hyd at ei drwyn.

"Hei! Be sy'n bod arnoch chi bobl yr Urdd? Dydych chi ddim yn hapus oni bai eich bod chi'n rhoi trochfa i dramorwr! Taflu fi i'r môr oedd hi ddoe, a heddiw taflu'r sinc ata i ydy'r gêm!"

Chwarddodd y ddau a setlo i'r gwaith o olchi a sychu'r llestri ar y cyd.

"Anodd meddwl amdanat ti fel tramorwr, cofia," meddai Alwen.

"Mae gan fy mam ddywediad," meddai Steffan. "A hwnnw

ydy: 'Does dim y fath beth â thramorwr, dim ond ffrind nad wyt ti wedi'i gyfarfod eto.' Mae hi'n llygad ei lle."

"Mae hi ar dy feddwl di drwy'r amser, Steff?" Roedd Alwen wedi cael esgyrn sychion hanes yr Almaenwr yn ystod sgyrsiau'r noson cynt.

"Mae pethau bach yn dod â phethau mawr yn ôl i'r cof o hyd," atebodd yntau.

"Gobeithio y cei glywed ganddi'n fuan," meddai Alwen.

"Ie, gobeithio am weld diwedd y rhyfela rydyn ni i gyd."

Ar ôl brecwast, roedd Glyn wedi dweud ei fod am fynd ar ei union at y gof yn yr efail i weld sut roedd y gwaith ar y car yn dod yn ei flaen. Dilyn ffordd y cwm wnaeth Glyn wrth gerdded i'r pentref. Ond roedd Alwen wedi perswadio Steffan ei bod hi'n gynt ar hyd llwybr mynydd Lochtyn – ac roedd yn rhaid iddi hi ddangos y ffordd iddo, wrth gwrs. Roedd cario'r gitâr yn rheswm arall pam ei fod yn ei chael hi'n anodd cadw gam wrth gam gydag Alwen.

Pan ddaethant dros y gefnen ac i olwg y pentref, pwyntiodd Alwen at Garreg Bica.

"Ti'n gweld y graig ar y traeth yn glir o fan'ma? Heibio honno yr aethon ni i draeth Cilborth neithiwr. Weli di hi'n debyg i hen wraig yn ei chwman a'i thrwyn yn bigfain? Mae'n ddramatig iawn o fan'ma, yn tydi?"

Camodd Steffan yn nes at allt y môr ac oedodd yn hir i syllu ar yr olygfa. Pan drodd yn ei ôl at Alwen, roedd rhyw orwel pell yn ei lygaid.

"Dydw i ddim wedi arfer gweld y môr rhyw lawer," meddai. "Mae'n cael effaith ryfedd arna i. Yn arbennig y lle rhyfeddol yma. Llan-gran-nog ..."

Chwarddodd Alwen yn gynnes.

"Dwi mor hoff o glywed yr enwau lleoedd yma mewn acen Almaenaidd! Ond Steff, does gen i ddim llawer o brofiad o lan y môr fy hun chwaith. Merch o'r wlad yn mynd ar drip ysgol Sul i'r Rhyl unwaith y flwyddyn ydw i. Ond mae'r Urdd wedi rhoi cyfle i mi weld mwy o fy ngwlad fy hun. Ti'n iawn. Mae'r arfordir hwn yn un arbennig iawn."

"Mae'r môr yn wahanol yma. Yn Aberystwyth, mae'n edrych yn hen ac wedi blino, neu weithiau mae'n colli'i dymer ac mae'n flin – ond yn Llangrannog, mae'r môr yn ifanc ac yn chwerthin ac yn cael hwyl fawr. Ac mae'r hen wraig Bica acw wedi cael ei hudo ganddo hefyd. Dydi hi ddim eisie gadael glan y môr. Rydw i'n teimlo yr un fath â hi."

"Dyna'r effaith mae gwersyll yr Urdd yn ei gael arnon ni i gyd. Tyrd, awn ni lawr am y traeth cyn bod yn rhaid iti ei throi hi am yr efail."

Doedd dim llawer o eiriau rhyngddynt ar y traeth. Gwyddai'r ddau fod yn rhaid i Steffan adael am Aberystwyth yn fuan. Roedd y môr ar drai a cherddodd Alwen at eitha'r tywod, at y fan lle ymestynnodd y don olaf ei hewyn. Syllodd Steffan ar ôl ei thraed yn y tywod gwlyb. Roedd ei gwallt tywyll a chysgodion y graig yn toddi'n un hefyd.

"Olion traed ar y tywod," meddai'n uchel wrtho'i hun.

"Mae yna gân iti yn fan'na," atebodd Alwen heb droi'i phen.

"Fedra i ddim sgwennu cân yn Gymraeg."

"Rwyt ti'n medru canu caneuon Cymraeg gystal â neb. Sut na fedri di sgwennu un?"

"Dydw i ddim yn medru breuddwydio yn Gymraeg. Fedri

di ddim sgwennu cân mewn iaith os nad wyt ti'n medru breuddwydio yn yr iaith honno."

"Well iti ddechrau breuddwydio yn Gymraeg felly, yn tydi! Tyrd, siawns fod car Glyn wedi'i drwsio rŵan."

O flaen yr efail, roedd injan y car wedi'i thanio ac yn canu grwndi'n esmwyth.

"Ydi o'n dal dŵr?" gofynnodd Alwen.

"Fe aiff â ni i Aber," atebodd Glyn. "Sdim rhaid poeni dim."

"Fe fyddwn ni'n aros yn Aber ar y ffordd adre i'r gogledd ddydd Sadwrn nesaf," meddai Alwen wrth Steffan, heb roi pwys mawr ar y neges.

"Fyddwch chi?"

"Mi fyddwn ni'n gollwng Siwsan a chriw Aber i lawr ac yn parcio wrth yr orsaf am ryw hanner awr i bawb gael paned a thamaid o ginio cyn dal y trên am y gogledd."

"Faint o'r gloch fydd eich bws chi yn Aberystwyth?"

"Hanner awr wedi hanner dydd."

"Ble gewch chi ginio?"

"Oes gen ti le i'w gynnig?"

"Caffi Siwsan – mae e yn Ffordd y Môr. Caffi Lewis. Alla i dy weld di yn fan'no?"

Nodiodd Alwen ei phen.

"Fydda i wedi bod yn cofrestru yn swyddfa'r heddlu hanner awr cyn hynny. Bydd yn braf dy weld di eto ..."

"Ie, wrth gwrs. Mae gen ti un goes drwy goler, yn does?"

"Be ydy ystyr hynny? Mae'n siŵr fod rhyw stori arall gen ti i'w dweud wrtha i, yn does?"

"Taid oedd yn gwneud hynny. Os oedd un o'i gŵn defaid

yn crwydro – wel, mi allai fod yn rhywle ar Fynydd Hiraethog, o Gerrigydrudion i Lanrwst i Abergele. Felly, rhag gorfod gwastraffu amser yn chwilio am y ci, be oedd Taid yn ei wneud oedd rhoi un o'i goesau blaen drwy'r goler oedd ganddo am ei wddw. Doedd y crwydryn ddim yn mynd yn bell wedyn!"

"Oedd hynny ddim yn greulon?"

"Ddim creulonach na'r byd sy'n dy drin di a dy deulu ar hyn o bryd."

"Ie, fe wnaf i dy weld di gydag un goes drwy fy ngholer bnawn Sadwrn felly!"

Pennod 19

Aberystwyth, 24 Awst 1940

"Mae'n braf cael paned o de nad ydy hi'n cael ei slochian yn goch o debot mawr y gwersyll!" meddai Alwen wrth dywallt ei phaned yn sidêt o'r tebot tsieina ar eu bwrdd yng Nghaffi Lewis y Sadwrn canlynol.

"Dyna un peth rydw i wedi dysgu ei wneud yma yng Nghymru – yfed te!" meddai Steffan. Roedd wedi rhedeg yn wyllt o swyddfa'r heddlu i'r orsaf fel na fyddai'n colli munud o seibiant bws Llangrannog yn y dref. A phan gyrhaeddodd y merched, roedd wedi mynnu cario bag Siwsan ar hyd y stryd i'r caffi.

"Ti wedi dysgu dipyn mwy na dim ond yfed te," atebodd Alwen. "Siarad Cymraeg ... canu yn Gymraeg ..."

"Ydw – rydw i wedi cael amser da!"

"Ac yn medru adrodd dy storïau yn Gymraeg bellach. Pa stori sydd gen ti i mi heddiw?"

Eisteddai'r ddau wrth un o'r byrddau yn y ffenest. Doedd neb wrth y byrddau o'u hamgylch. Dechreuodd Steffan sôn mewn llais tawel am ei ddihangfa olaf o ddinas Bielefeld.

"Ar drên wnes i adael fy hen dref – ond nid yn eistedd ar sedd gyffordus mewn cerbyd chwaith. Ar ben llwyth o haearn sgrap mewn wagen oeddwn i."

"A dwi'n siŵr na wnest ti dalu am dy docyn chwaith?"

"Na. Plank wnaeth drefnu hynny ..."

"Planc? Rhywun oedd yn 'dwp fel planc' oedd hwnnw?"

"Mewn Almaeneg mae 'Plank' yn golygu rhywun hir neu dal. Un tal iawn ydy Plank … A gobeithio'r nefoedd ei fod yn fyw ac yn iach. Fe wnaeth fy arwain at lwybr yr enwau cudd – fyddwn i ddim wedi gallu dianc o ddwylo'r Natsïaid oni bai am y rheiny. Roedd cadwyn hir o enwau ffug …"

"Oedd gen ti enw ffug dy hun?"

"Ffrechdachs …"

"A be ydy ystyr hynny?"

Cyfieithodd Steffan yr enw ac aeth ymlaen i egluro nodweddion Zottel.

"A phwy oedd y ddolen yn y gadwyn ar ôl y mop o wallt blêr?"

"Mi gefais i fy nghynghori i fynd i sgwâr y farchnad yn Köln – i'r stondin coed tân. Roedd pobl y ddinas eisoes yn prynu stoc i'w cynhesu at y gaeaf gan fod glo mor brin. Chwilio am Grosse Axt oeddwn i yn fan'no."

"A be ydy hynny?"

"Bwyell Fawr – roeddwn i'n chwilio am ddyn gyda thrwyn anferthol! Coedwigwr oedd hwnnw ac ar ôl ei helpu i glirio'i stondin, aeth â fi yn ei wagen a cheffyl i'w gaban mewn coedwig y tu allan i'r ddinas. Fues i yno am wythnos yn torri coed iddo at y farchnad nesaf."

"Ymlaen i ble wedyn?"

"Cerdded drwy'r goedwig ac yna dilyn afon o fore gwyn tan nos nes dod at bont a bwthyn bach. Yno roedd gwraig oedd yn cael ei galw'n Bleistift yn byw."

"A sut un oedd honno?"

"Union fel ei henw – Pensel. Gwraig dal, gul, denau.

Athrawes oedd hi. Bwyd, dim siarad, gwely cynnar a gadael yn gynnar."

"I ble?"

Diwrnod anodd. Roedd yn rhaid i mi gerdded drwy ddau bentref. Fues i'n lwcus iawn. Yr ochr draw i'r pentref olaf roeddwn i'n gadael y ffordd ac yn dilyn ffos nes dod at Arsch Raus."

"Ffermwr oedd hwn?"

"Ie. Roedd wrthi'n clirio rhan o'r ffos ac fe wnes i ei nabod yn syth. Roedd tin ei drowsus allan – a dyna ystyr ei enw, Arsch Raus: Tin Allan!"

"Mae ganddoch chi enwau da!"

"Fues i ar y fferm am rai dyddiau ac wedyn daeth yr amser i adael. Dilyn ffordd fach wledig nes dod i bentref yn hwyr yn y pnawn a chwilio am blismon o'r enw Fuchsschwanz."

"Plismon? Doedd hynny ddim yn beryglus?"

"Mae cydymdeimlad gyda ffoaduriaid i'w ganfod yn y mannau rhyfeddaf. Dw i'n siŵr fod llawer o blismyn – yn arbennig y rhai sy'n byw yn y wlad – yn troi'r ffordd arall a chymryd arnyn nhw nad ydyn nhw'n gweld dim byd weithiau."

"A be ydy Fuchssch ... Fuchs?"

"Fuchsschwanz. Cynffon Llwynog. Y mwstásh coch gorau a welais erioed."

"Doedd hwn ddim yn un o fyddin Hitler, felly?"

"Gefais i wely mewn stafell fach yng nghefn swyddfa'r heddlu. Fe oedd yr unig blismon yn y pentref ac roedd drws cefn gen i petai rhyw batrôl yn galw. Tafarn yn y wlad y noson ganlynol. Meerjungfrau oedd y ddolen."

"Ac ystyr hynny?"

"Môr-forwyn. Morwyn y dafarn oedd hi gyda gwallt tywyll, tonnog ..."

"A chynffon pysgodyn?"

"Na, ddim yn hollol!"

"Ond roedd hi'n hardd iawn, dwi'n siŵr!"

"Yn eithriadol o hardd ..."

"Ydw i eisiau holi mwy?"

"Does dim mwy i'w ddweud. Gwellt yn y seler gyda'r casgenni a'r llygod bach oedd gen i'r noson honno. Gadael cyn brecwast a chwilio am Bwrw Braf."

"Oedd hi'n anodd dod o hyd i berson gyda'r fath enw?"

"Adeiladwr oedd hwn. Roedd yn gweithio ar do tŷ mawr ger camlas. Roedd yn siarad gyda phawb oedd yn mynd heibio ac yn gweiddi, 'Os na fydd hi'n bwrw fory, fe fydd hi'n braf, medden nhw!' A dyna fe – Bwrw Braf, Schöner Regen!"

"Sut wyt ti'n cofio'r enwau hyn i gyd?"

"Fe wnaeth pob un ohonyn nhw achub fy mywyd i, gan fentro'u bywydau eu hunain wrth wneud hynny. Alla i fyth anghofio eu dewrder nhw. Roeddwn i'n agosàu at y ffin gyda Gwlad Belg bellach. Dim ond un ddolen arall oedd ar ôl. Cychwr ar y gamlas oedd hwnnw. Roeddwn i'n ei gyfarfod ar ôl iddi nosi. Dyna pam ei fod yn cael ei alw'n Stern – Seren. Ie, Stern ..."

Sylweddolodd Alwen fod Steffan yn cael trafferth mynd ymlaen gyda'i stori.

"Doedd hwn ddim fel y lleill?"

"Hwn oedd yr ola yn y gadwyn. Hwn oedd i fod i'n harwain ni i ryddid."

"Ni?"

"Roedd un arall yn dal y cwch gyda fi y noson honno. Hasi – Ysgyfarnog. Un o deulu'r Romani. Roedd hi'n ffoi i dde Ffrainc."

"A be ddigwyddodd?"

Unwaith eto, gwnaeth Steffan ail-fyw'r munudau pan fu ond y dim iddo ddisgyn i ddwylo'r Natsïaid neu cael ei ladd. Adroddodd yr holl hanes. Estynnodd Alwen ei braich ar draws y bwrdd a rhoi ei llaw ar fraich Steffan. Edrychodd i fyw ei lygaid.

"Dwi'n lwcus dy fod ti'n fyw, felly ...?"

Nodiodd yntau.

"Rwyt ti wedi cael amser i feddwl," meddai Alwen. "Be ydy dy deimladau di erbyn hyn?"

"Y noson hono, roeddwn i'n gobeithio bod Stern wedi boddi yn y gamlas. Ond mae rhywun fel yna'n werthfawr i'r SS a'r Gestapo. Fe fyddai'r milwyr wedi achub ei fywyd er mwyn ei ddefnyddio eto i ddal ffoaduriaid eraill. Mae'r dyn yn atgas i mi. Eto, erbyn hyn, mae'n rhaid i mi gyfaddef nad ydw i'n ei nabod nac yn gwybod dim amdano. Falle fod rhywun o'i deulu yn nwylo'r Gestapo, yn cael ei fygwth. Falle ei fod yntau – o gariad at y person hwnnw – yn gorfodi'i hun i fradychu eraill."

"Rwyt ti'n maddau iddo ...?" Roedd y syndod yn amlwg ar wyneb Alwen.

"Ddywedais i mo hynny. Dweud rydw i 'mod i'n gallu deall sut mae rhai pobl yn cael eu dal mewn sefyllfa anodd ac yn cael eu gorfodi i wneud dewisiadau erchyll."

"Ond bradychu ffoaduriaid? Mae hynny mor galon galed!

Falla fod ganddo wybodaeth am rai o'r bobl wnaeth achub dy fywyd di? Y Fôr-forwyn a'r Cynffon Llwynog a'r rheiny i gyd? Falla ei fod o wedi'u bradychu i'r Natsïaid?"

"Mae hynny'n fy mhoeni yn fwy na dim, Alwen."

"Wyt ti wedi meddwl am ffordd o ddatrys hyn?"

"Be wyt ti'n ei feddwl? Rydw i yn Aberystwyth. Alla i ddim mynd yn ôl i'r Almaen tra ..."

"Rwyt ti'n gweithio ar bropaganda rhyfel yn erbyn Hitler?"

"Ydw. Rydyn ni'n cyfieithu dogfennau ac yn canfod cyfrinachau. Rydyn ni'n paratoi negeseuon newyddion Almaeneg hefyd ..."

"Rwyt ti'n gweithio yn yr adran gasglu gwybodaeth. Ysbiwyr ac ati. Oes gan rywun yn fan'no gysylltiadau? Efallai fod ganddyn nhw bry ar y wal yn yr Almaen? Neu gyswllt radio ...?"

"Mae'n anodd eu cael nhw i fy nhrystio i ar y gorau. A byddai'n rhaid imi rannu'r wybodaeth am yr holl bobl wnaeth fy helpu. Fe allwn i eu rhoi nhw i gyd mewn perygl ..."

"Ond maen nhw mewn perygl eisoes oherwydd y Seren yma?"

"Gwir. Be ddyliwn i ei wneud, Alwen?"

"Oes gan dy dad gysylltiadau? Rhywrai y gall o ymddiried yn llwyr ynddyn nhw? Mae'n rhaid iti geisio achub y rhai wnaeth dy achub di, Steffan."

Aeth y ddau'n ddwfn i hel meddyliau am eu dyfodol. Yna, sythodd Alwen ei chefn.

"Steffan, dwi wedi cael syniad."

"Be, Alwen?"

"Rwyt ti'n sownd yn Aber yma …"

"Coes drwy goler, fel mae dy daid yn ei ddweud." Gwnaeth Steffan ystum fod ei fraich yn sownd mewn coler anweledig am ei wddw.

"Ond rydw i'n fyfyriwr, yn hyfforddi i fod yn athrawes."

"Wyt – ym Mangor, ddwedaist ti …?"

"Ac mae gen i angen lleoliad mewn ysgol ar gyfer ymarfer dysgu ar ôl hanner tymor yr hydref."

"Ie?"

"Fe alla i wneud cais arbennig am gael dod i ysgol yn Aberystwyth …?"

"Ydi teithio mor bell yn bosib, ar adeg o ryfel fel hyn?"

"Mae cymaint o ifaciwîs yn Aber – oherwydd yr holl hosteli a gwestai ac ati. Fe fyddan nhw'n falch o bob cymorth. Ac fe alla i gynnwys addysg Gymraeg Ysgol yr Urdd yn fy ymarfer dysgu, o bosib. Mae'n ddatblygiad newydd ac mi all dyfu i fod yn eithriadol o bwysig yng Nghymru."

"A be fydd hyn i gyd yn ei olygu?"

"'Mod i'n cael dy weld di, y lemon! Ein bod ni'n cael gweld mwy ar ein gilydd. Hynny ydy, os wyt ti eisia …"

"Ydw, Alwen, ydw. Wyt ti'n meddwl y bydd hyn yn gweithio?"

"Wn i ddim ond os na ro i gynnig arni …"

"Wrth gwrs, wrth gwrs."

"A falla, rhwng y ddau ohonon ni – a dy dad – y gallwn ni ganfod ffordd o gael neges i'r Almaen."

"O'r awyr efallai …" meddai Steffan yn sydyn.

"Be wyt ti'n feddwl?"

"Taflenni. Mae'r RAF yn bwriadu gollwng taflenni

Almaeneg yn dweud y gwir am Hitler ac am hynt a helynt y rhyfel pan fyddan nhw'n dechrau bomio targedau yn yr Almaen."

"Ond bydd yn rhaid i'r neges fod yn un gudd."

"Bydd. Yr un math o feddwl ag oedd yna y tu ôl i'r enwau ffug."

"Mi allen ni weithio ar hynny."

Roedd Steffan yn wên o glust i glust.

"Bydd yn braf dy weld di eto, Alwen."

"Hei, chi'ch dau!" galwodd Siwsan o'r tu ôl i'r cownter, gan bwyntio at y cloc ar y wal. "Wyddoch chi faint o'r gloch ydy hi? Cofiwch chi fod trenau Aberystwyth yn gadael ar amser!"

"Aaa! Rhaid i mi fynd!" Neidiodd Alwen ar ei thraed a brasgamu drwy'r drws.

Rhan 3

1945-1950

Pennod 20

Bielefeld, Yr Almaen, 25 Awst 1945

"*Papers!*" meddai'r milwr wrth Steffan a Gerhard, gan fynnu gweld eu dogfennau swyddogol oedd yn rhoi'r hawl iddyn nhw deithio. Dyma'r arwydd eu bod wedi cyrraedd yr Almaen, meddai Steffan wrtho'i hun, er mai 'British Zone' oedd ar yr arwydd wrth y polyn ar draws y ffordd. Roedd hi'n gynnar yn y bore. Trodd at ei dad a dweud mewn Almaeneg ei bod hi'n rhyfedd iawn cael eu croesawu yn ôl gan filwr oedd yn siarad Saesneg.

"Ie, ac mae'r un mor rhyfedd mai milwyr yn siarad Almaeneg oedd yn saethu atat ti pan oeddet ti'n ffarwelio â'r wlad," atebodd Gerhard.

Edrychodd y milwr yn amheus ar y ddau wrth glywed yr iaith ddieithr.

"*Official papers – at once!*"

Dangosodd y tad a'r mab eu papurau. Wrth weld y pennawd 'Secret Intelligence Service' ar un o'r llythyrau a sylweddoli fod y ddau'n cael caniatâd arbennig i ddychwelyd i'w gwlad er mwyn chwilio am aelod coll o'r teulu, ymlaciodd y milwr rywfaint. Darllenodd baragraff arall yn nodi bod y ddau wedi gweithio ar gasglu a rhannu gwybodaeth werthfawr yn ystod y rhyfel yn erbyn y Natsïaid a bod eu hymholiadau i'w trin gyda'r parch mwyaf.

Cyfeiriodd y milwr y ddau at babell gerllaw. Fe fyddai ei gapten yn dod i'w gweld yno'n fuan, meddai. Doedd neb arall yn y babell ac eisteddodd y ddau wrth fwrdd gwag. Roedd y brwydro yn Ewrop drosodd ers mis Mai, ond ar eu taith yn ôl i'r Almaen roedden nhw wedi gweld digon o greithiau'r rhyfel. Ychydig iawn o bontydd oedd ar ôl yn yr Iseldiroedd: "Cafodd y metel i gyd ei ddwyn i'r Almaen er mwyn creu mwy o danciau," oedd esboniad un swyddog.

Oherwydd hynny, taith araf a llafurus mewn lorïau milwrol a gawson nhw, gyda llawer o eistedd mewn pebyll tebyg i hon er mwyn symud ymlaen at gymal nesaf y siwrnai.

Ymhen hir a hwyr, cyrhaeddodd y capten. Yn hwyrach fyth, daeth lorri oedd yn medru mynd â nhw cyn belled ag Osnabrück. Oriau'n ddiweddarach, cawsant lifft mewn lorri arall oedd yn mynd i Bielefeld.

Er bod adroddiadau a ffilmiau newyddion wedi rhoi darluniau iddyn nhw o'r hyn oedd wedi digwydd i'r Almaen yn ystod misoedd olaf y brwydro, roedd y profiad o weld effeithiau'r bomio ar bob llaw yn llethol.

"Sut mae pobl wedi llwyddo i fyw o gwbl yn y fath lanast?" meddai Steffan wrth edrych drwy gefn y lorri agored ar eu taith.

Yna, aethant heibio mynwent fawr.

Roedd hi'n amlwg yn gladdfa newydd. Pridd a chroesau pren dros dro oedd i'w gweld – nid glaswellt twt, blodau a cherrig beddau parhaol. Gan na wydden nhw a oedd Berta yn fyw ai peidio, roedd yr olygfa yn llosgi'u llygaid.

Cawsant eu gollwng yn y diwedd wrth weddillion yr orsaf fawr yng nghanol dinas Bielefeld.

"Does dim baneri swastica yn unlle!" sylwodd Steffan gyda phleser.

Ar ôl i'r rhyfela ddod i ben, roedd cannoedd o filwyr yr Almaen wedi'u cadw mewn gwersylloedd caeth. Dechreuwyd cosbi'r rhai a gafwyd yn euog o droseddau rhyfel a rhyddhawyd eraill. Eisoes, roedd y byd wedi'i syfrdanu gan y darganfyddiadau yng ngwersyll-garchardai'r Natsïaid a gawsai eu troi'n ffatrïoedd lladd a llwgu ar raddfa ddiwydiannol.

"Tyrd," meddai Gerhard yn dyner. "Gad inni gerdded adre i wynebu'r hyn sy'n ein disgwyl ni yno. Paid â chael gormod o sioc – rwyt ti'n gweld sut olwg sydd yma."

Cerddodd y ddau'n dawel ar hyd strydoedd a fu unwaith yn gyfarwydd iddyn nhw. Roedd effeithiau'r bomio wedi'u gwneud yn anghyfarwydd. Prin oedd y siopau oedd yn dal ar eu traed yn y rhan hon o'r ddinas; prinnach fyth oedd canfod unrhyw siop oedd ar agor. Roedd silffoedd y rheiny hyd yn oed bron â bod yn hollol wag. Gwyddai'r ddau eisoes fod newyn difrifol yn y wlad ac roedden nhw wedi cario bwyd i'w cynnal dros ddyddiau cynnar eu taith mewn sgrepanau ar eu cefnau.

Doedd yr un enaid i'w weld ar y stryd lle'r arferai eu cartref sefyll. Waliau wedi'u chwalu'n bentyrrau o rwbel oedd y cyfan erbyn hyn.

"Dyma lle roedden ni'n byw," meddai Gerhard a rhoi'i fraich am wddw'i fab. "Ond ble mae hi? Ble mae hi?"

"Awn ni i Neuadd y Ddinas," meddai Steffan. "Mi fydd cofnodion swyddogol yn fan'no. Mi wyddost ti mor daer ydyn ni'r Almaenwyr am gadw trefn ar waith papur. Tyrd, Papa."

Penisel ac araf ei gam oedd Gerhard, ond cydiodd Steffan

yn benderfynol yn ei fraich a'i arwain drwy ran arall y ddinas. Sylwodd fod golwg well ar bethau yno. Roedd y rhan fwyaf o'r adeiladau'n sefyll, er bod olion dioddef o hyd ar wynebau'r bobl.

"Mae'r ardaloedd cyfoethocaf wedi cael eu harbed rhag bomiau'r Cynghreiriaid," meddai Steffan. "Doedden nhw ddim yn credu mewn bomio banciau."

"Ti'n iawn – yr ardaloedd tlawd sy wedi dioddef waethaf," atebodd ei dad. "Y tlodion wrth y rheilffyrdd a'r ffatrïoedd sy'n ei chael hi. Mae'r cyfoethogion yn edrych ar ôl ei gilydd ym mhob gwlad."

Yn Neuadd y Ddinas, ymunodd Steffan a'i dad â chiw swyddfa'r cofrestrydd ar ôl holi'r staff swyddogol am gyfarwyddiadau. Yn y diwedd, cawsant fynd i neuadd helaeth a oedd yn llawn o fyrddau, swyddogion a phapurau. Roedden nhw eto i weld unrhyw wyneb cyfarwydd.

"Y bwrdd acw sy'n delio gyda'r bloc lle roedd ein stryd ni," meddai Stefan, ar ôl holi un o'r swyddogion.

Yno, wedi disgwyl eu tro eto, cawsant hanes y bomio difrifol fu yn ardal yr orsaf ac ar hyd trac y rheilffordd yn ystod misoedd olaf y rhyfel.

"A rhif eich cartref chi?" holodd y cofrestrydd.

Edrychodd yn ei ffeiliau ar ôl derbyn yr wybodaeth.

"Adeilad pedwar llawr," darllenodd y nodiadau'n uchel. "Wedi'i ddinistrio'n llwyr mewn cyrch awyr ar 12fed o Fawrth eleni. Cafodd chwe chorff eu canfod yn y rwbel drannoeth ..."

Teimlodd Steffan goesau ei dad yn ildio oddi tano. Cydiodd yntau'n gryfach o dan ei ysgwydd er mwyn ei gynnal.

Enwyd y cyrff gan y cofrestrydd, gan orffen gyda "... Schmidt, Frederich, 82 oed ..."

"Herr Schmidt!" llefodd Steffan. Dawnsiodd wyneb yr hen ŵr o dras Romani o flaen ei lygaid, a'r rheiny eisoes wedi'u gloywi gan ddagrau. "Herr Schmidt ... Heddwch i'w lwch a diolch eto am iddo fy nghysgodi ..."

Cododd y swyddog ei olygon oddi ar y ffeil.

"Mae'n ddrwg gen i ... Roeddech chi'n ei adnabod yn dda? Mae'n dweud fan hyn ei fod wedi'i ladd yn y seler. Yno roedden nhw'n ceisio llochesu rhag y bomiau ... Mi ddaethon o hyd i'w gorff o dan drawst trwm a ddisgynnodd wrth i'r llawr chwalu ... Ond gyda'i anadl olaf, mae'n rhaid ei fod wedi achub rhywun arall ... O dan ei gorff, roedd person arall. Roedd o wedi'i gwarchod rhag y trawst ... Mi gafodd hi ei thynnu allan o weddillion y seler yn fyw y bore canlynol ..."

"Hi?" meddai Gerhard, gan sythu a chryfhau'n sydyn.

"Ie ... mae hi yn yr ysbyty o hyd ... Mae'i henw fan hyn ... Steinmann, Berta ..."

* * *

Cerddodd y ddau ar draws y ddinas eto, ond roedd eu cerddediad yn sioncach y tro hwn. Yn yr ysbyty roedd doctoriaid a nyrsys yn ceisio creu gwyrthiau dan bwysau aruthrol. Yno, wnaeth neb eu hoedi llawer cyn iddyn nhw gyrraedd y ward lle roedd gwely Berta.

"Peidiwch â'i gwasgu hi wrth ei chofleidio," rhybuddiodd y nyrs. "Roedd hi wedi torri dwy asen, cracio tair arall ac mae wedi torri asgwrn mawr ei chlun ... Pinnau sy'n ei dal at ei gilydd. Mae misoedd eto o waith gwella arni ..."

Ond roedd breichiau'i fam yn ddigon cryf i ddal pennau'r

ddau, un ar bob boch, oboptu'r gwely. Llifodd dagrau cynnes y tri ar wynebau'i gilydd. Llifodd yr hanesion ...

"Siocled, Mutti?" cynigiodd Steffan wedi dal y goflaid am sbel hir. Datododd ei hun o'r cwlwm teuluol er mwyn agor ei sgrepan a thyrchu ynddi am y peth prin hwnnw roedd wedi'i gario gydag ef bob cam o Aberystwyth.

"O! Steff! Dydw i ddim wedi cael siocled ers ... ers i ni fod gyda'n gilydd ... Na, celwydd – mi ges ddarn bach ar fy mhenblwydd gan Rudolf ..."

"Rudolf?" gofynnodd Gerhard.

"Ie – Rudolf Hermann, yr athro. Roedd yn dweud ei fod yn dy gofio di ... Mae'n galw yn yr ysbyty bron bob dydd i ofalu am rywun neu'i gilydd ... Roedd yn dda iawn wrthyf i pan oeddwn i mewn poen mawr ..."

"Rudolf Hermann!" meddai Gerhard. "Rwy'n ei gofio'n iawn. Athro ieithoedd fel finnau – ond mewn ysgol i ferched yr oedd o. Dwi'n synnu ei fod yn fyw o hyd. Roedd yn heddychwr mawr ac yn cael amser caled iawn gan y Natsïaid hyd yn oed cyn i mi orfod gadael ..."

"Dyn caredig iawn, Gerhard," meddai Berta. "A phenderfynol iawn. Roedd yn mynnu helpu pawb, waeth beth oedd y milwyr yn ei ddweud. Byddai'n eistedd wrth fy ngwely yn darllen penodau i mi pan nad oeddwn i'n medru dal pwysau llyfr yn fy nwylo fy hun. Byddai'n gwneud yr un peth i rai eraill ar y ward yma. Ac wedyn, ar ôl i mi ddechrau cryfhau, byddai'n cario llyfrau imi. Fo ddaeth â'r rhai sydd dan y gwely imi ..."

Edrychodd Steffan ar y pentwr.

"Wnaeth y Natsïaid ddim eu llosgi nhw i gyd felly?"

Daeth y nyrs atyn nhw yn y man i ofyn i'r ymwelwyr adael er mwyn iddyn nhw allu parhau â gwaith yr ysbyty.

"Rydw i yma i helpu," meddai Gerhard. "Golchi lloriau, symud gwlâu – dwedwch chi wrthyf be sydd angen ei wneud. Ond dydw i ddim yn gadael ei hochr hi eto ... Mi gysga i o dan y gwely os oes raid. Mi fydd y llyfrau yna yn fatres esmwyth i mi!"

"Mae'n rhaid dweud ei bod wedi gwella mwy mewn hanner awr nag a wnaeth mewn hanner blwyddyn!" meddai'r nyrs.

"Mae'n papurau ni'n dweud fod yn rhaid i ni fynd i gofrestru ein bod ni wedi cyrraedd yn ôl a rhoi gwbod iddyn nhw lle rydyn ni'n aros," meddai Steffan.

"Neuadd y Ddinas," meddai'r nyrs. "Mae yna hosteli, ceginau bwyd ac ati – gei di wybod y cyfan yn fan'no. Ond bydd yn rhaid iti giwio. Mae cymaint o gyn-filwyr yn cyrraedd yn ôl i'r ddinas, heb sôn am y fyddin sy'n ein rheoli ni rŵan ers diwedd y rhyfel ..."

Erbyn hynny roedd yr Almaen Fawr wedi'i chwtogi'n sylweddol ac roedd ei gweddillion wedi'u rhannu'n bedwar rhanbarth. Roedd byddin Prydain yn rheoli rhanbarth y gogledd-orllewin – ac yno roedd dinas Bielefeld.

"Mi af i gael trefn ar y gwaith papur," meddai Steffan. Gadawodd ei fam a'i dad yn nwylo'i gilydd. Doedd y gadwyn honno ddim yn mynd i gael ei thorri eto, meddyliodd.

Yn Neuadd y Ddinas, milwyr o Brydain oedd yn cario arfau, ond Almaenwyr oedd yn ymwneud â'r gwahanol wasanaethau. Cafodd ei gyfeirio i swyddfa ar y trydydd llawr.

"Ewch drwodd," meddai merch yn y dderbynfa yno, ar ôl

iddo fod yn aros am ryw hanner awr.

Cerddodd Steffan i mewn gan edrych ar y silffoedd a'r rheiny yn ymestyn o'r llawr i'r nenfwd ar y pedair wal. Roeddan nhw'n gwegian dan bwysau ffeiliau a phapurau.

"Dogfennau ...?" gofynnodd llais sych iddo.

"Rydw i newydd eu dangos yn ..." Trodd Steffan i wynebu'r swyddog oedd y tu ôl i'r ddesg. Syllodd ar ei wyneb. Methodd â chredu'r hyn a welodd o'i flaen. Y corff sgwâr ... y bol pwysig ... Hwn oedd warden y bloc fu'n chwilio amdano chwe mlynedd yn gynharach er mwyn ei drosglwyddo i filwyr yr SS. Cododd y swyddog ei lygaid oddi ar y papur o'i flaen wrth glywed y geiriau'n darfod ar dafod ei ymwelydd. Gallai Steffan weld ei ymdrech i geisio cofio ble roedd wedi'i weld o'r blaen.

"Steffan Steinmann," cyflwynodd ei hun iddo yn y diwedd. "Roeddech chi eisiau gair efo fi pan fu Herr Schmidt mor garedig â fy nghuddio y tu ôl i'w ddrws yn y fflat uwch ben ein cartref?"

"A! Steffan!" meddai. Roedd yn cofio'n glir yn awr. Cododd o'i gadair a rhyw hanner troi ei ystlys at y gŵr ifanc. Edrychodd i lawr ar ei wregys ei hun. Dilynodd Steffan drywydd ei lygaid. Gwelodd fod ganddo bistol yn ei wregys.

"Mae gen i ganiatâd arbennig i gario un," esboniodd y cyn-warden mewn llais ffug-gwrtais. "Mae cymaint o ddynion amheus sy'n gyfrifol am droseddau difrifol yn dychwelyd i'r ddinas y dyddiau hyn. Mae'n rhaid ceisio cynorthwyo'r awdurdodau sy'n ceisio cynnal cyfraith a threfn yma ..."

"Dyna oeddet ti'n ei wneud yn nhŷ Dr Isaac Hirsch – cynnal cyfraith a threfn? Ac yn nhŷ Daniel Aaron?"

"Dyddiau du oedd y rheiny, gyfaill." Roedd gwên oer ar ei wyneb o hyd. "Gweithio iddyn nhw neu gael ein harteithio ganddyn nhw oedd y dewis i ni i gyd, yntê?"

"O, a 'nhw' ydyn nhw erbyn hyn, ie? Fyddai 'ni' yn ffordd gywirach iti ddisgrifio dy berthynas di efo'r Natsïaid, dwi'n meddwl."

"Roedd yn rhaid i bawb fod yn aelod o'u plaid nhw er mwyn cael gwaith yr adeg hynny. Cael dy lusgo i ffwrdd i wersyll caethweision oedd y dewis arall. Ond na, fues i erioed yn ddyn 'Heil Hitler' ..."

"Celwydd noeth!"

Aileisteddodd y swyddog wrth ei ddesg.

"Mae'r ymchwiliad arna i wedi'i gwblhau. Dyma sut mae pethau yn yr Almaen newydd. Reit, dwi'n cymryd dy fod eisiau ffafr fach gen i?"

* * *

Yn ôl wrth wely'i fam yn yr ysbyty, ailadroddodd yr hanes wrth ei rieni.

"Bydd miloedd o Natsïaid yn mynd i garchar," meddai Gerhard. "Mae achos llys mawr i fod yn Nürnberg cyn diwedd y flwyddyn. Bydd y rhan fwyaf o'r arweinwyr yn mynd i'r grocbren. Ond mi fydd sawl Natsi bach yn iach ei groen, mae arna i ofn. Mi fydd y pwyslais rŵan ar adeiladu, ar gael trefn ac ar yr economi ..."

"Rudolf!" meddai Berta gan dorri ar ei draws, ei hwyneb yn wên unwaith eto ar ôl bod o dan gwmwl.

Trodd y tad a'r mab a gwelodd Gerhard fod Rudolf

Hermann wedi cerdded i mewn i'r ward. Ailgyneuwyd eu perthynas a bu holi a sgwrsio mawr.

"Rwyt ti yma i aros?" holodd yr athro.

"Wrth gwrs," atebodd Gerhard, gan daflu cip ar Berta. "All yr un llywodraeth ein gwahanu ni eto."

"Bydd yn rhaid i ti gael gwaith. Maen nhw'n ailagor yr ysgolion fis nesaf. Mae prinder mawr o athrawon, wrth gwrs. A bydd dysgu ieithoedd ein cymdogion yn hanfodol inni wrth inni geisio ennill ewyllys da yn y byd hwn unwaith eto ar ôl erchyllterau'r Natsïaid. Mi allaf helpu i ganfod ysgol sy'n chwilio am athro yn dy bwnc. A beth amdanat ti, Steffan?"

"Dydw i ddim yn aros," atebodd Steffan. "Mae Anton a Lotti, fy mrawd a fy chwaer fach, yn crefu am wybodaeth ac am gael gweld Mutti. A dydw i'n bendant ddim eisiau aros yn hostel y Natsi bach yna yn Neuadd y Ddinas yn hir iawn. Bydda i'n mynd yn ôl i … wel, mae'n siŵr nad ydych chi wedi clywed am enw'r wlad heb sôn am glywed enw'r dref. Mae fy nghariad i mewn tref fach ar lan y môr o'r enw Aberystwyth …"

"Aberystwyth!" meddai Rudolf. "Canolbarth Cymru. Rwyf wedi bod yno flynyddoedd yn ôl! Roedden ni'n aros yn Llangrannog …"

"Gwersyll yr Urdd! Fedra i ddim credu'r peth! Mae Alwen, fy nghariad, yn gweithio i'r Urdd yn yr Ysgol Gymraeg yn Aberystwyth …"

Pennod 21

Aberystwyth, 12 Medi 1945

Ychydig dros bythefnos yn ddiweddarach, roedd Steffan yn cerdded ar hyd y prom yn Aberystwyth gydag Alwen.

"Mae yna waith mawr ar droed yn Neuadd Alecs," meddai Alwen. "Ti'n gwybod lle mae fan'no – y neuadd breswyl i ferched reit ym mhen draw'r prom."

"Y tymor newydd," meddai Steffan. "Mae'r brifysgol yn ailagor o ddifri. Ac mae cymaint o gyn-filwyr yn chwilio am gymwysterau er mwyn dilyn gyrfaoedd newydd."

"Ie, gyrfa newydd ... Wyt ti wedi penderfynu eto, Steff?"

"Ddim ond ddoe wnes i gyrraedd yn ôl o'r Almaen, Alwen!"

"Ond rwyt ti'n un am wneud penderfyniadau cadarn, cyflym 'rioed!"

Oedd, roedd hynny'n wir, meddyliodd yntau. Prin ei fod ef ac Alwen wedi cyfarfod ei gilydd yr haf hwnnw, mor bell, bell yn ôl erbyn hyn, nad oedden nhw wedi gwneud penderfyniadau cadarn a chyflym iawn ... Llangrannog, 1940 ... Caffi Lewis ... Roedd ef, Steffan, wedi penderfynu o fewn dim nad oedd am ollwng Alwen o'i afael ar chwarae bach. Dysgodd sut i sgrifennu yn Gymraeg er mwyn postio'i lythyr cyntaf ati pan aeth hithau'n ôl i'w choleg ym Mangor. Llwyddodd hithau i gael ei derbyn i dreulio'i hymarfer dysgu yn Ysgol Heol Alecsandra yn Aberystwyth, gan gynnwys dau brynhawn yn Ysgol Gymraeg yr Urdd. Cafodd lety yn llofft fach gefn Caffi Lewis.

Dechreuodd yntau boeni ei fod yn rhoi pwysau annheg arni a'i brysio i wneud penderfyniadau mawr, heb roi digon o amser iddyn nhw ddod i adnabod ei gilydd. Cyfaddefodd hynny wrthi pan oedd y ddau'n cerdded fel hyn ar hyd y prom ar ôl ysgol un prynhawn. Roedd hithau wedi'i syfrdanu pan drodd hithau ato a dweud, "Does gen ti ddim syniad o 'nheimladau i atat ti, yn nagoes? A dyma lle rydw inna'n poeni 'mod i'n dy frysio dithau i wneud penderfyniadau mawr!"

Llanwent bob diwrnod a gaen nhw gyda'i gilydd fel petai'r trysor mwyaf. Roedd 'yfory' mor ansicr drwy gyfnod y rhyfel ac roedd 'heddiw' mor bwysig, mor werthfawr.

Cadwyd Steffan yn brysur gan ei waith i'r gwasanaethau cudd. Cwblhaodd Alwen ei chwrs coleg – a chafodd ei phenodi yn athrawes i gynorthwyo'r nifer cynyddol o blant oedd erbyn hynny'n mynychu'r Ysgol Gymraeg yn Aberystwyth. Cafodd lety parhaol yn Caffi Lewis a daeth yn ffrind triw i Siwsan, gan ei helpu ar ei thaith drwy'r ysgol uwchradd.

Os oedd y rhyfel wedi chwalu a chreu bywydau newydd, roedd hynny yr un mor wir am yr heddwch a gafwyl yn ei sgil. Erbyn haf 1945, roedd yn rhaid meddwl o ddifri am yfory. Sut ddyfodol, ac ymhle?

Gwyddai Alwen fod ei wlad a'i phobl yn agos at galon Steffan. Pan fyddai'r gitâr yn cael ei thrin ganddo yn ei oriau preifat, byddai hen alawon yr Almaen ac ambell linell hiraethus ar ei wefusau. Dysgodd hithau ambell bennill, ambell gân a thrwy hynny roedd ganddi nifer o eiriau a dywediadau Almaeneg ar ei chof bellach. Byddai'n dyfalu weithiau – a fyddai'n cael cyfle i ddysgu a defnyddio'r iaith yn rhugl rhyw dro? Ai dilyn Steffan i'r Almaen wnâi hi? Roedd cymaint o waith yn galw am frwdfrydedd pobl fel Steffan yn yr Almaen ... Ond gadael Cymru? Gadael yr Ysgol Gymraeg ...?

Cerddodd y ddau ymlaen ar hyd y prom mewn tawelwch. Tawelwch gwrando ar ei gilydd oedd hwn. Trodd ato.

"Mae gynnon ni benderfyniadau anodd o'n blaenau, Steff. Dwi mor falch dy fod wedi gweld dy fam! A dwi'n siŵr y bydd hi'n gwella'n llwyr rŵan."

"Fydd Papa ddim yn gadael ei hochr hi nes gwelwn ni'r diwrnod hwnnw."

"Ac mae cymaint o waith adfer pethau yn yr Almaen, o'r hyn rwyt ti wedi'i ddeud wrtha i ..."

"Cymaint o gamgymeriadau'n cael eu gwneud yno'n barod hefyd." Clywodd Alwen dinc chwerw yn ei lais.

"Y Natsi bach pwysig 'na?"

"Wrth ruthro'n ôl i geisio cael rhyw lun o drefn ar yr Almaen fel y bydd ei phobl yn cael bwyd a gwaith, mi fydd hanes yn cael ei anwybyddu. Mi fydd pob math o fwystfilod yn cael maddeuant ac yn cael cyfrifoldebau newydd yn yr Almaen newydd. Mae'r peth yn anhygoel!"

"Ond maen nhw'n dal i erlyn a chosbi'r drwgweithredwyr mawr hefyd ...?"

"Ydyn, mae'n debyg. Er bod rhai o'r rheiny wedi bod yn cuddio aur ac arian mewn banciau yn Swistir yn ystod y rhyfel. Llwyddodd rhai ohonyn nhw i ffoi efo'u cyfoeth i leoedd fel De America ac Affrica."

"Tybed sut mae'r rheiny'n mwynhau byw ar ffo?"

"Ond rhaid glanhau yr Almaen, glanhau'r byd o'r fath beth â Natsïaeth, fel nad ydi'r syniadau Ffasgaidd afiach yna byth yn cael cyfle i egino a gwenwyno'r ddaear fyth eto. Rhaid eu dal i gyd a rhaid dysgu'r plant yn yr ysgolion am hyn ..."

"Ac rwyt ti'n teimlo dyletswydd arnat i wneud hyn?"

"Ydw, Alwen. Mi fu bron i mi golli fy mywyd oherwydd y Natsïaid. Ac mae'n rhaid i mi ddefnyddio'r bywyd hwn rŵan i wneud rhywbeth am y peth ... Hanes y bobl ifanc wnaeth ddioddef wnaeth fy mrifo i fwyaf ... Petawn i wedi aros yno drwy'r rhyfel, nhw fyddai fy nghriw i ..."

"Ond fyddet ti ddim yma heddiw i ddeud yr hanes wedyn."

"Na, efallai dy fod ti'n iawn. Dim ond ambell unigolyn yn tyfu'i wallt yn llaes ac yn canu ambell gân wirion yn erbyn Hitler oedden ni cyn i mi orfod ffoi. Ond mi aeth pethau'n llawer iawn mwy difrifol wedi hynny, meddai Rudolf Hermann. Ie, helpu ffoaduriaid ar eu llwybrau'n dianc o'r Almaen – rhai ohonyn nhw'n awyrenwyr oedd wedi hedfan yno ar gyrchoedd bomio o Loegr, hyd yn oed. Roedd cannoedd o bobl ifanc yn byw ar herw yn y dinasoedd mawr rhwng Bielefeld a Köln ... Byw mewn selerydd yn y tai oedd wedi'u bomio ... Pobl ifanc ddewr iawn oedden nhw ... yn gwneud gwaith peryglus ... dosbarthu taflenni gwrth-Hitler ... eu hargraffu nhw yn y dirgel hefyd ... paentio sloganau ar waliau cyhoeddus. Mi gafodd rhai ohonyn nhw eu crogi ar un o strydoedd mawr Köln ... dim ond un ar bymtheg oed oedd un ohonyn nhw. Fedra i ddim byw yn fy nghroen yn meddwl fod rhai o'r diawliaid wnaeth y pethau yma'n dal â'u traed yn rhydd yn rhywle."

"Ac mi rwyt ti am fynd 'nôl i'r Almaen ...?"

"Rydw i wedi bod yn sgwrsio – nage, yn dadlau – gyda fi fy hun dros y pythefnos diwethaf. Mae rhai pethau'n dweud y dylwn i – y dylem ni, Alwen – fynd i'r Almaen. Ond nid pob gwlad drosti'i hun ydy hi erbyn hyn. Mae llanast yn croesi ffiniau. Ac mae gwaith i'w wneud ar draws ffiniau. Ar draws ffiniau pedwar rhanbarth yr Almaen – ac ar draws ffiniau holl wledydd Ewrop – a holl wledydd y byd."

Oedodd y ddau i edrych ymhell dros donnau'r môr at y gorwel o'u blaenau. Roedd y prynhawn yn troi'n hwyrnos ac roedd yr haul eisoes yn nesáu at y gorwel.

"Ymestyn dros ffiniau rydw i eisiau'i wneud, Alwen, nid codi ffensys weiren bigog a waliau rhwng pobl. Rydw i wedi cael lloches a chariad yma, a dyna pam 'mod i wedi penderfynu mai yma yn Aberystwyth mae 'nyfodol i ... ein dyfodol ni, os gwnei di gytuno efo fi?"

"Rydw i wedi rhyw ddechrau dysgu Almaeneg, cofia ..."

"Dyna ti! Fedri di fynd i Berlin i chwilio am waith, felly!"

"Ti'n gwbod mai efo'n gilydd ydan ni i fod, y lolyn!"

"Ro'n i'n mynnu bod Papa'n siarad Cymraeg efo fi am awr bob dydd tra oeddwn i'n Bielefeld. Do'n i ddim eisiau i'r geiriau ddechrau rhydu."

"Fydd yna waith i ti yn y brifysgol?"

"Dyna'r gobaith gorau. Ond mae'n rhaid i mi fynd ag Anton a Lotti at Mutti yn gyntaf. Fedran nhw ddim eistedd yn llonydd wrth feddwl am y peth. Mae Lotti wedi dysgu dweud faint o'r gloch ydy hi ers blynyddoedd ac mae'n gwisgo oriawr Mutti ar ei harddwrn ddydd a nos."

"Gorau po gyntaf iti fynd â nhw. Fydd fflat newydd dy dad

yn ddigon mawr i'r tri ohonyn nhw – ac wedyn ar gyfer dy fam, pan fydd hithau'n gadael yr ysbyty?"

"Am y tro. Mae'n bryd iddyn nhw ailafael yn eu haddysg Almaeneg."

"A Hamlin?"

"Mae Almaeneg y sbaniel bach yn wych. Chaiff hwnnw ddim problem setlo yn ei gartref newydd!"

* * *

Diwrnod o haul a chawodydd oedd hi yn Aberystwyth pan wnaeth teulu bach fflat uchaf Hendre Wen adael ar y daith fyddai'n dod â'r teulu at ei gilydd unwaith eto. Daeth Siwsan i Ffordd Caradog i fod yn gwmni i Alwen wrth iddi ffarwelio â nhw.

"Cofia dy fod ti'n ymuno gyda thîm pêl-droed go dda, Anton," meddai wrtho. "Rwy eisie dy weld di ar y cae pan fydd Cymru'n chwarae yn erbyn yr Almaen – ac yn eu curo wrth gwrs!"

"Hy! Fe fydd Anton yn gwbod eich symudiadau chi i gyd am y bydd e'n gallu deall iaith y chwaraewyr!" meddai Lotti.

Chwarddodd y criw yn llawn asbri. Ond chwerthin rhy uchel oedd hwnnw. Yr eiliad nesaf, roedd pob un yn cofleidio'i gilydd ac roedd y dagrau'n llifo.

"A gofalwch am Hamlin annwyl," meddai Eluned. Gwyddai hithau y byddai ei chartref yn Ffordd Caradog gymaint gwacach ar ôl hyn. Pan oedd pethau'n dechrau mynd yn drech, trodd pob un yn ei dro i ffarwelio â'r sbaniel bach du a thalu'r sylw cynhesaf iddo.

"Ie wir – a pheidiwch â thaflu'i basbort. Falle y bydd ganddo hiraeth am Aberyst ... am Aber ..."

Ond ni fedrai Arfon orffen ei frawddeg. Roedd wedi colli'i dad yn y rhyfel. Lladdwyd Berwyn Jenkins pan saethwyd ei Spitfire i Fôr Hafren yn ystod y cyrchoedd awyr ar Abertawe yn Chwefror 1941. Er ei fod yn teimlo rhyddhad mawr o weld y rhyfela yn dod i ben, gwyddai y byddai hynny'n golygu wynebu'r rhwyg o golli cymdeithas ei gyfeillion o'r Almaen.

Yna, gafaelodd Steffan yn dyner am ysgwyddau Alwen. Doedd dim angen geiriau arnyn nhw wrth gusanu'n dawel a gwahanu, y naill yn trysori'r gwreichion a welodd yn llygaid y llall nes y byddent yn cyfarfod eto.

Pennod 22

Bielefeld, Yr Almaen, 10 Awst 1949

Roedd cyfarfod ffarwelio arall yn Aberystwyth rhyw bedair blynedd yn ddiweddarach, y tro yma yn yr orsaf. Un ar hugain o aelodau'r Urdd oedd yn mynd ar daith i ymestyn dolennau cyfeillgar gyda phobl ifanc yr Almaen y tro hwn.

Ar y daith roedd dau aelod ifanc o Aberystwyth. Roedd Arfon a Siwsan ill dau'n ugain oed erbyn hyn. Gan ei bod wedi gwneud cymaint o ffrindiau yn Aberystwyth a'i bywyd cymdeithasol yn troi o amgylch Aelwyd yr Urdd, penderfynodd Siwsan y byddai'n aros yn y dref yn hytrach na dychwelyd i siop a llaethdy ei rhieni yn yr East End yn Llundain. Roedd stryd ei rhieni wedi'i bomio'n ddrwg a llawer o'r boblogaeth wedi gadael am dai eraill. Roedd yr hen ardaloedd yn cael eu chwalu ac roedd busnes y siop a'r rownd laeth ar drai. Penderfynodd y rhieni werthu popeth a dychwelyd i fferm y teulu yng Nghapel Bangor.

Ar ôl gadael yr ysgol, cafodd Siwsan waith yn Llyfrgell Ceredigion ond roedd yn dal i letya yn y fflat uwch Caffi Lewis ac yn rhoi help llaw i Alice a Dorothy bob bore Sadwrn.

Ar fin mynd i'w flwyddyn olaf fel myfyriwr Cemeg ym Mhrifysgol Aberystwyth roedd Arfon erbyn hyn. Roedd yn dal i fyw yn Hendre Wen gyda'i fam. Roedd y ddau wedi cadw mewn cysylltiad clòs â theulu Bielefeld, wrth gwrs, ac edrychai Arfon ymlaen yn arw at eu gweld eto. Ond yn ddistaw bach, edrychai ymlaen at weld y sbaniel yn fwy na neb arall!

Un arall oedd ar y daith oedd Steffan Steinmann. Ar blatfform gorsaf Aberystwyth, roedd yn teimlo rhwyg personol. Ar ben y daith oedd o'i flaen, roedd cyfle i weld ei hen deulu eto. Ond yno ar y platfform yn Aberystwyth, ffarweliai nid yn unig gydag Alwen, ei wraig, ond hefyd Bethan, eu plentyn blwydd oed.

"Cofia fi at dy dad a dy fam," meddai Alwen, gyda'i baban yn ei breichiau. "Ac at Anton a Lotti, wrth gwrs. Dwed wrthyn nhw fod Bethan a finnau'n edrych ymlaen at eu gweld yn fuan, gobeithio."

"Alwen, fe fyddi di a Bethan gyda fi bob munud, bob cam o'r daith yma," meddai Steffan. "Fe fydda i'n cadw dyddiadur o'r atgofion fel y byddan nhw'n digwydd bob dydd. Fe gewch chi'r cyfan – a lluniau hefyd – pan fydda i'n ôl."

* * *

"Anodd credu bod modd cael gwlad mor fflat!" meddai Hywel Colli Trên.

"Ac mor wahanol i Gymru!" meddai Arfon.

"O, edrychwch – melin wynt arall. Dwy ohonyn nhw," meddai Eirlys o Landudno.

Roedd trên aelodau'r Urdd yn rhuthro ar draws yr Iseldiroedd. Am yr eilwaith yn ei fywyd, roedd Hywel wedi colli trên – y tro hwn, trên o orsaf Liverpool Street i'r harbwr. Ond llwyddodd i ddal un diweddarach gan gyrraedd Harwich mewn pryd i ddal y fferi ar gyfer y croesiad dros nos i Hoek van Holland. Un peth oedd yn sicr, byddai'i ffugenw ganddo yn parhau am weddill ei fywyd ar ôl hynny.

"Pasborts!"

Er bod y rhyfela yn Ewrop wedi hen ddod i ben, roedd pob gwlad yn gwarchod ei ffiniau'n bryderus iawn o hyd.

Prin fod y criw wedi cael cyfle i ryfeddu at yr Iseldiroedd gwastad a'r camlesi a'r glendid ymhob gorsaf nad oedd hi'n amser iddyn nhw ddangos eu pasborts unwaith eto wrth i'r trên groesi'r ffin i'r Almaen. Cyn hir, dyma gyrraedd tref Osnabrück lle roedd yn rhaid newid am drên hwyrach i fynd â nhw i Bielefeld. I lenwi'r amser hwn, roedd grŵp o ieuenctid Bielefeld wedi trefnu eu bod yn dod yno i'w croesawu ac i gadw cwmni i'r Cymry ar gymal olaf y daith.

Roedd rhai o ieuenctid Bielefeld a phobl ifanc yr Urdd yn adnabod ei gilydd eisoes. Ar wahân i daith y merched o'r Almaen i wersyll Llangrannog yn 1932, roedd yr Urdd – wrth adfer yr hen gysylltiad gyda Rudolf Hermann – wedi dod â chriw o'r Almaen i Wersyll Cydwladol yr Urdd yn Aberystwyth yng Ngorffennaf 1948. Roedd Siwsan ac Arfon ar y pwyllgor trefnu a rhoddwyd pwyslais mawr ar y croeso cyntaf.

Gwyddai aelodau'r Urdd fod teimladau cymysg am yr ymweliad ymysg trigolion Aberystwyth – roedd hi'n fuan iawn ar ôl diwedd yr ymladd ac roedd llawer o deuluoedd mewn galar o hyd. Ar y llaw arall, gwyddent hefyd nad oedd yr Almaenwyr ifanc oedd yn dod ar yr ymweliad hwn ond yn bump neu chwech oed pan oedd Hitler mewn grym yn eu gwlad.

Roedd Rudolf Hermann wedi rhybuddio'r Urdd fod y teithwyr ifanc o'r Almaen yn nerfus iawn ac yn gofidio sut dderbyniad a gaen nhw gan wledydd eraill, a'u gwlad yn cael ei chyfri'n gyfrifol am erchylltra'r rhyfel. Yn ystod yr un flwyddyn roedd athletwyr yr Almaen wedi'u gwahardd rhag cymryd rhan yn y Chwaraeon Olympaidd oedd yn cael eu cynnal yn Llundain.

Aeth aelodau'r Urdd ar blatfform gorsaf Aberystwyth i groesawu eu trên. Cyn i'r trên ddod i stop, roedd y Cymry'n canu caneuon y gwersyll. Agorodd drysau'r cerbydau. Edrychai'r Almaenwyr yn flinedig a phryderus – yna, rhedodd y Cymry amdanyn nhw, cydio ynddyn nhw, ysgwyd dwylo a'u cofleidio fel hen ffrindiau gan fynnu eu bod yn cael cario eu bagiau. Roedd y parti o Bielefeld yn syfrdan. Roedd eu hathro wedi'u siarsio mai "edrych i'r dyfodol a chreu gwell byd oedd dyletswydd pobl ifanc – nid edrych yn ôl yn llawn chwerwedd". Ond nid oedden nhw wedi disgwyl dim tebyg i hyn. Daeth y ddau griw'n gyfeillion. Cafodd yr Almaenwyr aros ar aelwydydd Cymreig a chyfarfod â'r teuluoedd. Doedd dim ond croeso a chymwynasau'n eu disgwyl ym mhobman. Ac wrth weld y Cymry'n eu cofleidio, pan gyrhaeddodd criwiau o'r gwledydd eraill yn ddiweddarach, ni allen nhw lai na dynwared ymddygiad ieuenctid yr Urdd.

Doedd Anton a Lotti ddim wedi llwyddo i ymuno â'r daith honno. A dyna pam roedd Arfon a Siwsan mor nerfus ar y platfform yn Osnabrück. Doedd Steffan ddim wedi gweld ei frawd a'i chwaer ers iddo eu hebrwng yn ôl i'r Almaen ym Medi 1945 chwaith.

"Dacw nhw!" Siwsan oedd y gyntaf i'w hadnabod. Cododd

y tri eu breichiau i'r awyr a rhedeg i'w cyfarfod.

"Steffan! Steffan!"

"O! Lotti, ti wedi tyfu!"

"Siwsan! Mae'r goes yn cryfhau, rwy'n siŵr – ti bron iawn yn medru rhedeg erbyn hyn!"

"Anton! O, mae'n dda …"

"Ac Arfon!"

"Mae Alwen yn cofio atoch chi'ch dau'n annwyl iawn," meddai Steffan.

"A Bethan fach? Sut mae Bethan?" holodd Lotti.

"Mae hithau'n anfon gwên atoch chi," atebodd Steffan gan fynd i boced ei siaced i estyn llun i'w ddangos. "Dyma hi! Fel hyn roedd eich nith fach chi'n edrych ym mreichiau ei mam yr wythnos diwethaf."

"Mae hi'n gwenu arnon ni!" dotiodd Lotti.

"A llond pen o wallt tywyll fel Alwen ganddi!" meddai Anton.

Cyrhaeddodd rhagor o Almaenwyr ifanc i groesawu gweddill criw yr Urdd. Cododd un o'r arweinwyr ei law wedi i'r cofleidio dawelu peth.

"Mae gennym awr a hanner o waith disgwyl. Rydych chi wedi cael taith hir o Gymru. Dewch i ymestyn eich coesau a mynd o olwg y trenau a'r rheilffordd am ychydig."

Arweiniwyd y Cymry allan o'r orsaf. Roedd yr olygfa o'u blaenau'n un na fydden nhw fyth yn ei hanghofio. Ychydig iawn o'r dref oedd yn dal i sefyll gan ei bod wedi'i bomio mor ddrwg gan yr RAF a'r Americanwyr. Mynyddoedd o rwbel ym mhobman. Un wal yn aml oedd yn sefyll lle bu adeilad cyfan. Lle bu siopau a chartrefi, doedd ond cregyn gweigion ac ôl y llosgi difrifol pan ollyngwyd bomiau tân. Roedd pobl ar y stryd ond drwy'r cyfnod y buon yno, ni chlywson nhw neb yn chwerthin na gweld neb yn gwenu.

Roedd Steffan yn troi'r golygfeydd yn frawddegau yn ei ben er mwyn eu cofnodi yn ei ddyddiadur i'w wraig yn ddiweddarach. Gan ei fod wedi bod yno ar ddiwedd yr ymladd, roedd eisoes yn gyfarwydd â'r llanast enbyd, ond roedd effaith y cyfan ar y Cymry wedi'i syfrdanu.

"Pam nad ydyn ni'n cael gweld lluniau o hyn yn ein papurau newydd gartre?" gofynnodd Eirlys.

"Doedd gennym ni ddim syniad fod yr Almaen yn dioddef cymaint o hyd," cytunodd Hywel.

Rhyddhad oedd mynd yn ôl i'r orsaf a dal trên arall ymlaen am Bielefeld, er y gwydden nhw y byddai mwy o effaith bomiau'r rhyfel* i'w weld yno yn ogystal. Yn yr orsaf fawr yno, roedd Rudolf Hermann a llawer o deuluoedd yr Almaenwyr ifanc – roedd pob Cymro a Chymraes yn cael aros gyda theulu. Ac wrth gwrs, gyda'r Steinmanns yr oedd Steffan, Arfon a Siwsan yn lletya. Mwy o gofleidio a mwy o ddagrau wrth i Steffan ailgyfarfod â'i hen deulu a chyflwyno Arfon a Siwsan i Berta, ei fam. Doedd dim angen Cymraeg nac Almaeneg. Doedd dim angen geiriau.

"Mae Hamlin yn fy nghofio!" meddai Arfon, heb fedru cadw caead ar ei deimladau.

Ond wrth gwrs, roedd cymaint i'w ddweud hefyd. Am nosweithiau, bu'r criw ar yr aelwyd yn rhannu straeon tan yr oriau mân.

Aeth y llun o Bethan ym mreichiau Alwen o law i law.

"Mae rhywbeth am lygaid Bethan sy'n fy atgoffa i o fy

mam," meddai Gerhard. "Roedd hithau'n gwenu bob amser – ac roedd pob gwên yn dechrau yng nghannwyll ei llygaid."

"O, pryd gawn ni eu gweld nhw, Steffan?" gofynnodd Berta. "A dal yr un fach yn ein breichiau?"

"Cyn hir, gobeithio," addawodd Steffan. "Mae rhai teithiau'n dod yn haws yn awr. Mae rhai teuluoedd yn medru dod at ei gilydd eto."

Roedd Lotti'n un ar bymtheg ac yn gobeithio mynd i astudio ieithoedd yn y brifysgol.

"Wel, rydw i'n siarad Cymraeg yn rhugl. Sut fedran nhw fy ngwrthod i!"

Cafodd Anton swydd yng nghyngor y ddinas.

"Mae gwaith adeiladu dyfodol newydd o'n blaenau ..."

"Os na allwn ni ganu, allwn ni ddim gwneud dim ..."

Wrth ddisgrifio'u taith ar draws y gwledydd o Aberystwyth i Bielefeld, meddai Anton yn llawn emosiwn: "Dyna'r union daith wnaethon ni ar y Kindertransport ar y cyntaf o Fedi 1939. Ffoi oedden ni, dod at ffrindiau rydych chithau."

Honno oedd y frawddeg gyntaf a sgrifennodd Steffan yn ei ddyddiadur i Alwen y noson honno.

* * *

Aeth y dyddiau nesaf gyda'r gwynt. Roedd digon o ganu, gwledda a chwerthin, tripiau ar fws a thram a cherdded mewn coedwigoedd a pharciau. Ond y rhannau gorau gan bawb oedd trafod anawsterau a rhannu breuddwydion. Roedd cymaint o'i le, cymaint o waith i'w wneud – ond roedd cymaint o obaith yn y byd yn ogystal.

"Heddiw, rydw i'n mynd â chi i'r Fforest," cyhoeddodd Steffan wrth griw yr Urdd un bore. "Rwy'n mynd â chi i'r lleoedd dirgel roedden ni'n cyfarfod i wersylla a chanu o amgylch tân agored pan oedden ni'n griw ifanc yn ceisio dianc o afael Hitler a'i baratoadau ar gyfer dinistr y rhyfel."

Arweiniodd y daith drwy'r hen dref a heibio'r castell ar y bryn. Dal i'r dde a dilyn llwybrau gwledig wedi hynny heibio caeau ac ambell fferm hynafol, croesi nentydd a glannau ambell lyn. Roedd y tir yn fryniog ac roedd coedwigoedd yma ac acw.

"Mae fel gwlad y tylwyth teg," meddai Siwsan.

"Ac mor agos i ganol y ddinas," rhyfeddodd Arfon.

"Doedd ganddyn nhw ddim gobaith o'n dal ni fan hyn," meddai Steffan.

"Byddin llanciau Hitler a'r SS?" gofynnodd Siwsan. Roedd y tir yn fryniog ac roedd coedwigoedd yma ac acw. Roedd ambell le braf ac atgof melys o hyd yng nghanol creithiau'r ddinas.

"Fan hyn roedd ein Llangrannog ni. Fan hyn roedden ni'n gwybod beth oedd rhyddid," meddai Steffan. O, fe hoffwn i ddangos hyn i gyd i Alwen, meddai'n dawel wrtho'i hun. Rhyw ddydd, gobeithiodd, rhyw ddydd.

* * *

Wedi bod yno am dros wythnos, roedd gan Arfon addewid pwysig i'w gadw. Roedd ganddo barsel oedd yn cynnwys ychydig o ddanteithion Cymreig a llythyr at wraig o'r enw

Gisela Steffles. Ar ddiwedd y rhyfel roedd ei fam wedi gorffen y llythyr hir oedd yn ddyddiadur o flynyddoedd y brwydro, wedi'i gyfieithu i'r Saesneg, a'i bostio i hen gyfeiriad Gisela. Ymhen mis, cafodd Eluned gerdyn post yn ôl yn dweud nad oedd neb yn byw yn y tŷ hwnnw bellach ond eu bod yn gwneud ymholiadau ar ei rhan.

Ddau fis yn ddiweddarach, cyrhaeddodd llythyr Gisela aelwyd Hendre Wen. Llythyr byr iawn oedd hwnnw. Dim ond yn diolch am lythyr Eluned a dweud ei fod wedi cyrraedd pen ei daith yn ddiogel o'r diwedd. Dim ond nodi ei chyfeiriad newydd a dweud bod Otto, ei gŵr, wedi'i ladd yn y brwydro yn erbyn Rwsia. Dim ond dweud fod Jan ei brawd yn dal yn fyw, ond ei fod wedi colli ei fraich chwith yn y bomio. Roedd yn falch iawn o glywed ganddi ac y gwnâi sgwennu eto yn y man.

A dyna ddechrau cyfres o lythyrau rheolaidd unwaith eto rhwng Eluned a Gisela.

"Ddo' i ddangos y ffordd iti ar draws y ddinas," meddai Steffan. "Dydy hi ddim yn hawdd iawn rhoi'r cyfarwyddiadau – mae'n haws i mi fynd â thi yno."

Ymhen hanner awr, roedden nhw wedi cyrraedd y cyfeiriad. Roedd Eluned eisoes wedi anfon llythyr at Gisela a Jan yn nodi'r amser. Bu'n rhaid iddyn nhw aros yn hir ar ôl curo ar y drws. O'r diwedd, dyma sŵn traed yn y cyntedd. Agorodd y drws y mymryn lleiaf a gallai Arfon weld hanner wyneb gwraig oedd yn edrych dipyn hŷn na'i fam.

"Gisela ...?" mentrodd ofyn. Gallai weld craith ei phoenau yn ei llygaid.

"Arfon ...?" mentrodd hithau.

Nodio ... gwenu ... Agorodd y drws yn llydan agored. Cyflwyno pecyn ... ond roedd yn rhaid cael coflaid yn gyntaf.

"Dewch drwodd, dewch drwodd ... mae Jan yn disgwyl yn eiddgar amdanoch ..."

Camodd Arfon i mewn i'r stafell fyw yn gyntaf. Roedd gŵr main, tal wedi codi o'i sedd yn y gornel. Gorweddai tonnau o'i wallt llaes cyrliog dros ei glustiau. Roedd llawes chwith ei siaced yn wag ac wedi'i gwthio i mewn i'r boced.

"*Guten tag*, Arfon ..." meddai gan ysgwyd ei law ac ymgrymu'i ben yn gwrtais.

Symudodd Arfon i'r chwith ac roedd ar fin cyflwyno'i dywysydd pan sylwodd fod y ddau'n edrych yn syfrdan ar ei gilydd.

"Plank!" ebychodd Steffan. Methai â chredu ei lygaid. Roedd yn edrych i fyw llygaid yr un a wnaeth achub ei fywyd yng ngorsaf Bielefeld ddeng mlynedd ynghynt.

"Ffrechdachs!" chwarddodd Jan.

"Chi'ch dau!" deallodd Gisela. "Rydych chi wedi cyfarfod o'r blaen!"

Ar ôl iddyn nhw ryddhau'i hunain o'r goflaid yn y diwedd, trodd Plank at Steffan.

"Fe gawson ni'r neges am Stern a'i gwch ar y gamlas, Ffrechdachs. Clyfar iawn oedd honno. Ond roedd y Gestapo wedi delio gydag o eisoes, yn amau ei fod wedi gollwng ffoaduriaid o'i afael yn fwriadol ar y gamlas y noson honno."

Yn ei ddyddiadur ar ddiwedd y diwrnod hwnnw, gwnaeth Steffan adduned i Alwen y byddai'n gwneud yn siŵr y câi hithau gyfle i gyfarfod Plank cyn gynted ag oedd modd trefnu hynny. "Fe fydda i'n breuddwydio yn Gymraeg heno," oedd ei eiriau olaf cyn cau'r llyfr.

Pennod 23

Aberystwyth, Ebrill 1950

"Pwy sy'n mynd i nôl y posteri o'r *Cambrian News*?" gofynnodd Alwen.

"Yn bwysicach na hynny, pwy sy'n mynd i'w dosbarthu nhw o amgylch y dre a'r pentrefi cyfagos?" holodd Glyn Williams.

Roedd hi'n gyfarfod o'r Aelwyd yn y Ganolfan yn Ffordd Llanbadarn. Cafodd yr Urdd ei hadeilad yn ôl i'w meddiant ar ôl y rhyfel, a gyda'r bobl ifanc yn dychwelyd o'r lluoedd arfog a mwy o fyfyrwyr yn y dref nag erioed o'r blaen, roedd yr Aelwyd yn ffynnu.

Achos y cyfarfod a'r cynnwrf oedd bod digwyddiad gwahanol i'r arfer yng nghalendr yr Aelwyd y gwanwyn hwnnw. Nid dim ond y mabolgampau ac eisteddfodau cenedlaethol y mudiad oedd yn mynd â'u hamser a'u hegni. Roedd Gwersyll Cydwladol y Celtiaid wedi'i gynnal yng nghanolfan cynhadledd yr Urdd, yng Ngwesty Pantyfedwen yn y Borth, dros y Pasg a bellach roedden nhw'n paratoi am ymweliad rhyngwladol arall.

"Pwy bynnag sy'n mynd i nôl y posteri, dewch â dau ddwsin i fi i Lyfrgell Ceredigion," meddai Siwsan. "Fe rodda i nhw ar faniau'r llyfrgell i'w danfon i'r pentrefi ac mi af â rhai i'r siopau arferol yn Ffordd y Môr."

"Ddo' i â nhw iti amser cinio y wasg fory," cynigiodd Austin. Roedd wedi mynd o'r cadéts i'r fyddin ac wedi bod yn rhan o gyrchoedd y Cynghreiriaid yn y Rheinland ond wedi dod drwyddi'n ddianaf. Daeth yn ôl i Aberystwyth i fod yn argraffydd yn y *Cambrian News* ac roedd yn aelod dibynadwy iawn yn yr Aelwyd erbyn hyn.

"Dere â rhai i finne," meddai Arfon. "Gad nhw gyda Siwsan. Fe wna i eu casglu nhw o'r llyfrgell a'u dosbarthu o amgylch adeiladau'r Brifysgol."

Felly, fesul un, y trefnwyd y posteri. Roedd cyngerdd arbennig dan nawdd yr Urdd ar fin cael ei gynnal yn Neuadd y Brenin ar y prom yn Aberystwyth. Roedd costau i'w clirio ac roedd yn rhaid cael tyrfa dda. Ond yn fwy na hynny, teimlai'r aelodau fod angen dangos bod cefnogaeth gref ymysg y gynulleidfa Gymraeg i'r perfformwyr. Am y tro cyntaf, roedd côr o fechgyn a merched o Bielefeld yn dod i berfformio mewn pedair canolfan yng Nghymru, yn cynnwys Aberystwyth.

"Cyhoeddusrwydd?" oedd cwestiwn nesaf Alwen.

"Mae llun o'r côr wedi cyrraedd," meddai Bob. "Allwn ni gael Dan Cambrian News i wneud sblash go lew a chynnwys y llun gyda'r stori falle?"

"Mae Dan yn Caffi Lewis rhwng deg ac un ar ddeg bob dydd erbyn hyn!" meddai Austin. "Dyna'r lle gorau i gael gafael arno."

"Beth yw'r stori 'te?" gofynnodd Alwen. "Dwi'n fodlon mynd draw i gael gair â fe."

"Unrhyw beth am goffi da Caffi Lewis!" chwarddodd Siwsan.

"Wel, yn un peth – yn Bielefeld y mae'r unig Aelwyd o'r Urdd yn yr Almaen," meddai Arfon. "Ar noson olaf ymweliad y Cymry â'r ddinas Awst diwethaf, fe ofynnon nhw am ein caniatâd i sefydlu Aelwyd yr Urdd ar gyfer ieuenctid Bielefeld. Ac fe gawson nhw ganiatâd, wrth gwrs ..."

"A chlamp o ddraig goch," ychwanegodd Siwsan.

"Maen nhw'n cyfarfod yn rheolaidd, ac fe ofynnodd yr Urdd a fyddai'r côr ieuenctid o'r ddinas yn hoffi cael taith a chynnal pedwar cyngerdd yng Nghymru," meddai Arfon.

"A dyma ni. Maen nhw yma am fis – ac yn aros gyda theuluoedd yn Aberystwyth am wythnos gyfan," meddai Siwsan.

"Caneuon yn cau briwiau," meddai Alwen.

"Ac yn rhoi dechreuad newydd i genhedlaeth newydd," meddai Glyn. "Ac o sôn am genhedlaeth newydd, fe fydd gan y *Cambrian News* ddiddordeb mawr yn y stori deuluol hapus fod cyn-ddarlithydd Almaeneg yn y dre yn dychwelyd yma am y tro cyntaf ers diwedd y rhyfel, yn dod â'i wraig gydag e, er mwyn cyfarfod eu hwyres fach newydd!"

Gwenodd Alwen o glust i glust. Oedd, roedd pob un o deulu'r Steinmanns yn dod gyda'r côr i Aberystwyth, ac yn aros gyda hi, Steffan a Bethan yn eu cartref newydd yn Heol y Buarth.

* * *

"Wyt ti am ei rhoi hi i aros yn yr hen fflat ar y llawr uchaf?"

Roedd Arfon a'i fam hefyd yn trafod lletŷ i ddau ymwelydd arbennig oedd ar eu ffordd i Hendre Wen yn Ffordd Caradog.

"Na, mae llofft sbâr ar ein llawr ni," meddai Eluned. "Bydd Gisela yn aros yn honno. Byddwn ni'n nes at ein gilydd. O, mor dda fydd ei chael hi yma, Arfon ... Ddeunaw mlynedd ar ôl inni gyfarfod yn y gwersyll yn Llangrannog ... Ac fe gaiff Jan, ei brawd – neu Plank, fel rydych chi i gyd yn ei alw – fe gaiff e'r fflat uchaf."

"Gewch chi grwydro'r wlad fel yn yr hen ddyddiau," meddai Arfon. "A mynd i'r môr bob pnawn, mae'n siŵr!"

"Go brin. Ond bydd hi mor wych, mor wych ..."

* * *

"Maen nhw wedi cyrraedd 'te, y Jermans. *The Germans have finally landed*," meddai Dorothy yn y caffi ar ôl clywed bod y bws yn y dref.

"Petaet ti wedi deud hynny chwe blynedd 'nôl, fe fydde yffach o le yn Aber," meddai Wil Gwylan.

"Fe fydde'r Hôm Giard yn sbrinto lan i'r cytiau sbeis ar ben Consti," meddai Gruff.

"Ie, ond mae'r byd wedi symud mlâ'n," meddai Alice. "A rhaid i ninne wneud yr un modd. *New times, new code of conduct*. Mae'r poster yn y ffenest ac ry'n ni wedi prynu'n tocynnau'n barod. Beth amdanoch chi?"

* * *

"Odyn nhw'n byta ffish yn Jermani?" oedd cwestiwn Poli Penmorfa y tu allan i Ganolfan yr Urdd.

Yno roedd y teuluoedd lleol oedd yn lletya'r Almaenwyr

yn cyfarfod â'r ymwelwyr. Ac yn wir, yn ysbryd hael a brwdfrydig yr wythnos, cafodd sawl un y syniad y byddai pryd o bysgod yn ffordd dda o gynnig croeso Cymreig ...

* * *

Ar aelwyd Hendre Wen, roedd tri theulu yn un teulu mawr yn y brif stafell wrth y drws ffrynt.

"O, mae'n anodd credu bod Bethan yn dair oed cyn fy mod i'n cael ei dal fel hyn ar fy nglin," meddai Berta.

"Llun i gofio," meddai Alwen, gan estyn am y camera.

"Er mor dda fydd cael ffotograffau pan fyddwn ni yn ôl yn yr Almaen, dim ond hyn sy'n llenwi'r galon," meddai Berta, gan gofleidio Bethan.

Pan nad oedd dim diben gwthio rhagor o blateidiau blasus at eu cyfeillion gan eu bod mor llawn er gwaetha'r rashons, cododd y criw a dod i'r stafell gyffordddus i hel atgofion.

"Yr ofn, y casineb, y colledion – maen anodd credu bod hynny i gyd yn ddim ond ddoe ar ôl gweld y dyrfa ar eu traed yn cymeradwyo heno," meddai Steffan, gan gyfieithu hynny er mwyn Plank oedd yn eistedd wrth ei ochr.

"Roedd y croeso yn syfrdanol," meddai Lotti, oedd yn aelod o'r côr oedd newydd orffen perfformio yn Neuadd y Brenin. "Dydyn ni erioed wedi teimlo fel yna ar ddiwedd cyngerdd adref."

"Yr hyn sy'n dda," meddai Alwen, "yw eich bod yn falch o'ch caneuon Almaeneg, yn falch o'ch traddodiadau, yn falch o'ch diwylliant. Dyw hynny ddim yn fygythiad i ni. Yn fwy na hynny, mae'n gymorth i ni fod yn falch o'n gwlad a'n hiaith ninnau."

"Ydy," meddai Gerhard, gyda Bethan ar ei lin yntau erbyn hynny. "Mae gwladgarwch fel yna'n croesi ffiniau, yn pontio rhwng pobl. Mae Aelwyd Bielefeld yn ffyddlon i'r Almaen ac mae Aelwyd Aberystwyth yn ffyddlon i Gymru. Rydyn ni'n wahanol, ond mi allwn ni fod yn ffrindiau yr un pryd."

Ailadroddodd hynny mewn Almaeneg ar gyfer ei wraig ac ar gyfer Gisela oedd yn eistedd wrth ochr Eluned. Estynnodd yr Almaenes ei llaw a gafael yn llaw ei ffrind.

"Fe ddwedon ni hynny yn 1932, yn dofe, Eluned? Dim ond gobeithio ein bod wedi dysgu digon i'w gredu erbyn hyn."

Edrychodd Steffan o gwmpas y cylch. Un teulu mawr, meddyliodd. Roedd llawes wag crys Plank wrth ei ochr yn ei atgoffa o effaith y bomio ar orsaf Bielefeld pan gollodd ei gyfaill ei fraich chwith wrth i drawstiau rhan o'r to ddisgyn ar ei ben. Roedd Bethan eisoes yn dysgu galw ei fam yn 'Oma' a'i dad yn 'Opa' yn hollol naturiol. Gorffwysodd ei lygaid ar Alwen. Y wraig hon oedd popeth iddo – mam, chwerthin a chanu yn y cartref, calon, tonnau Llangrannog, pitran-patran glaw ar babell a hwythau'n glyd y tu mewn iddi, gitâr yn yr oriau mân, ffrindiau'n galw, cymeradwyaeth cynulleidfa ar ei thraed, y gwynt ar strydoedd Aber, aroglau gerddi'r gwanwyn, cusan yn y castell, dagrau heb eiriau.

Estynnodd ei fraich a chyffwrdd braich ei wraig yn dyner, fel y bydd pobl sy'n deall ei gilydd yn iawn pan fydd ganddyn nhw ddim mwy i'w ddweud.

Epilog

Aberystwyth, 1 Tachwedd 2021

"Helô, oes posib i mi gael cyfweliad gydag un ohonoch chi, os gwelwch yn dda?"

"Well i ti ofyn i Lisa. Hei, Lisa – ddoi di draw am funud i gael gair?"

Trodd y ferch gyda'r gwallt llaes, tonnog ei phen. Roedd wrthi â'i dwy fraich a'i holl egni yn sgwrio'r wal. Gollyngodd y ddau frwsh i fwced wrth ei thraed a daeth draw at y gŵr gyda ffôn symudol yn ei law.

"Helô, Meirion Gruffydd o Golwg 360 ydw i. Tybed fedra i wneud cyfweliad byr? 'Chydig eiriau i egluro be sy'n digwydd fan hyn? Llun hefyd falle?"

"Reit." Sychodd ei dwylo yn ei jîns. Roedd y paent coch ar y wal yn rhedeg arnyn nhw.

"A dy enw di? O ble? Pa adran yn y coleg?"

"Lisa Jenkins o Ben-y-groes wrth Gaernarfon. Dwi'n astudio Gwleidyddiaeth Rhyngwladol yma yn Aber."

"Ac yn lletya yn Neuadd Pantycelyn?"

"Ia."

"Iawn, awn ni amdani. Dwi yma ar fore Llun, Tachwedd y cyntaf o flaen y Llyfrgell Genedlaethol yn Aberystwyth. Gyda mi mae Lisa Jenkins, myfyriwr sy'n lletya yn Neuadd Pantycelyn drws nesaf. Lisa, mae criw ohonoch chi'n glanhau graffiti paent coch oddi ar y wal yma. Fedrwch chi ddweud wrtha i beth sydd wedi digwydd, os gwelwch yn dda?"

"Mi fu rhywun yma yn yr oriau mân fore ddoe yn paentio swastica ar wal ffrynt y Llyfrgell Genedlaethol a'r geiriau 'Burn Foreign Trash'. 'Dan ni'n griw o fyfyrwyr Cymraeg o Bantycelyn yma'n glanhau'r pethau afiach yma oddi ar y wal rŵan."

"Mae'n amlwg bod y weithred yma wedi'ch cyffroi chi'n arw. Pam felly?"

"Mae'n ymosodiad ar ein diwylliant Cymraeg ni. Y Llyfrgell Genedlaethol yma – mae'n symbol o pwy ydan ni, ein hanes, ein cyfraniad fel cenedl. Ond yr hyn mae'r symbol a'r geiriau yma'n ei wneud ydy cyhoeddi casineb yn erbyn diwylliannau eraill, sgrechian bod angen inni fod yn ynysig ac eithrio rhai tramorwyr am ein bod ni yn well, uwchlaw y rheiny."

"Pam fod y graffiti yma wedi ymddangos rŵan yn eich tyb chi?"

"Rydan ni'n byw mewn cyfnod lle mae'n gyffredin iawn clywed rhai gwleidyddion yn dweud pethau ffiaidd am estroniaid a lleiafrifoedd yn ein mysg. Pobl lai ffodus na ni. Pobl yn aml sy'n dioddef oherwydd hanes imperialaidd y gorffennol. Yn ddiweddar mae'r Llyfrgell wedi creu arddangosfa o luniau, llythyrau a dogfennau o'r gymuned Somali yn nociau Caerdydd. Ymosodiad hiliol yn erbyn hynny ydy hwn."

"A pham eich bod chi'n teimlo mai eich cyfrifoldeb chi fel myfyrwyr Cymraeg ydy glanhau'r graffiti?"

"Mae'n gyfrifoldeb ar bawb i wynebu ac atal unrhyw weithred niweidiol all effeithio ar bobl eraill. Mae defnyddio geiriau poboglllyd yn erbyn hil arall, yn annog trais, yn brolio mewn grym a sathru ar y gwan yn bethau peryglus. Mi ddylem i gyd sylweddoli fod pethau fel hyn yn gallu arwain at weithredoedd erchyll ac at ryfeloedd. Rydan ni i gyd yn rhannu'r un byd a'i broblemau a thrwy glosio at ein gilydd, nid drwy godi ffiniau a chreu gwahaniaethau, mae cael o hyd i atebion. Nid dyma'r tro cyntaf inni weld graffiti swastica yng Nghymru* yn ystod y deunaw mis diwethaf ..."

* * *

Aeth Lisa i weld ei hen daid yng nghartref henoed Penglais y prynhawn hwnnw. Roedd Steffan Steinmann bellach wedi goroesi rhyfel byd, y Rhyfel Oer, wedi gweld wal Berlin yn cael ei chwalu ac wedi goroesi pandemig. Ar ôl y cyfan a brofodd, roedd yn dal yn hoff o drafod newyddion y dydd gyda'i or-wyres. Gwrandawodd ar stori Lisa ac yna dywedodd, "Mae swasticas wedi bod yn y dre yma o'r blaen, Lisa. Ymhell yn ôl, pan oeddwn i yma'n llanc adeg y rhyfel. Yn y nos, roeddwn i'n gallu clywed awyrennau Hitler. Roedd gymaint â thri chant ohonyn nhw'n dod gyda'i gilydd weithiau. Seirens yn ein gorfodi i ddod allan o'n gwlâu i guddio. Ond nid ni oedd y targed bryd hynny – roedden nhw'n dilyn arfordir Ceredigion ac wedyn pan oedden nhw'n gweld y Llyfrgell Genedlaethol, y tŷ gwyn ar y bryn yng ngolau'r lleuad, roedden nhw'n troi i'r dwyrain a mynd i fomio ffatrïoedd arfau Birmingham a Coventry. Nid ni oedd yn ei chael hi, ond ble bynnag mae 'na swastica, mae rhywun yn ei chael hi. A phwy a ŵyr nad ni fuasai'n ei chael hi nesaf."

"Rydyn ni'n dysgu hynny drosodd a throsodd yn ein cwrs coleg, Taid. Mae yna arweinwyr yn y byd sy'n dileu eu senedd am gyfnod o hyd. Maen nhw'n torri cytundebau rhyngwladol ac yn codi eu gwleidyddion uwchlaw llys barn. Maen nhw'n dileu ein hawlio i brotestio democrataidd, hyd yn oed ..."

"Hei, Lisa!"

"Be, Taid?"

"Mae gen ti baent coch ar lawes dy gôt."

"O ... o, oes hefyd. Mae posib cael ei wared o."

"Lisa, rydw i'n falch ei fod e yno."

Nodiadau gan yr awdur

- *Arandora Star*

Erbyn Mehefin 1940, doedd y llywodraeth yn Llundain ddim yn gwybod beth i'w wneud gyda'r Almaenwyr a'r Eidalwyr oedd ym Mhrydain. Roedd rhai eisiau eu hanfon yn ôl i'r Almaen a'r Eidal; eraill eisiau eu carcharu tan ddiwedd y rhyfel. Anfonwyd rhai ar long yr *Arandora Star* i'w carcharu yn Awstralia. Ar 1 Gorffennaf, hwyliodd o Lerpwl am Ganada gyda thua 700 Eidalwr a bron i 500 Almaenwr ar ei bwrdd. Am 7 y bore, 2 Gorffennaf, cafodd y llong ei tharo gan dorpido a daniwyd o long danfor Almaenig. Boddwyd 453 Eidalwr a 146 Almaenwr. Roedd 49 o Eidalwyr o deuluoedd dyffryn Ceno yn yr Eidal yn eu mysg – bron y cyfan yn ddynion teuluoedd y caffis Eidalaidd yng Nghymru. Mae capel coffa iddynt yn yr Eidal a chofeb yn eglwys gadeiriol Gatholig Caerdydd yn gofnod o'r drychineb.

- **Bomio Bielefeld**

Roedd traphont allweddol yn cario rheilffordd Köln–Hamburg yn Bielefeld. Erbyn canol Mawrth 1945, roedd cyfanswm o 54 o gyrchoedd bomio wedi ymosod ar y draphont hon, ond câi ei hatgyweirio bob tro. Yna ar 14 Mawrth y flwyddyn honno gollyngwyd bom deg tunnell arni a dinistrio 200 troedfedd (61m) ohoni. Crëwyd crater anferth – rhy fawr i'w ail-lenwi. Trowyd y twll yn llyn pleser flynyddoedd yn ddiweddarach. Dyma'r tro cyntaf i fom deg tunnell gael ei ddefnyddio – bom a gâi'r ffugenw dychrynllyd 'bom daeargryn'.

- **Cyd-ddyn**

Ystyr y gair yw cyd-aelod o'r hil ddynol (yn wreiddiol roedd y gair 'dyn' yn cynnwys pob rhyw). Ail gymal arwyddair yr Urdd yw, 'Byddaf ffyddlon i'm cyd-ddyn, pwy bynnag y bo'.

- **Ffasgwyr**

Pobl asgell dde nad ydyn nhw'n credu mewn pleidlais, etholiad na llywodraeth agored yw Ffasgwyr. Eu nod yw ennill pŵer a defnyddio'r grym hwnnw wedyn, gyda chymorth lluoedd arfog a phlismyn bygythiol, i ymosod ar unrhyw wrthwynebwyr. Bydd Ffasgwyr yn ceisio rheoli pob agwedd ar fywyd gwlad ac erlid unrhyw rai sy'n 'annerbyniol' ganddyn nhw – o ran hil, rhywedd, diwylliant, crefydd neu nodweddion corfforol. Nid oedd mwyafrif etholwyr yr Almaen o blaid Hitler yn 1933, ond llwyddodd i ennill grym drwy ffurfio clymblaid rhwng ei blaid ei hun – y Natsïaid – a phlaid arall, a phasio deddfau oedd yn rhoi awdurdod diderfyn iddo'i hun. Drwy wneud hynny, daeth yn unben.

Arweiniodd hyn at yr Ail Ryfel Byd, ond nid dyna oedd diwedd Ffasgiaeth. Mae deddfau'n gwahardd y swastica – baner y Natsïaid – mewn llawer o wledydd yn Ewrop, ond nid yn Sbaen na Phrydain.

- **Gwersyll Llangrannog**

Yn ystod ail haf gwersyll yr Urdd yn Llangrannog, sef Awst 1932, gwahoddwyd 18 o ferched o'r Almaen i ymuno â'r merched o Gymru oedd yno. Yn ôl llythyrau a dderbyniwyd wedi hynny o'r Almaen, roedd y criw wedi dotio at y croeso a gawsant, a'r cyfle i deithio o amgylch y wlad. Daliodd rhai a ddaeth yn ffrindiau yn y gwersyll i lythyru â'i gilydd nes i'r Ail Ryfel Byd ddod ar eu traws.

- **Gwlad Pwyl**

Erbyn 1939, roedd byddinoedd Hitler yn rheoli Awstria, Tsiecoslofacia a thiriogaeth dyffryn Rheine. Ar 1 Medi 1939, ymosododd Hitler ar Wlad Pwyl ac arweiniodd hynny at Brydain yn cyhoeddi rhyfel yn erbyn yr Almaen. Dyna sy'n cael ei gyfri fel dechreuad yr Ail Ryfel Byd.

- **Hitlerjugend**

Byddin ieuenctid Hitler oedd hon. Roedd disgwyl i bob bachgen geisio ymuno â'r adran iau – y Jungvolk – pan oedd yn 10 oed. Dim ond rhai gyda nam corfforol neu o dras 'annerbyniol' oedd yn cael eu gwrthod. Ar ôl troi'n 14, byddent yn aelodau o'r Hitlerjugend ('Ieuenctid Hitler'). Caent eu paratoi i fod yn filwyr erbyn y byddent yn 18 oed. Roedd ganddynt lifrai a byddent yn cario pastynau'n aml ar gyfer ymosodiadau ar fusnesau, tai a phobl. Roedd merched 10–14 oed yn ymuno â'r Jungmädel ('Mudiad Merched Ifanc'), ac yn 14 oed roedden nhw'n cael eu trosglwyddo i'r Bund Deutscher Mädel ('Cynghrair Merched yr Almaen'). Drwy gyfnod llywodraeth Hitler, dyna'r unig fudiadau ieuenctid oedd yn cael eu caniatáu yn yr Almaen.

- **Kindertransport**

Cafwyd ymosodiad creulon gan y Natsïaid ar siopau, cartrefi a synagogau Iddewon yr Almaen yn ystod y nos ar 9 Tachwedd 1938. Galwyd hi'n Kirstallnacht, ('noson grisial'), oherwydd bod cymaint o wydr ffenestri wedi'u malu. Penderfynodd amryw o deuluoedd nad oedd yr Almaen erbyn hynny'n lle diogel. Ceisiodd rhai teuluoedd ffoi. Rhoddodd y Natsïaid ganiatâd i yrru plant dan 17 oed i Loegr – ar gost y teuluoedd eu hunain. Caent brynu tocynnau ar gyfer trenau arbennig a elwid yn Kindertransport ('cludiant plant'). Teithiai'r trenau hyn o ddinas i ddinas yn yr Almaen ac yna i borthladd yn yr Iseldiroedd i gyfarfod â fferi fyddai'n cludo'r plant i borthladdoedd fel Harwich yn Lloegr. Rhedodd y trenau o Ragfyr 1938 hyd 1 Medi 1939 a chludwyd 10,000 o blant teuluoedd 'annerbyniol' o'r Almaen, Tsiecoslofacia ac Awstria. Cysylltiadau teuluol neu elusennau dyngarol ym Mhrydain wnaeth ofalu am y plant ar ôl hynny. Ni welodd rhai plant fyth mo'u rhieni ar ôl gadael ar y Kindertransport.

- **Ostarbeiter**

Dyna'r enw ('gweithiwr o'r dwyrain') a roddwyd ar weithwyr estron o ganol a dwyrain Ewrop oedd yn cael eu cludo i'r Almaen i lafurio mewn ffatrïoedd, ffermydd ac mewn tai preifat am ychydig iawn o dâl, neu yn amlach na pheidio, heb dâl o gwbl. Caent eu cadw mewn gwersylloedd gwaith, a doedd ganddyn nhw ddim hawl i gymysgu na chymdeithasu gydag Almaenwyr. Yn ogystal â'r Ostarbeiter, roedd Iddewon, Roma, Sinti a phobl o dras Du Affrica ymysg y grwpiau cymdeithasol a ddefnyddiwyd fel caethweision gan y Natsïaid.

- **Polio**

Feirws heintus a all daro plant yn ddifrifol iawn yw polio (*poliomelitis*). Mae'n effeithio ar y system nerfol ac fe all achosi parlys yn y cyhyrau – yn arbennig cyhyrau'r coesau. Bydd hyn yn achosi cloffni – weithiau ar ran isaf y goes yn unig, ond mewn achosion difrifol gall effeithio ar y goes gyfan a gwaelod y cefn a bydd y claf mewn cadair olwyn. Erbyn hyn mae'r mwyafrif llethol o blant y byd gorllewinol yn cael brechlyn cynnar rhag polio.

- **RAF Pembre**

Roedd y maes awyr hwn rhwng Caerfyrddin a Llanelli yn un o amryw o ganolfannau'r RAF yng Nghymru ar ddechrau'r Ail Ryfel Byd. Câi peilotiaid eu hyfforddi a'u paratoi i amddiffyn dinasoedd a phorthladdoedd Prydain – yr awyren Spitfire oedd yr un allweddol ar ddechrau'r Ail Ryfel Byd – awyren i ymosod ar awyrennau bomio Hitler oedd hon, awyren i un peilot ar ei ben ei hun fel arfer. Rhannwyd Prydain yn wahanol ranbarthau. Y rhanbarth yn ne-ddwyrain Lloegr a welodd yr ymosodiadau cyntaf o'r awyr. Roedd awyrennau RAF Pembre yno i warchod porthladdoedd glo a haearn de Cymru a phorthladd Bryste yn bennaf.

- **SS**

Talfyriad o Schutzstaffel ('sgwad diogelu'), sef yr heddlu arbennig oedd gan y Natsïaid. Wedi'i sefydlu yn 1925 fel llu gwarchodol personol Hitler, yr SS oedd y corfflu amlycaf o ran casglu gwybodaeth, plismona a chreu pob math o fraw a dychryn lle bynnag roedd y Natsïaid mewn grym.

- **Swasticas yng Nghymru**

Paentiwyd swastica ar furlun 'Cofiwch Dryweryn' ar gartref teulu o Nigeria ym Mhen-y-groes, Caernarfon, ym Mehefin 2020, ar wal Cyngor Llyfrau Cymru, Aberystwyth, ym Mawrth 2021 ac un arall ger ysbyty yng Nghaerdydd ym Mai 2021. Bu ymateb chwyrn ac effeithiol o sawl cyfeiriad wrth ddelio gyda hyn.

Gyda diolch o galon...

– i Hywel a Marian Edwards, Derlwyn, Padog am gael rhannu atgofion am Olwen.

– i Eirlys yn y wasg, nid yn unig am deipio fy sgribyls blêr, ond am dwtio a chysoni llawer ar y testun yn ogystal.

– i'r nofelydd Gareth Evans, Caerdydd, am rannu llawer o'i wybodaeth am dref a thafodiaith Aberystwyth ei blentyndod. Diolch iddo ef a'i wraig, Eva Trier, hefyd am gyfieithu hanes yr Urdd yn Bielefeld i'r Almaeneg a chysylltu gyda phapurau newydd y ddinas honno ar fy rhan.

– i Lyn Ebenezer am sawl awgrym da wrth drafod hanes tref a chymeriadau Aberystwyth.

– i Markus Poch, newyddiadurwr o Bielefeld, a'i bartner, Dorlis. Cyhoeddodd Markus ddwy erthygl faith yn y *Westfalen-Blatt*, papur newydd Bielefeld, yn ystod 2021. Daeth mwy o wybodaeth i'r fei am y teithiau rhwng Cymru a'r ddinas yn yr Almaen a chyfwelodd chwe theulu oedd ag atgofion a lloffion arbennig am yr ymweliadau hynny yn y 1940au a'r 1950au.

– i Einir Wyn, Abersoch, am gael copi o ddyddiadur Eirlys Tudno, ei mam, o ymweliad aelodau'r Urdd â Bielefeld yn 1949.

– i Urdd Gobaith Cymru am gomisiwn i ymchwilio i hanes y mudiad a chael cyfle i sgwennu *Canrif yr Urdd* ar gyfer dathliadau'r canmlwyddiant. Heb y cyfle hwnnw, ni fyddwn wedi darganfod na deall arwyddocâd y cysylltiad rhwng yr Urdd a phobl Bielefeld.

– i Alun Jones a Llio Elenid a Susan Walton, golygydd a chyfieithydd fersiwn Saesneg y nofel hon, am sgyrsiau ysbrydoledig a sawl cyngor craff ar rediad y stori, ac i Anwen Pierce o Adran Olygyddol y Cyngor Llyfrau am awgrymiadau gwerthfawr.

Darllen pellach

Griffith, R.E., *Urdd Gobaith Cymru Cyfrol 1 a 2*, Cwmni'r Urdd, 1971 a 1972

Reinhardt, Dirk, *The Edelweiss Pirates*, Pushkin Press (Berlin a Llundain), 2012 a 2021

James, Meleri Wyn, *Goleudy dysg a dawn: 75 mlynedd ers sefydlu Ysgol Gymraeg Aberystwyth*, Y Lolfa (2014)

Ainszein, Reuben, *In Lands not my Own*, Random House, Efrog Newydd, 2002

Ibbotson, Eva, *The Morning Gift*, Random Century, 1993

Taylor, A.J.P., *The Origins of the Second World War*, Penguin, 1964

Nofelau Hanes Cymru – y rhestr gyflawn

Straeon cyffrous a theimladwy wedi'u seilio ar ddigwyddiadau allweddol

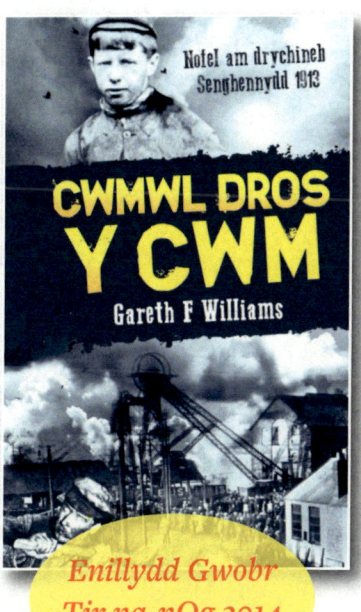

Enillydd Gwobr Tir na-nOg 2014

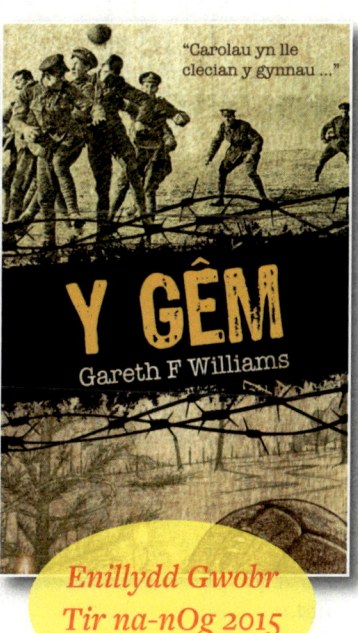

Enillydd Gwobr Tir na-nOg 2015

CWMWL DROS Y CWM
Gareth F. Williams

Nofel am drychineb Senghennydd 1913.

£5.99

Y GÊM
Gareth F. Williams

Dydd Nadolig 1914, yn ystod y Rhyfel Mawr.

£5.99

GETHIN NYTH BRÂN
Gareth Evans

Yn dilyn parti Calan Gaeaf, mae bywyd Gethin (13 oed) yn troi ben i waered. Mae'n deffro mewn byd arall. A'r dyddiad: 1713.

£5.99

Rhestr fer Gwobr Tir na-nOg 2018

Y PIBGORN HUD
Gareth Evans

Mae Ina yn ferch anghyffredin iawn. Mae hi wedi goroesi'r pla, mae hi'n gallu trin cleddyf a siarad Lladin, ac mae ganddi'r gallu rhyfeddol i ganu'r pibgorn! Ond beth fydd ei hanes hi, a Bleiddyn y ci, wedi i Frythoniaid o'r gogledd a Saeson o'r gorllewin fygwth ei ffordd o fyw?

£8.50

DARN BACH O BAPUR
Angharad Tomos

Nofel am frwydr teulu'r Beasleys dros y Gymraeg, 1952-1960.

£5.99

Rhestr fer Gwobr Tir na-nOg 2015

PAENT!
Angharad Tomos

Cymru 1969 – Stori bachgen ifanc sydd yng nghanol y frwydr dros gael arwyddion Cymraeg, a'r arwisgo yng Nghaernarfon.

£5.99

Rhestr fer Gwobr Tir na-nOg 2016

HENRIÉT Y SYFFRAJÉT
Angharad Tomos

"Dydw i ddim eisiau dweud y stori ..." Dyna eiriau annisgwyl Henriét, prif gymeriad y nofel hon am yr ymgyrch i ennill pleidlais i ferched ychydig dros gan mlynedd yn ôl.

£6.99

Y CASTELL SIWGR
Angharad Tomos

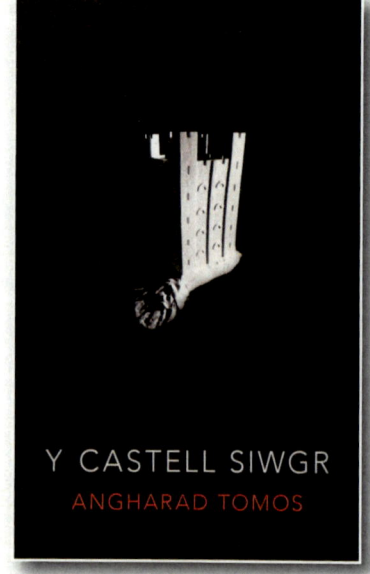

Dwy ferch ar ddau gyfandir. Un lord ag awch am elw.

Stori ddirdynnol am gaethferch, am forwyn, am long a chastell ac am ddioddefaint tu hwnt i ddychymyg.

£7.50

Rhestr fer Gwobr Tir na-nOg 2021

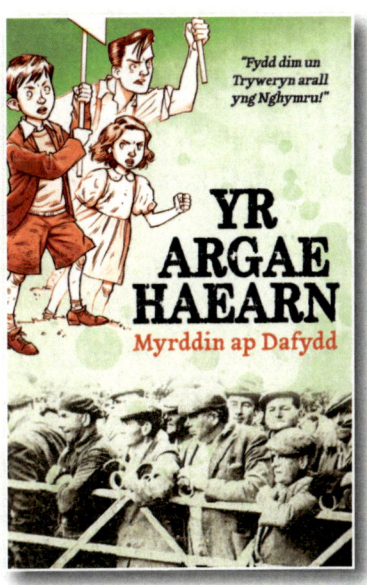

YR ARGAE HAEARN
Myrddin ap Dafydd

Dewrder teulu yng Nghwm Gwendraeth Fach wrth frwydro i achub y cwm rhag cael ei foddi.

£5.99

Rhestr fer Gwobr Tir na-nOg 2017

MAE'R LLEUAD YN GOCH
Myrddin ap Dafydd

Tân yn yr Ysgol Fomio yn Llŷn a bomiau'n disgyn ar ddinas Gernika yng Ngwlad y Basg – mae un teulu yng nghanol y cyfan.

£5.99

Enillydd Gwobr Tir na-nOg 2018

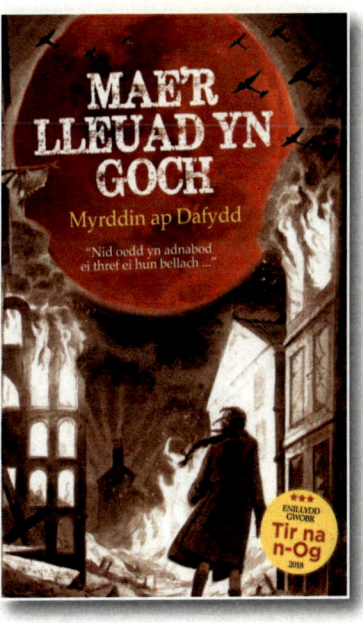

PREN A CHANSEN
Myrddin ap Dafydd

"y gansen gei di am ddweud gair yn Gymraeg ..."

Mae Bob yn dechrau yn Ysgol y Llan, ond tydi oes y Welsh Not ddim ar ben yn yr ysgol honno.

£6.99

Y GORON YN Y CHWAREL
Myrddin ap Dafydd

Diamwnt mwya'r byd mewn chwarel ym Mlaenau Ffestiniog

Nofel am ifaciwîs a symud trysorau o Lundain i ddiogelwch y chwareli adeg yr Ail Ryfel Byd.

£6.99

DRWS DU YN NHONYPANDY
Myrddin ap Dafydd

Nofel am deuluoedd y glo, Cwm Rhondda, yn ystod cyfnod cythryblus 1910.

£7.99

RHEDEG YN GYNT NA'R CLEDDYFAU
Myrddin ap Dafydd

Mae'n haf 1843 – cyfnod terfysgoedd Beca - ac mae'n ferw gwyllt yn Nyffryn Tywi.

£8

GA' I FYW ADRA?
Haf Llewelyn

Mae'r nofel wedi ei gosod yn ystod gaeaf garw 1981, cyfnod pan oedd prisiau tai yn codi a phobl ifanc ardaloedd gwledig Cymru yn methu prynu tai yn eu bröydd. Nofel sy'n parhau'n berthnasol i broblemau Cymru heddiw.

£7.95

GWRES O'R GORLLEWIN
Ifor Wyn Williams

Nofel yn dilyn hanes Gruffudd ap Cynan wrth iddo ddioddef i'r eithaf i geisio adennill ei deyrnas yng Ngwynedd.

£7.95

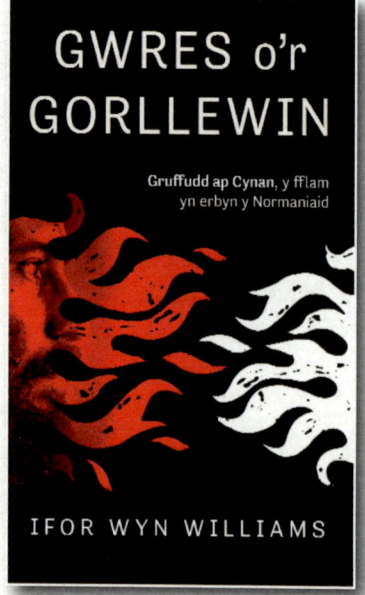

DILYN CARADOG
Siân Lewis

Hanes un llanc yn dilyn ei arwr Caradog o frwydr i frwydr nes cyrraedd Rhufain ei hun.

£5.99

TWM BACH AR Y MIMOSA
Siân Lewis

Nofel am antur y Cymry ar eu taith i Batagonia yn 1865.

£5.99

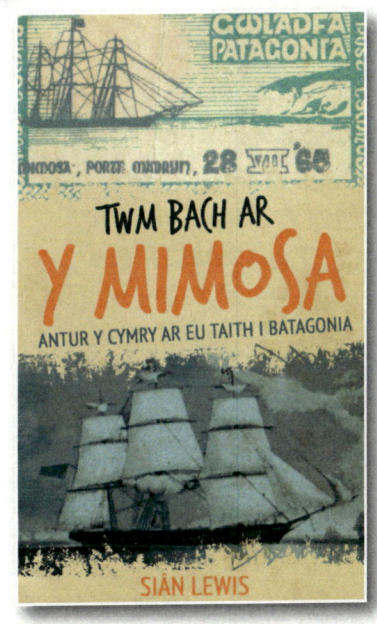

Y CI A'R BRENIN HYWEL
Siân Lewis

Teithiwch yn ôl i oes Hywel Dda, sy'n cyhoeddi ei gyfreithiau ar gyfer Cymru. Mae Griff y ci mewn helynt. A fydd yn dianc heb gosb o lys y brenin?

£5.95

GWENWYN A GWASGOD FELEN
Haf Llewelyn

Mae'n edrych yn dywyll ar yr efeilliaid Daniel a Dorothy a'r ddau wedi'u gadael yn amddifad. Ai'r Wyrcws yn y Bala fydd hi? Ond caiff Daniel waith yn siop yr Apothecari ...

£6.99

Rhestr fer Gwobr Tir na-nOg 2019

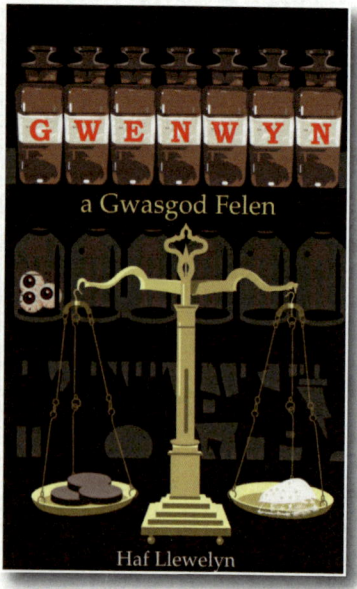